# CHEZ NOUS

ET

# CHEZ NOS VOISINS

PAR

## XAVIER AUBRYET

Lettre à Monsieur le Comte d'Osmond
BYRON et le Byronisme
THÉOPHILE GAUTIER, spiritualiste
RIVAROL. — SAINTINE
ANDRÉ CHÉNIER, prosateur
La Nature. — La Race. — L'Esprit public
Le Théâtre de nos pères, etc., etc.

PARIS

E. DENTU, ÉDITEUR

LIBRAIRE DE LA SOCIÉTÉ DES GENS DE LETTRES

PALAIS-ROYAL, 15-17-19, GALERIE D'ORLÉANS

# CHEZ NOUS

ET

# CHEZ NOS VOISINS

# LIBRAIRIE DE E. DENTU, ÉDITEUR

DU MÊME AUTEUR :

Philosophie mondaine, 1 vol. . . . . . . . .     3 fr.

Madame et Mademoiselle, 1 vol. . . . . . . .     3 »

La Vengeance de Madame Maubrel, 1 vol.   . . .     3 »

Robinsonne et Vendredine, 1 vol. . . . . . . .     3 »

Les Patriciennes de l'Amour, 1 vol. . . . . . .     3 »

La République Rose, 1 vol. . . . . . . . . .     1 »

# CHEZ NOUS

ET

# CHEZ NOS VOISINS

PAR

Xavier AUBRYET

PARIS

E. DENTU, ÉDITEUR,

LIBRAIRE DE LA SOCIÉTÉ DES GENS DE LETTRES

PALAIS-ROYAL, 15-17-19, GALERIE D'ORLÉANS

1878

# A MONSIEUR LE COMTE D'OSMOND

Mon cher Comte,

On n'a que le choix des compagnons de voyage tant que la route est riante, mais quand elle se transforme en chemin de la Croix, c'est merveille aujourd'hui si, à la station la plus douloureuse, on trouve encore un bon Samaritain. Vous avez ressuscité ce personnage de l'Écriture pour ce pauvre Maxime Gérard, qui est un autre moi-même; permettez-moi, par reconnaissance pour votre générosité antique, de vous dédier ce livre auquel vous m'avez surpris plus d'une fois travaillant dans la chambre du patient. Nous sommes à une époque où le vent est aux euphémismes pour ce qui est atroce et aux brutalités pour ce qui est auguste; des escarpes au-dessous des Peaux-

*a*

Rouges s'appellent : *patriotes égarés ;* mais, par contre, le descendant des rois de France est traité de *béquillard de Froshdorf :* l'Hôtel de Rambouillet se marie ainsi à l'Assommoir.

Les abstentionistes en matière de dévouement — je n'ose plus dire : les égoïstes — ont une façon charmante d'expliquer pourquoi ils fuient leurs amis malades, comme si la paralysie était contagieuse. Ils vous disent d'un petit ton de fatuité languissante : *Vous savez ce que c'est que la vie de Paris.* Vous les jureriez emportés par le tourbillon de la mondanité ; pour la plupart ce sont des désœuvrés qui font tapisserie ici-bas comme les danseuses hors d'âge. Qui mieux que vous, mon cher Comte, aurait pu se servir en toute sincérité de cette hypocrite excuse ? Musicien passionné, gentilhomme de lettres, preux du bon combat, amphitryon de l'art, il vous faudrait deux existences pour satisfaire votre fiévreuse activité. Cette pénurie de temps ne vous a pas empêché, depuis que Gérard est un vaincu de la santé, de venir chaque semaine le réconforter de votre bonne grâce et de votre vaillance ; il n'y a pas une seule de vos visites qui ne l'ait laissé moins découragé ; à travers la légèreté de votre esprit, il sentait cette chaleur de cœur qui devient si rare sur ce globe refroidi, et qui nous fera toujours préférer une nature d'élans, comme M. de Villemessant, à un barême politique, comme M. de Girardin.

Maxime Gérard n'aurait jamais cru devenir l'obligé de la terrible maladie qui s'acharne sur lui depuis quarante-cinq mois; c'est elle pourtant qui lui a valu, mon cher Comte, de monter au rang de vos amis, car Gérard n'était pour vous qu'une simple connaissance avant ce guet-apens du destin; c'est encore par elle que s'est fait présenter le plus compatissant et le plus aimable des voisins, le comte Henry d'Ideville, un homme du monde qui sait écrire sans mots d'auteur; c'est elle enfin qui a ramené à Gérard un camarade de collége dont il semblait oublié tant qu'il était heureux, Armand de Barenton, le plus correct des gentlemen, un Titus de l'amitié qui a toujours l'air de dire, quand vous ne lui fournissez pas l'occasion de vous être agréable : *j'ai perdu ma journée.* Je me plais à citer les noms de ceux que l'adversité attire; c'est vous trois avec quelques cœurs restés fidèles qui avez interrompu utilement pour Maxime Gérard la prescription de l'espérance; c'est vous trois qui l'avez vengé de bien des défections imméritées, de cruautés bêtes, et de dédains bourgeois, qu'il pourrait rendre au centuple. Vous avez plus d'une fois remplacé pour lui les amis déserteurs et la famille absente, prouvant que le meilleur secours vient encore des ouvriers de la dernière heure.

Maintenant, mon cher Comte, absent de Paris depuis longtemps, et forcé d'habiter la campagne jusqu'à l'hiver, vous me demandez de vous donner des nouvelles détaillées de votre malade. Permettez-moi auparavant de résumer en quelques mots la situation; vous vous rappelez que, l'année dernière, Gérard subit une crise formidable qui le laissa quinze jours en grand danger. On ne se gênait guère autour de lui pour prédire sa fin prochaine; il pouvait lire son arrêt sur tous les visages; chaque mot lui révélait le peu de confiance qu'on avait dans sa prolongation. On l'aurait pris volontiers à quatre-vingt-dix contre un, et il entendait déjà dans la pièce voisine ce piétinement qui fait penser à la maison mortuaire. Il aurait pu dire comme le personnage des *Faux Bonhommes :* « Il n'est question que de ma mort, ici. » — Un heureux concours de circonstances avait groupé autour de lui la garde d'honneur de la parenté et de l'amitié. Vous n'ignorez pas que Gérard n'est pas précisément un libre penseur. Deux ou trois fois il avait essayé de se lancer dans les régions du doute, mais comme un touriste qui, surpris par la tempête, est heureux de se réfugier dans la cabane du charbonnier, il était vite retourné à la foi de son enfance. Le plus beau jour de sa vie avait été le jour où il fit sa première communion, et au milieu de ses souffrances ce fut une nuit presque douce que celle où il reçut ce sacrement admirable qui s'appelle l'extrême-onction. S'il avait pris alors le train des élus, il serait parti, comme il le dit lui-même, avec bien des illusions; malheureusement il eut l'imprudence de survivre à l'assaut qui eût dû dix fois le briser. — Oh! alors, la scène changea de face. Tant que la maladie s'était tenue dans les conditions classiques du théâtre, *exposition, nœud, dénouement,* on lui avait pardonné des faiblesses et des redites; mais, quand on vit que le rideau se relevait sur un quatrième acte, ce fut un revirement général. Certains prophètes se montrèrent un peu piqués de s'être trompés de date. Une jeune dame qui se laissait volontiers appeler sœur de charité et qui enguirlandait Gérard de sa sollicitude caressante, fit au ressuscité une

miné froide, comme si elle désapprouvait sa conduite. De quel droit ce condamné à mort s'impo-
sait-il encore à ses contemporains? Il y a des
indiscrétions qu'un agonisant bien élevé ne com-
met pas. Une personne qui avait des obligations
à notre héros se crut bien forcée de venir le
revoir, mais elle lui fit une visite d'impolitesse.
Quant aux amis ordinaires et extraordinaires, ils
se divisèrent en deux catégories : les uns disparurent pour toujours : ne nous hâtons point de
les blâmer; peut-être leur affection était-elle trop
courte pour une maladie si longue, comme ces
fameux ponts dont un ingénieur n'avait pas pris
mesure sur la rivière. Peut-être jugèrent-ils qu'a-
près vingt ans d'attachement, ils avaient bien
gagné leur retraite, et, dans ce cas, la logique
eût été qu'on leur fît une pension et qu'on les
décorât pour services exceptionnels non rendus.
Les autres, plus timides, se bornèrent à raréfier
leur présence.

Les plus malins inventèrent plusieurs affaires
Chaumontel pour se donner du jeu; ils s'établi-
rent membres d'un conseil imaginaire de surveillance, présidents d'un comité fictif, si bien
qu'ils n'avaient jamais que cinq minutes à donner
au malade qui les attendait pendant des mois

entiers. Il est juste d'ajouter que si un visiteur de qualité, le comte d'Osmond, par exemple, survenait pendant qu'ils prenaient leur canne et leur chapeau, ils se trouvaient, tout d'un coup, libres comme l'air, s'installaient pour une heure entière, et, de dolents qu'ils étaient, devenaient soudain d'une brillante amabilité. D'autres, profitant de ce que Gérard commençait à perdre la vue, venaient tranquillement lire le journal comme dans un cabinet de lecture, et, pour un peu, se seraient plaints d'être dérangés. L'un d'eux, qui n'apparaissait plus que tous les six mois, dit au malade un mot adorable : « Je pars « pour les bains de mer, s'écria-t-il, je vous « préviens que vous serez huit jours sans me « voir. » — Les parasites avaient depuis longtemps disparu, comme leurs congénères, dans les navires en détresse. Gérard ne déplora pas trop la perte de ces cancrelas en veston. Quant à quelques-uns de ceux qui, par ironie, s'appellent des *proches*, ils se firent lointains, lointains comme les dernières couches de l'horizon. Jusque-là Maxime avait reçu régulièrement de gracieuses petites lettres de sa famille. On lui supprima toute correspondance pour ne pas lui causer des regrets trop cuisants. A quoi sert-il, en effet, de parler du bonheur passé dans le malheur présent ? D'ailleurs, puisque sa vue était menacée, il ne fallait pas l'induire en tentations ; s'abstenir de lui écrire, c'était lui rendre le plus délicat des services, et voilà comment deux négations valent toujours une affirmation.

Le plus triste, c'est que Gérard se rendait parfaitement compte qu'il n'avait survécu que pour souffrir bien plus encore. La maladie était seulement allée chercher du renfort. Mais ces tortures avaient beau augmenter dans des proportions inouïes, elles n'arrivaient plus que rarement à émouvoir les visiteurs endurcis. On était blasé sur les péripéties de ce supplice ; malheureusement le supplicié ne pouvait partager ce blasement, et quand il dit un jour à un ami persévérant : « Je crois que la cécité arrive, » l'ami répondit négligemment : « Comment « dis-tu? » Il n'avait même pas daigné prêter l'oreille. Mais, presque aussitôt il s'emporta violemment contre les hommes du 24 mai, ce qui établit une compensation. D'autres perdaient si peu de leur gaieté quand Gérard se trouvait écartelé à quatre chevaux, qu'en prenant congé de lui, ils se servaient d'une formule joviale, et l'appelaient : *Mon excellent bon.*

Vous n'étiez pas là, mon cher Comte, pour faire oublier à Maxime Gérard ces hideux petits déboires. Vos deux collègues déjà nommés se trouvaient en voyage, et l'été dispersait la menue monnaie des fidèles. Gérard ne pouvait plus compter que sur les bonnes âmes de passage. Ce fut sous ces durs auspices qu'il commença sa quatrième année de maladie. Vous ne savez pas, mon cher Comte, ce que c'est que cette redoutable année. D'abord, elle représente, suivant la propre expression de Gérard, le doctorat de la torture; jusque-là, si cruelle qu'elle soit, la maladie ne vous demandait que des choses faciles; mais alors elle devient la plus farouche des interrogatrices. Il faut lui répondre, non plus à chaque heure, non plus à chaque minute, mais à chaque seconde. Elle ne vous pose plus la question, elle vous l'applique. Elle vous enlace, de la tête aux pieds, d'un réseau de fer et de feu, qui va en se rétrécissant et vous force à vivre dans le plus intolérable des étaux. Vous connaissez le *res angusta domi,* c'est le *res angusta corporis.* Les douleurs les plus fugaces deviennent des points d'orgue, les coups de couteau qui dépassaient à peine l'épiderme creusent

*a.*

profondément la chair. Le squelette entier prend la sensibilité d'une dent malade. Une rigidité tétanique vous terrasse quand toute votre ambition se bornerait à rester sur votre séant. Tout mouvement est un labeur; toute fonction est un problème; jamais une heure de relâche ou de répit. C'est l'éternité infligée à un éphémère pour lui faire savourer l'infini des barbaries physiques; le reste de la vie n'est qu'un lever de rideau auprès de ce drame plus sinistre à chaque acte et où les heures deviennent des siècles. Dans toutes les autres maladies, il y a des moments où le bourreau s'oublie, où son bras se lasse de frapper; ici le tortionnaire ne lâche pas sa proie d'une minute, il lui ménage d'affreuses surprises; ce n'est pas un Français, c'est un Asiatique qui opère, tant sa main est inventive et subtile. Le mal a beau avoir déjà quatre années derrière lui, il ne cesse de monter; sa devise a l'air d'être : *Quo non ascendam?* S'il semble stationner pendant la durée d'un éclair, c'est qu'il est pour ainsi dire sur un des paliers de cet escalier satanique, et qu'il va aborder l'étage supérieur.

A six mois de distance, il met sa carte de visite pour prévenir qu'il reviendra, et, au jour dit, ennemi inexorable et ponctuel, il accomplit sa besogne. Il s'était emparé des extrémités inférieures, il atteint le buste, puis attaque les yeux; la cécité arrive, graduelle, calculée, terrifiante. Ce n'était d'abord qu'un jour affaibli; c'est ensuite le jour qui tombe, puis la nuit qui vient. On réalise alors à sa façon le vœu de Voltaire au crépuscule de ses jours, on rejoint malgré soi l'aurore.

Mais la détresse physique n'est rien auprès de la détresse morale. On s'était habitué à perdre le plaisir de lire; comment s'accoutumer à être privé de la consolation d'un regard ami, à ne plus voir ce qui vous entoure, depuis le portrait de famille qui vous souriait jusqu'à la statuette qui vous ravissait par sa grâce? Les ténèbres s'ajoutent ainsi à la solitude, et cette belle devise vous revient à l'esprit : *Vitam dat qui lucem.* Ce ne sont plus des humains, ce sont des ombres qui s'agitent autour de vous. Tout devient un motif d'angoisse, on se dit qu'on ne verra plus jamais rien de tout ce qu'on a aimé, et l'on ne peut croire que le monde se ferme ainsi, impitoyablement, sur vous; ce n'est que petit à petit qu'on perçoit toute l'intensité de son malheur. Le cerveau, resté net et lucide, préside à tous ces désastres du corps, comme un soleil sans taches qui n'éclairerait que des ruines.

Ce serait le vrai moment pour les gens de cœur de faire un retour sur eux-mêmes, et de revenir vous assister; ce serait là le meilleur des opportunismes. Ils ne savent peut-être pas assez quel soulagement vous apportent le son d'une voix amie, une pression de main émue, une bonne parole. Il en est, et des plus intimes, qui ont eu trois ans devant eux pour jouir de la vie sans la servitude d'une visite au malade; ils pourraient faire le sacrifice d'une heure, ne fût-ce que pour renouveler le bail de leur égoïsme; ils ont passé toute la vie avec vous, et vous abandonnent sans pudeur aux anxiétés de l'isolement, aux mauvais traitements des mercenaires. Car, quelque douceur que vous montriez, il y a des âmes grossières que vous ne toucherez jamais, même celles qui vous félicitent de votre résignation chrétienne.

Je suis sûr, mon cher Comte, que vous êtes de mon avis, et que vous n'admettez pas cette étrange extension du Code pénal, la perte des jambes et des yeux entraînant la perte des amis. On n'est pas passible de la cour d'assises pour être deux fois infirme, et peut-être tant de souffrances mériteraient-elles quelques circonstances atténuantes. Je sais bien qu'un incurable n'a pas droit à l'intérêt qu'excite l'homme qui coupe une femme en morceaux, mais je ne demande pas que sa chambre soit aussi pleine que le prétoire. On compte des libéraux parmi ceux qui entretenaient avec Gérard des relations suivies; comment les mêmes gens qu'indignerait la révocation d'un garde champêtre, condamnent-ils d'un cœur léger un innocent à la mort civile? Lorsque Dieu laisse à l'être qu'il frappe son intelligence et son cœur, n'est-on pas un peu coupable de le séquestrer du monde, de le rejeter dans le néant, et la mauvaise action n'est-elle pas du côté de ceux qui laissent un de leurs frères ou confrères enterré tout vivant?

Il est tels qui lui tiennent de près par des liens étroits : ils pourraient écrire pour celui qui ne peut plus tenir la plume, voir pour celui qui ne peut plus regarder, protéger celui qui reste à découvert, et que toutes les intempéries morales menacent d'atteindre; mais la tendresse est une vieille chose qu'il ne faut plus demander à la jeunesse d'aujourd'hui; on dirait que la voix du sang est frappée d'aphonie. Vous connaissez, comme moi, des jeunes gens qui n'ont pas un éclair d'émotion quand il s'agit d'aller embrasser leur mère; il en est d'autres qui portent le deuil de leurs parents aux Folies-Bergère; on fait encore ses *humanités* à l'heure qu'il est, mais on désapprend l'humanité.

Je ne sais pas ce que serait devenu Maxime Gérard sans la providentielle intervention des étrangers. Il était servi ou plutôt desservi par des mégères qui envenimaient son mal. Ce n'est pas un ami, ce n'est pas un parent, qui lui ont cherché et trouvé la garde-malade délicate et fidèle, la compagne compatissante qu'il lui fallait : c'est une charmante femme, que Gérard connaissait à peine, qui s'est chargée de ce soin difficile, une femme d'une piété douce et active, qui ne vous parle jamais de ses pratiques religieuses, mais qui ne compte pas ses bonnes actions; ce n'est pas un ami, ce n'est pas un parent qui sont venus offrir à Gérard de le prendre dans leur voiture et de le mener au bois de Boulogne; une sortie est une si grande affaire pour un pareil malade, s'il n'a pas auprès de lui quelqu'un de dévoué qui soutienne son énergie; ce sont des étrangers qui ont eu cette chrétienne pensée. Ce n'est pas un ami, ce n'est pas un parent qui sont venus sous sa dictée écrire ces lettres qui ont la valeur d'un secret, c'est encore à un étranger qu'il a dû confier cette mission si délicate. Ce n'est pas un ami, ce n'est pas un parent qui ont eu l'idée de lui faire trouver les soirées moins longues, c'est une brave voisine qui ne pouvait supporter l'idée de laisser ainsi un malade sans assistance morale. Qui s'est offert pour passer, parfois, la nuit auprès de lui quand il avait besoin de renfort? des étrangers qui ne pouvaient pas lui dire : « Sais-tu que nous nous connaissons depuis 1850 ? » Qui a trouvé moyen de venir en aide à Maxime Gérard, en lui facilitant des conditions de travail? Ni les amis, ni les parents ne se disaient : « après tout, une maladie n'est pas une ferme, et ce pauvre Maxime ne touche que les rentes de ses souffrances. » Si l'on disait pourtant à un négociant même riche : « Pendant quatre ans vous ne ferez pas d'affaires, » il répondrait : « Mais c'est la ruine que vous me proposez. » Les familiers de Gérard ont cru sans doute que la fortune venait en dormant; mais ils comptaient sans les insomnies, tandis que de simples connaissances demandaient avec émotion : « Comment vit-il? » Evidemment c'étaient des trembleurs !

Maxime a reçu plus d'une fois des fleurs

dans le cours de sa maladie, les fleurs ne venaient pas des jardins de ses amis; c'était
une artiste ou une bonne Samaritaine qui les
lui envoyait. Après tout, ceux qui ne lui offraient
pas de roses pensaient bien plus à lui, puisqu'ils
réfléchissaient que les voir ou les respirer lui
était devenu impossible. En revanche, ils lui
prodiguaient les bons conseils. « Trouvez donc
une installation à la campagne, » lui répétaient-
ils. — « Comment voulez-vous que je fasse
puisque je ne puis bouger? » et il n'osait ajouter :
« Cherchez-la pour moi. » — « Changez donc
d'appartement, » lui disaient les autres. — « Je ne
puis précisément monter les escaliers. » — « C'est
si simple, écrivez à John Arthur. » Et ils s'en
allaient, persuadés que donner une adresse dont
on ne peut pas se servir est un dévouement qui
mérite le prix Montyon.

Dans ce déluge d'adversités, une arche de salut lui apparaissait dans le bleu, c'était la villa
hospitalière qui, entre Cannes et Nice, servait
de résidence à tout une colonie de sa famille;
Maxime devait depuis de longues années une
visite à ces aimables gens qui étaient en même
temps de parfaits catholiques. Un ordre du médecin lui permit de s'acquitter envers eux. Quel

voyage entrepris sous d'heureux auspices; la
route formait une double haie d'arbres en fleurs,
un air tiède lui soufflait déjà la convalescence,
et il se dirigeait à toute vapeur vers des cieux
cléments. A partir de Lyon, cette succession
de collines surmontées de statues de la Vierge,
statues dorées qui étincelaient au soleil, semblait lui promettre une terre de rédemption.
Il fut reçu comme l'enfant prodigue, — prodigue de son absence; — on l'entoura de soins
vigilants et d'attentions coquettes : des voix de
sirènes lui glissaient à l'oreille : « Vous ne
nous quitterez plus, » et Maxime crut voir le
moment où il ne pourrait plus partir que
comme un ballon captif. Ainsi que ces écoliers
qui sautent deux classes pour devenir des
*grands*, ces hôtes avaient l'air de sauter deux
degrés pour rapprocher la parenté. Il y a des
oncles à la mode de Bretagne, c'étaient des
frères à la mode de Provence. Maxime se disait avec modestie : « Comme ils valent mieux
que moi ! » Cependant quand il dut s'arracher aux délices de cette Capoue de l'affection, il crut remarquer à travers ses larmes
que les yeux étaient un peu secs et les visages
un peu froids; il mit ce petit changement sur

le compte du Mistral, et le charme ne fut pas rompu.

Bientôt les lettres se succédèrent sympathiques, émues, avec une nuance de mélancolie. On lui disait que sa chambre garderait son nom et n'appartiendrait plus qu'à lui; on l'initiait à tous les projets, à tous les incidents domestiques, si bien que Maxime put se croire encore de la maison et prit les grâces de l'affabilité pour des trésors de tendresse; mais petit à petit la maladie s'aggrava, les lettres devinrent plus rares et il y eut des séries de mois où la correspondance cessa tout à fait. Maxime se disait : «'Maintenant la mesure est comble, le seul soulagement que je puisse espérer, c'est l'entourage des miens. Ils sont nombreux, ils feront la chaîne pour rendre mon existence moins lourde; je trouverai là des yeux et des mains de rechange; on se disputera ce rôle tout chrétien de me soigner, de me distraire, de me rendre à la vie; si on ne me sauve pas de la maladie, on me sauvera au moins du désespoir; ils saisiront cette occasion d'être bénis par Dieu! et il me suffira pour vivre des miettes de leur bonheur. Ils ne m'écrivent plus, mais ce silence est de bon augure, ils vont venir me chercher et m'enlever fraternellement. J'aurai beau résister, ils emploieront la force s'il le faut. »

Il y eut des jours où bien des coups de sonnette le firent tressaillir. C'était la Providence qui arrivait sous la forme de ces parents élevés à la dignité de frères. — « D'ailleurs, ajoutait « Maxime, ils sont trop bons chrétiens pour « vouloir me laisser mourir tout seul. » Rêve irréalisable peut-être ! dénouement de contes de fées ! quoiqu'il y eût des fées dans la maison, et que la première de toutes, la Fée Rayonnante, sût, rien que par sa présence, changer le mal en bien.

A la fin, cependant, froissé par des remarques désobligeantes sur la prétendue indifférence des siens, Maxime crut pouvoir s'adresser à celle qu'il croyait le plus près de lui par l'affection, à une parente veuve sans enfants et qui signait volontiers « ta sœur germaine. » Elle lui parlait si souvent de Dieu qu'il était convaincu qu'aucune inspiration de la terre ne devait dicter sa conduite. Elle lui avait, d'ailleurs, prouvé son dévouement en venant pendant la terrible crise veiller sur lui comme un ange gardien. Il lui proposa de se fixer auprès d'elle. La question d'argent n'était pas en jeu, ce qui facilitait les choses. Tout ce qu'il demandait, c'était un coin où il pût vivre ou mourir, en paix, sous un toit ami, sûr d'une protection et consolé de sentir auprès de lui la présence d'une personne aimée. Son séjour d'ailleurs ne devait rien changer aux habitudes de la maison; il n'entendait ni être un trouble-fête, ni un importun. Il lui écrivit une lettre touchante. Elle ne lui répondit pas, mais on répondit pour elle que le parti le plus sage pour Gérard, c'était de se faire transporter dans une maison de santé et qu'il y en avait de délicieuses à Paris : la maison de santé, cette institution de débarras, qui est aux parents perdus ce que le tour est aux enfants trouvés! A quelques semaines de là, comme le cœur humain est un abîme de contradictions, Maxime apprit que sa parente avait dit en propres termes : « J'aimerais mieux mourir dans « une cabane de pêcheurs que dans une maison « de santé. » — Il ne crut donc pas pouvoir remercier de ce précieux conseil, désapprouvé d'ailleurs par tous les médecins de Paris, et il n'osa plus invoquer le plus doux des droits, le droit d asile.

Où êtes-vous donc, respectables maisons de

province, où nous avons vu des vieilles tantes
aveugles et sans fortune avoir la première place
à la table et au foyer, vivre entourées de respect et de soins qui prolongeaient leur existence,
et mourir en bénissant ceux qui n'étaient les hé-
ritiers que de leurs vertus?

Il y a donc deux christianismes : le christianisme *abstrait* et le christianisme *concret*, celui
qui parle et celui qui agit? Cependant le premier
des pèlerinages ne serait-il pas l'assiduité près
de ceux qui souffrent? Redoutiez-vous, mon cher
Comte, qu'*on dérangeât vos habitudes*, vous qui
abritiez sous votre toit ce fidèle serviteur de Dieu
et du Roi qui s'appelait Paira, et que dans votre émouvante oraison funèbre vous avez si bien
qualifié de *protestant catholique* et *d'aristocratique bourgeois?* Avait-elle peur qu'*on dérangeât ses habitudes*, cette noble amie des mauvais
jours qu'on appelle la princesse Mathilde et qui à
Saint-Gratien donne un appartement au pauvre
Anastasi, ce qui permet au peintre aveugle de
vivre de la vie du château? Quel sacrifice fait
donc à Dieu la piété purement verbale? Un très-
grand, le sacrifice des autres.

Si, dans cette lamentable occasion, quelqu'un
a été puni par où il n'a pas péché, c'est bien

Maxime Gérard. Tout le temps que survécut la
vénérable. doyenne de la famille, il sut chaque
mois s'arracher aux séductions de Paris pour
aller passer quinze jours auprès d'elle, divisant
ainsi sa vie. Il n'aurait joui d'aucun plaisir s'il
ne lui avait pas fait sa part. Chrétien plus fervent,
il l'eût faite plus large, mais enfin il s'inspirait
de saint Martin. Il était donc en droit d'espérer
qu'on lui rendrait sa filiale piété en affection fra-
ternelle. Dieu n'a pas voulu de cette justice dis-
tributive, Maxime ne prévoyait pas de si loin.

O Alceste, faquin aux rubans verts, sybarite
de la morosité, dois-tu être assez fier que Molière ait donné à ta mesquine personne un nom
si grandiose : le Misanthrope! De quel droit te
permets-tu de haïr les hommes et d'aimer les
femmes, toi dont le plus grand mécompte ici-
bas a été de subir l'audition d'un méchant sonnet, et dont la plus forte épreuve fut un caprice de Célimène! J'ai souvent rêvé de voir
Timon d'Athènes entrer en scène pour te prendre au collet et te crier : « Rends-moi ma place !
où sont les amis qui t'ont trompé? où sont les
riches qui ont insulté à ta pauvreté, quand as-tu
surpris l'homme retournant à la méchanceté du
singe? Retire-toi de mon soleil, chétif dame-

ret, et restitue-moi le nom que tu m'as volé ! »

« Je n'ai pas qualité pour être aussi sévère avec toi, Alceste! mais que dirais-tu si, étendu depuis quatre ans sur un lit de douleur qui est aussi un lit de Procuste, ceux qui auraient vieilli avec toi en se disant des frères, t'abandonnaient comme on abandonne un soldat sur le champ de bataille, au risque de le faire achever par l'ennemi ? Que dirais-tu si ceux qui jouissent de tout et ne souffrent de rien, ne pouvaient pas trouver dans leur cœur une consolation pour celui qui ne jouit de rien et qui souffre de tout? Que dirais-tu si des faux Mécènes, qui se faisaient l'honneur de paraître te protéger, ne s'imposaient même pas la pudeur d'une visite de bienséance ? Que dirais-tu si, lorsque tu t'intéresses à toutes choses et que tu es aussi vivant qu'eux-mêmes, des confrères dont tu as chanté la gloire et des camarades qui n'ont qu'à se louer de tes gracieusetés, finissaient par t'inhumer à force d'indifférence et d'oubli, et ne venaient pas même le 2 novembre jeter une fleur sur ta tombe, car il y a des gens qui ne saluent même pas leurs morts ? »

« Que dirais-tu si ceux qui, par les droits du sang, te doivent aide et protection te faisaient défaut, à toi qui as été le fidèle gardien de leurs

bienfaiteurs ? Que dirais-tu enfin si des chrétiens jaloux de plaire à Dieu se refusaient, après
t'avoir dit : « la maison est à toi, » à faire, avec
ces bribes d'affection qui coûtent si peu, un nid
à l'oiseau blessé ? Quel serait ton courroux si
tu t'apercevais que ces mille protestations d'affection, qui semblaient sortir de bouches d'or,
ne sortaient que de bouches dorées, car il y a
les saints Jean Chrysostome et les saints Jean
Christophtomes ? Ah! comme tu regretterais le
temps où tu te plaignais d'un pli de rose!
Comme ton malheur passé te semblerait une béatitude sans égale, comme tu demanderais pardon aux gens sociables de tes brusqueries sans
excuse! Tu n'aurais plus besoin d'un endroit
écarté pour avoir la liberté d'être homme d'honneur; changeant tes rubans verts en rubans roses,
tu implorerais comme une faveur les rigueurs
de Célimène et tu supplierais Oronte de te lire
la collection de ses sonnets. »

Rassurez-vous, mon cher comte, Maxime
Gérard n'a pas pris le masque d'Alceste. Il ne
se croit pas le droit de trahir les hommes, puisqu'il vous a rencontré et que votre nom figure
en très-bonne compagnie sur sa liste de fidèles.
Il se demande même si, abusé par son infor-

# CHEZ NOUS

ET

# CHEZ NOS VOISINS

# LES DANDYS INTELLECTUELS

## BYRON ET LE BYRONISME

*La vérité est une perle qui aime l'abîme.*

## I

*Où sont les neiges d'antan?* demandait le vieux poëte Villon dans une de ces inspirations touchantes qui relèvent un peu son œuvre et sa mémoire. Ne pourrait-on pas dire de Byron et du *byronisme*, de cette superbe tourmente littéraire qui ébranlait jadis l'atmosphère des âmes, et qui a fait place au calme plat : *où sont les orages d'antan ?* O Manfred ! ô Child-Harold ! ô Lara ! rêveurs de l'abîme, éconduits par les générations positives, le grand vent de votre désespoir n'aurait même plus raison d'une sen‑sitive, les coups de foudre de vos lamentations so‑

ciales ne trouveraient plus d'écho ; ces larmes chimé-
riques que le genre humain répandait avec vous,
sont taries dans tous les yeux : le ciel et la terre ne
vous appartiennent plus. Les satisfaits de la vie
ont démodé les mécontents. Les gens de notre âge
éprouvent de la peine à s'émouvoir pour les douleurs réelles, jugez s'ils sont disposés à s'attendrir
sur les infortunes factices ! — Il suffisait, il y a trente
ans encore, pour réussir dans le monde, de traverser
l'espace en semant autour de soi la malédiction et le
sarcasme. Personne à l'heure qu'il est ne s'aviserait
plus de se présenter en *personnage au front fatal* ;
déborder de santé est devenu un signalement moins
ridicule ; la pâleur ne vous désigne plus à la sympathie : le vermillon a pris sa revanche ; soyez beau
comme le jour et feignez de ne pas vous consoler du
malheur d'être né, le bon Samaritain lui-même se
détournera de votre chemin ; soyez laid comme le
premier par ordre des sept péchés capitaux : l'Envie,
et préférez hardiment l'argile à l'éther, vous aurez
pour vous jusqu'aux petites-maîtresses. Comment
voulez-vous qu'une époque si attentive aux *terrains*
n'ait pas dit adieu aux *nuages ?*

On fait l'ascension des Alpes en ingénieur, en géomètre, en astronome, mais personne ne serait tenté
d'aller sur le mont Blanc chercher le secret de l'oubli

et d'y évoquer les génies de la nature ; on interroge les flots en plongeur sous-marin, en poseur de câble, en chimiste, mais aucun passager de distinction ne s'écrie : « Salut, vagues mugissantes ! dût le mât près de rompre trembler comme un roseau, et la voile déchirée flotter à tous les vents, il faut que j'aille, que j'aille toujours, car je suis comme l'herbe marine jetée du haut d'un roc sur l'écume de l'Océan, pour voguer partout où l'entraînera le flot, partout où le poussera le souffle de la tempête. » — On voyage pour ses affaires ou ses intérêts, quelquefois pour son plaisir, mais on ne parcourt plus l'univers en *exilé volontaire fuyant les ténèbres de son propre cœur*. L'ère des pèlerins sublimes est passée, et un jour l'on pensera plutôt à établir un comptoir ou un buffet dans les lieux célèbres qu'à remuer la cendre des souvenirs illustres : peut-être le champ de bataille illustré par Miltiade parlera-t-il davantage aux imaginations futures quand il s'appellera *la gare de Marathon* !

Qui aurait dit à Byron, lorsqu'il buvait aux jours d'autrefois : *auld lang syne*, en se servant d'une expression qui lui rappelait sa chère Ecosse, qu'on referait plus tard sur lui-même la *ballade des seigneurs du temps jadis*, et que l'*auld lang syne* s'appliquerait à son règne étincelant de dandy intel-

lectuel ? Mais peut-être cette insolence des choses
humaines n'eût plus surpris cet orgueilleux revenu
de tous les orgueils ; peut-être ce Brummel grandiose de la littérature, qui sut aussi bien mourir que
son rival, le Byron de la toilette, sut mal sortir de
la vie, eût-il méprisé cette gloire si humiliante, puisque la coupe d'un poëme peut n'avoir pas plus de
durée que la coupe d'un habit.

## II

Le *byronisme* est tombé, et dans sa chute il a entraîné la création de lord Byron : le nom du grand
poëte est resté suspendu sur son œuvre à demi écrou-
lée, comme ces inscriptions demeurant par miracle
intactes au sommet d'un édifice qui n'est plus que
ruines ; on prononce encore avec une sorte de déférence involontaire ce nom admiré et maudit ; on
laisse au fond des bibliothèques ces poëmes qui jadis
étaient sur toutes les tables et d'où il semble que le
frémissement de la vie se soit retiré. Je ne sais quelle
défaveur s'attache à ces conceptions qui ont joui de
trop de caresses ; peut-être les uns trouvent-ils sage
de ne pas chercher à revoir ce qu'ils ont tant chéri ;
rien n'est plus doux qu'un nom qui correspond à

un type adoré; il flotte dans la mémoire, abstraction
faite de la personne : mais la représentation d'un
visage flétri détruirait le prestige; les autres ne se
soucient guère de cette muse qui n'est plus aujour-
d'hui que la vieille maîtresse d'un temps disparu. O
poésie de Virgile et de Racine, ô femmes légitimes,
vous n'avez pas donné lieu à ces enivrements, mais
vous ne connaissez pas ces mépris !

Eh bien ! cette fois le caprice croit se conduire en
bachelier et agit en Géronte; c'est avoir déjà le regard sénile que de ne pas apercevoir la jeunesse de
cette poésie qui perd sa date bien plus souvent
qu'elle ne l'accuse. L'œuvre de lord Byron ressemble
à ces jardins en désordre qui contiennent cent fleurs
fraîches pour dix fleurs fanées, mais le courant qui
souffle en sens inverse n'en apporte plus le parfum ;
la vapeur du lointain en dérobe l'éclat ; approchez
de ces roses calomniées, vous retrouverez leur beauté
avec leur senteur. N'affectez pas de ne prêter l'o-
reille qu'à ces craquements que déterminent sous
vos pas les branches mortes, ces arbres altiers ont
gardé assez de séve sous leurs cicatrices pour rejoindre un autre printemps, et ce feuillage, quoique
décoloré par places, est encore assez puissant pour
n'avoir pas perdu son murmure.

Je le concède à ces courtisans de la minute qui

sont les contempteurs de tout ce qui n'est pas
l'Actualité : l'aspect général du monument byronien n'est plus en corrélation avec les exigences
nouvelles; cette architecture s'est condamnée elle-
même; les pierres se disjoignent, les murs flé-
chissent, les colonnes s'ébranlent dans cet édifice
abandonné; aucune piété ne se sent intéressée à
réparer les outrages que prodiguent les années au
temple dont les dieux sont abolis : la religion du
désenchantement ne compte plus aujourd'hui que
des hérétiques, mais la poésie ne peut-elle survivre
au culte? Le paganisme est rayé du nombre des
croyances humaines, mais la mythologie, exilée
des consciences, ne retrouve-t-elle pas une terre promise dans les imaginations? Aucun encens ne brû-
lera plus sur les autels profanes du byronisme, mais
quelle résonnance sous ces voûtes prêtes à céder!
quelle grandeur dans cette perspective menacée!
quelle majesté dans ce découronnement! quel fais-
ceau de lumière on formerait avec ces rayons épars!
quels charmants accidents de sculpture ou de végétation rachètent ces parties ingrates et ces effon-
drements! ce nid de roses ferait aimer la lézarde;
ce fleuron lapidaire retient l'artiste qui passait indif-
férent; l'ouvrage de Byron le plus voué aux ténèbres et à l'oubli fait l'effet de ce cachot de Chillon

où la lueur du jour arrive au captif à travers une fente des antiques parois. Dans cet interstice, un oiseau s'engage, se pose, puis, aussi familier que sur un arbre, se met à chanter. « Il était venu pour m'aimer, alors qu'il n'y avait plus personne au monde pour m'aimer comme lui ; je ne sais s'il était libre, mais je connaissais trop la captivité, cher oiseau, pour désirer la tienne ! Il finit par s'envoler en me laissant doublement seul, seul comme un nuage isolé dans le ciel par un jour radieux, alors que dans le reste du firmament brille un azur sans tache, sorte de menace déplacée suspendue dans l'atmosphère alors que le ciel est bleu et que la terre est riante. »

Ce visiteur aérien qui se rit des gardiens et apporte l'éclair de la vie dans le néant, c'est le génie de Byron, même aux heures de disgrâce, illuminant ce qui de son œuvre est déjà rentré dans la nuit. Enfermez-vous dans la plus massive de ces légendes devenues prisons après avoir été palais, à quelque intervalle inespéré, vous verrez battre l'aile du poëte, et quelques notes sublimes vous consoleront de tout ce qui ne vous répond plus.

Je dirai ensuite aux visiteurs sceptiques : Sachez ne pas regarder la cité de Byron au grand soleil de l'actualité ; contemplez-la pour ainsi dire au clair de lune du souvenir, et vous verrez se reproduire pour cette construction grandiose, qui compte encore plus de trésors que de poussière, ce mirage nécessaire qui reconstituait pour Manfred la magnificence de la Rome antique. — « Et toi, lune errante, tu brillais sur tout cet ensemble! tu répandais une ample et tendre clarté qui adoucissait l'austère rudesse et les tristes sentiers de ces ruines, et comblais en quelque sorte les vides opérés par les siècles, laissant la beauté à ce qui était beau, et rendant beau ce qui ne l'était pas ! »

Résistez à ce premier mouvement mêlé d'ingratitude et de légèreté et qui vous pousse à dire, en retrouvant silencieuses une œuvre et une renommée accoutumées à tant de bruit : *Encore un poëte à la mer!* Prenez garde, le prestigieux nageur que le peuple de Venise appelait le *Poisson anglais*, le grand seigneur, qui, jaloux de Léandre et plus heureux que lui, traversait l'Hellespont en se jouant des flots, — lorsque vous croyez le noyer, vous ne faites que le rejeter dans son élément !

## III

L'Océan! voilà peut-être la passion la plus persistante de ce demi-dieu plus mobile que l'onde et qu'on appelait lord Byron. « Il aimait, a dit un de ces derniers historiens, à se sentir porté sur la mer, image de l'infini, et à s'y bercer sur les flots en regardant le ciel. Il y avait du triton en lui : ne pouvant voler sur terre à cause de l'infirmité de son pied, il prenait une orgueilleuse et voluptueuse revanche à vivre sur l'eau, pareil au cygne qui glisse comme un trait et qui battrait en vain la terre de ses avirons ailés; il eut le fanatisme nautique, la folie de l'eau ! »

La poésie de Byron se ressent de cette amoureuse liquidité, elle a cette éternelle variété dans l'éternelle monotonie qui caractérise l'Océan. Elle lui a pris son amertume en même temps que ses aspects : tantôt c'est la sérénité qui la gouverne, et l'on voit à peine blanchir au dernier plan l'écume de ses vers; tantôt la houle des idées s'empare d'elle, et ces strophes tout à l'heure paisibles déferlent avec tumulte. Elle n'est jamais plus voisine de la tempête qui la soulève en sursaut qu'au moment même de la torpeur qui l'aplanit, et l'on voit la nef lyrique s'abîmer pour rebondir à des hauteurs vertigineuses. La perpétuelle digression de Byron, c'est le caprice inconscient des vagues; ne demandez pas de but précis ou de voie frayée à cette fluctuation qui à chaque instant fait et défait son œuvre. Comme l'Océan encore, la poésie de Byron recèle des profondeurs imprévues à côté de récifs à fleur d'eau, il y a ici juste de quoi porter une feuille d'arbrisseau, et là vous compterez cent brasses de philosophie ; comme lui, elle semble toujours avoir le même horizon, mais la diversité de ses teintes corrige cette apparente fixité ; elle étincelle dans son immensité, puis s'assombrit soudain, passant d'un vert intense à un glauque argenté, d'un gris d'acier à un bleu de lapis. Plus impétueuse au début et à la fin, plus apaisée dans le courant du récit, de même que l'Océan est plus clément au large que près de ses rives, et semée pareillement d'épaves sinistres, débris de croyances, bonheurs naufragés, et çà et là surnageant comme une bouteille scellée, une stance mystérieuse où se trouve la désignation d'un bien perdu.

Les Lakistes n'avaient initié à leur sentiment exquis des objets extérieurs qu'un groupe de contemplateurs : la gloire de Byron a été de populariser cette poésie discrète. Wordsworth, Coleridge et leurs disciples n'étaient guère que des amants platoniques de la nature, Byron en a été l'impérieux Sigisbée ; il l'a prise modeste, pensive et recueillie au bord des lacs du Westmoreland, il l'a installée en pleine société, lui faisant épouser sa fougueuse personnalité, la pénétrant dans toute son essence; jouissant avec elle de sa beauté la plus latente, l'affichant pour ainsi dire, et l'imposant au vulgaire qui ne se souciait ni des levers d'aurore ni des couchers de soleil. Comme ce don Juan extrahumain se plonge avec ravissement dans le milieu sensible! comme il se dissout dans l'univers, ou comme il le recompose en lui-même! Protée d'un autre ordre, il luit avec l'étoile, il saccade avec l'ouragan, il s'insinue avec la brise, il vibre avec l'abeille, il s'ouvre avec la fleur. Quelles sérénades il vous a chantées, ô splendeurs de la création!

Ses personnages, il les lance comme lui-même dans le vaste univers; ils ne sont que le cortége de son individualité insatiable de mouvement, de péril et de spectacle. Si *Conrad*, *Lara*, *Alp*, *Manfred*, *Don Juan*, *Child-Harold*, ne sont pas le même homme, ils portent le même uniforme de désolation moqueuse quand il s'agit de la société, de juvénile enthousiasme quand ils ne sont plus en tête-à-tête qu'avec la nature; ils sont les vassaux de la pensée de Byron. Tous, gens du Midi comme du Nord, ressemblent à ce héros du poëme de *l'Ile*, « bercé au souffle impétueux des vents, enfant de la tempête par le corps et par l'âme : ses jeunes yeux s'étaient ouverts sur l'écume de l'Océan : depuis lors il avait regardé l'abîme comme sa demeure, le géant confident de sa pensée rêveuse, le seul mentor de sa jeunesse. »

Byron et sa suite se replient toujours sur eux-mêmes avec une morosité inquiète, mais comme ils se dilatent avec félicité dans ce qui n'est plus du domaine social!

Alp, le renégat de l'Adriatique, va assiéger Corinthe, mais le poëte rêve pour lui sur la plage : « Il est minuit; sur les brunes montagnes le disque de la froide lune verse ses rayons; la mer roule ses flots d'azur ; le ciel bleu s'étend là-haut comme un autre Océan parsemé de ces îles de lumière qui rayonnent d'un éclat si éthéré. Qui n'a pas souvent, après les avoir contemplées, ramené à regret ses regards sur la terre ou souhaité des ailes pour prendre son vol et se mêler à leurs éternelles clartés! »

Les *Lakistes* représentent le culte sédentaire de la nature; lord Byron incarne en lui le génie voyageur de l'Angleterre; l'irrésistible élan qui emporte aux quatre coins du globe, depuis le robuste chasseur de renards jusqu'à la plus délicate figure de *keepsake*, cette race dont la patrie est le monde et pour laquelle le sol natal seul serait la terre d'exil, pousse le poëte à accorder sa lyre à toutes les latitudes ! il fut le Tyrtée de cette phalange de touristes militants qui s'en

vont pieusement à la conquête des grandes impressions locales de l'art et de l'histoire.

Homme de l'extrême Nord et ayant dans les veines du sang de ces dompteurs de vagues, qui, pour
monter leur barque d'osier, choisissaient un jour de
tempête (il prouva bien qu'il n'avait pas dégénéré
d'eux pendant cette traversée terrible, où, drapé
dans son manteau et souriant au milieu de l'anxiété
universelle, il jetait comme un élégant défi au naufrage), lord Byron obéit cependant à cette fascination commune que le Midi exerce sur les organisations de son pays. L'Hellénisme et la Latinité n'ont
gardé nulle part de dévots plus fervents que dans cette
famille anglo-saxonne, placée pourtant à l'antipode
moral et physique de ces civilisations évanouies ; on
dirait que ces fils du dix-neuvième siècle ont encore peur de s'entendre appeler *barbares* par les
ombres grecques et romaines. Oxford est comme une
forteresse garantie par l'antiquité dans le monde moderne. Les langues vivantes n'y meurent pas ; mais les
langues mortes y ressuscitent. Pindare et Horace,
Virgile et Homère se défendraient là contre ces pédants de l'ignorance qui voudraient rayer de l'éducation contemporaine ce mot si noble, les *humanités.*

Les Anglais ne les accueillent que comme des
étrangers, mais ils en font les hôtes du foyer ; ces

témoins d'un autre âge qu'ils maintiennent dans leur intimité, les charment précisément par le contraste bien tranché; doux spectateurs, ils les reposent de leur rude activité; ils leur parlent de quiétude au milieu même des affaires : ils représentent l'harmonie idéale au milieu des discordances de la vie réelle. Les maîtres du temps d'Auguste sur le bureau d'un sujet de la reine Victoria, c'est le grand-livre du loisir à côté du grand-livre du travail. Ils sont le passé léger qui atténue le poids du présent ; l'espace maussade s'enchante autour d'eux comme un cabinet de comptable se transfigurerait par la présence d'une belle statue aux lignes pures. Supposez la Vénus de Médicis présidant à un prosaïque dépouillement *d'écritures,* une fleur de grâce n'émanerait-elle pas insensiblement du marbre suave, pour s'imposer à l'aridité des chiffres ?


## IV


Keats et Shelley, le poëte païen et le poëte panthéiste, ravis tous deux dans leur fleur avant d'avoir pu donner leur fruit, personnifient dans son expression la plus intense ce dualisme frappant de l'esprit britannique : le commerce avec les morts aussi familier et aussi pratique que le commerce avec les vivants; un Anglais dans Pompeï a l'air de faire les affaires de l'Antiquité, et se sent aussi à l'aise que dans Piccadilly; on dirait qu'il se regarde encore comme le citoyen d'un monde disparu. L'auteur de l'*Hypérion* et l'auteur du *Prométhée délivré* offrent ce phénomène de contemporains qui, ne pouvant se consoler de n'avoir pas vécu il y a vingt siècles, se jetteraient, comme saisis d'un vertige chronologique, dans le vide de deux mille ans, pour toucher, fussent-ils pulvérisés par la chute, l'ère enchantée de leurs rêves.

Les Néo-Grecs les plus sincères des autres nationalités se bornent à se pencher religieusement sur l'abîme; fils artificiels qui se sont constitué une parenté honorifique, la tendresse qu'ils ressentent pour l'*Alma Mater* ne va pas jusqu'à décupler le saut de Leucade pour aller l'embrasser; ils se contentent d'évoquer des formes consacrées, ils jouissent de la surprise archaïque qu'ils causent en confiant aux échos modernes des noms antiques que nulle bouche ne prononçait plus; mais leur *Avatar* classique n'est qu'un jeu de l'entendement; on s'aperçoit bien vite que leurs bras allégoriques n'étreignent que leurs ombres; ils ne palpitent pas de l'existence rétrospective qu'ils chantent; ils ne désertent leur époque qu'en apparence, au fond c'est elle et ses personnages qu'ils font reparaître sous de savants pseudonymes. André Chénier dérobe à la Grèce les rayons choisis de sa grâce, mais la séve française n'en coule pas moins sous cette écorce ionienne.

Gœthe, à force d'objectivité, domine le Paganisme et le Monde Chrétien; il semble que ce soit offenser sa majesté de poëte que d'assigner une date à son génie au degré d'altitude où il se place, le passé et le présent sont le même moment pour lui; il supprime par un décret de sa pensée les mesures du temps; pour son regard presque divin l'univers n'a ni fin ni commencement. Sa vaste intelligence est comme une des forces de la nature. A la fois primordial et actuel, il semble qu'il quitte Jupiter au moment où il se tourne vers Jésus. C'est du même pas dont il traversait l'Olympe, qu'il va frapper à la porte du Paradis. Platon et Kant le prendraient indifféremment pour un de leurs disciples. Il est comme le confident impassible des générations opposées; l'Humanité, qui aux autres semble scindée en deux phases irréconciliables : le vieux monde et le nouveau, lui apparaît dans sa radieuse unité. Pénétré à la fois de la beauté antique et de la grandeur moderne, il entreprend d'harmoniser ces deux idéals en mariant hardiment à l'*Hélène* de la fable le *Faust* de la légende.

C'est le détour même qui nous ramène au chemin direct, car Byron intervient ici dans le symbole du grand poëte allemand; le brillant éphémère qui naît de cet hymen hardi, Gœthe lui donne les traits et les signes de l'auteur de *Harold* et de *Manfred.* C'est Byron à qui il a fait l'immortel honneur de songer quand il personnifie dans *Euphorion* le génie qui se consume aux ardeurs de tous les essors. *Euphorion,* c'est l'Icare métaphysique dont les ailes fondent quand il veut fixer de trop près la lumière des choses.

A défaut même de l'admiration prête à tourner au culte, le caractère presque grec de la beauté de lord Byron, sa destinée si fulgurante et si brève, devaient conduire Gœthe à idéaliser le poëte qui avait déjà la figure d'un demi-dieu : les étoiles fixes doivent trouver un charme orgueilleux à l'élégie des météores.

Shelley s'insurge contre les vainqueurs présents en prenant le parti des grands vaincus de l'antiquité; c'est au nom des mythes anciens qu'il veut refaire la synthèse sociale; dernier Titan en lutte avec Jupiter, après s'être élevé dans les régions les plus éthérées, il retombe frappé comme par un choc en retour de la foudre du maître des dieux; c'est le révolté du Paganisme, comme Keats en est l'en-

thousiaste; pour Keats surtout, le monde actuel est
comme nul et non avenu ; c'est la Réalité qui devient Chimère : il ne connaît de tangible que l'impalpable; une perpétuelle extase lui ravit la vue du
présent et lui rend dans tout son épanouissement
le passé mythologique.

Quand on traverse les sables des déserts, un phénomène de réfraction fait soudain apparaître au
voyageur las ou altéré des villes magiques ou des
lacs éblouissants; un mirage analogue se produit
pour Keats quand il foule cette poussière divine qui
fut Vénus ou Psyché, Apollon ou Hercule. Son
corps est un anachronisme, il contient son âme
comme un flacon moderne contiendrait cette eau
contemporaine de l'ensevelissement de Pompeï qui
est restée prisonnière dans un conduit fermé par le
feu : l'œuvre de Keats, surgissant sous les civilisations qui se superposent, fait penser à ces découvertes de villes antiques se révélant dans l'intégrité
de leur prestige. *Hypérion* et *Endymion* ne sont-
ils pas deux poëmes enfouis par quelque accident
du hasard, et que retrouve frais, comme à la première
heure, la pioche du bibliophile? Keats se joue si
naturellement dans le milieu rétrospectif! il respire
avec tant de volupté le même air que Platon ou que
Simonide! Tout ce qui serait abstraction pour d'au-

tres revêt pour lui une forme concrète; il entretient, pour ainsi dire, un commerce charnel avec l'antiquité; on voit se reproduire en petit ce qui s'était passé en grand lors de l'éclosion générale du système païen; l'imagination d'un jeune homme refait à son usage, comme l'imagination d'un peuple adolescent avait créé, pour le besoin commun, tout une Flore religieuse.

La mythologie sort du cerveau de l'Anglais Keats, armée de ses séductions, comme elle avait jadis jailli du front de la Grèce entière; à force de presser ces visions volatiles qui flottent autour de sa pensée, il finit par leur donner la consistance de l'être animé. Cette loi de la matière qui réduit par la condensation les fluides à l'état solide, semble s'appliquer aux opérations de son esprit. Il restitue à la terre et au ciel leurs plus riants génies; dans les bois et les monts on entend le pas cadencé des Nymphes; les Syrènes jouant sur les vagues se remettent à chanter. Quelles mélodies divines ne doivent-elles pas avoir apprises pendant ce long silence! Ulysse se ferait encore attacher au mât de son navire pour trouver la force de résister à leurs accents; mais aurait-il besoin de faire signe à ses compagnons de le délier? Le poëte, au bord des flots azurés, attend que de leur plus neigeuse écume émerge la blancheur de Vénus. Les trois Grâces, longtemps séparées, reforment leur groupe charmant. Tout se repeuple, tout frémit, tout rayonne, tout attire, et cette clameur lamentable : *Le vieux Pan est mort*, se change en ce cri d'allégresse : *Pan est ressuscité.*

Il n'est guère permis d'oublier Keats et Shelley quand on parle de lord Byron; ces deux rivaux d'un jour que le destin ne lui oppose que pour les sacrifier à sa gloire, sont comme les épreuves de son rôle et de son caractère. L'un incarne son sensualisme, l'autre sa passion de la nature : beaux tous deux comme l'auteur de *Child-Harold*, tous deux suspects également à une société sévère à laquelle ils apparaissent comme les anges du désordre, ils le précèdent dans la tombe sur la terre étrangère, mais avant d'avoir cueilli la palme.

Leur vocation païenne semble leur survivre; les dieux sont touchés de cette dernière fidélité; le monde moderne ne voulait pas de Keats et de Shelley, c'est le monde antique qui les reçoit; l'auteur du *Prométhée délivré* a des funérailles dignes d'un héros d'Homère. Au rivage même où il avait été retrouvé après un naufrage, — car Shelley, comme Byron, était dédaigneux du sol et amoureux de l'onde, — son corps, revêtu d'une toile d'amiante, est placé sur un bûcher, et à la lueur des flammes se réverbère dans la mer; Keats dormait déjà dans un cimetière de Rome, à l'ombre de la pyramide de Cestius, dans un lit si propice à l'éternel sommeil, que Shelley, à l'une des pages limminaires de son poëme d'*Adonaïs*, écrivait : « On s'éprendrait presque de la mort en songeant qu'on peut être enseveli dans cette terre si douce à contempler. »

## V

On s'épuise à vouloir rebrousser le cours des âges, comme on se brise à remonter le courant d'un fleuve; ces deux apôtres du haut naturalisme ancien firent, au point de vue de leur renommée, une faute plus grave que celle de déserter l'opinion en vigueur : ils furent les renégats de leur temps; en marchant contre le mouvement, ils annulèrent leur propre force motrice; Shelley se dissipe en vapeur à force de se détacher de l'élément humain : Keats se dissout dans cet embrasement délicieux qu'il détermine autour de lui; ils ne regardent pas leur époque, leur époque ne les voit pas; ils sont oubliés comme ils oublient eux-mêmes; leur substance sans rayonnement brûle sans éclairer; on dirait la stérile prodigalité d'un feu d'artifice dans le désert.

C'est au contraire en fils du dix-neuvième siècle que lord Byron va représenter à son tour l'Angleterre auprès de ces grandes sources de l'Antiquité; il se baigne, il ne se noie pas dans la fontaine de Jouvence; il confesse les douleurs nouvelles aux ruines consolatrices ou aux lieux fameux; il fait tressaillir au grand vent des idées modernes tous les sanctuaires classiques, comme au passage de l'ouragan de demain frémiraient les dernières colonnes de Palmyre ou les murailles du temple de Thésée; c'est en rêveur romantique qu'il parcourt la voie sacrée d'Eleusis. Sa coupe antique est la coupe de notre amertume.

Il visite ce qui fut le théâtre du passé, comme on visiterait un cimetière, s'arrêtant à tous les mausolées, faisant parler les pierres, méditant sur les inscriptions, cueillant les fleurs anciennes et apportant des fleurs nouvelles; à lui plus qu'à personne, vos cendres lui apprennent qu'il n'est que poussière, ô restes des héros et des héroïnes qu'il mêle à sa vie, comme ces portraits d'aïeux qu'on n'a jamais connus et qu'on interroge avec des larmes dans les yeux. Cet itinéraire funèbre lui arrache une éternelle prosopopée; il vous interpelle, noms sonores, villes illustres, points de terre immortalisés! il vous réveille tous en même temps, ô souvenirs couchés les uns près des autres : on dirait un homme ayant la permission de faire retentir pour quelques instants la trompette du jugement dernier. « O Italie! Italie! « s'écrie-t-il, quand le regard te contemple, l'âme « s'illumine soudain de la lumière des siècles! » Puis il vous invoque pêle-mêle, Venise, Clarens, berceau de l'amour sincère, Florence, Rome, « cité de l'âme, « Niobé des nations, mère solitaire d'empires expi- « rés, vers laquelle doivent se tourner les orphelins « du cœur. » — Il vous associe dans son évocation, ombres du Tasse à Ferrare, de Cléopâtre au golfe d'Ambracie, doux fantôme d'Égérie, près de la fontaine qui semble encore la réfléchir. L'exquise statue du palais des Uffizi lui rappelle Vénus apparaissant à Pâris; son imagination ailée franchit presque au même moment des espaces sans fin, et semble se poser à la fois sur les points les plus distants; elle plane, elle rase le sol, elle remonte pour se perdre dans la nue, ivre d'immensité, regardant fixement le soleil et la mort; mais l'aire de cet aigle qui semble n'avoir pour domicile que le bleu de l'air, c'est la Grèce.

Nul ne se-tourne avec plus de ravissement vers cette terre d'élection; c'est à elle qu'il revient toujours; c'est elle qui l'apaise, qui le magnétise, qui l'allége; il ne fit que payer une dette en mourant

2

pour la délivrer; il lui avait dû si souvent sa propre
délivrance! elle l'avait si amoureusement délié de
ses plus lourdes chaînes! elle avait su faire aimer la
vie à cet homme toujours prêt à maudire ce fatal
présent; esclave soumise, elle ne s'était pas démentie
dans sa tendresse, quand cet enfant gâté de l'aristocratie ne fut plus que le plus fastueux des parias.

D'autres, et ceci est à l'honneur de la jeunesse de
cœur de lord Byron, d'autres voient la Grèce aride,
dépouillée, vieillie, et ce ne sont pas seulement les
Ironiques, ce sont de graves voyageurs comme Christophe Wordsworth qui n'aperçoivent que des rides
là où il y avait la fraîcheur matinale. Byron voit sa
maîtresse toujours jeune et toujours belle. « Ton
ciel est toujours aussi bleu, s'écrie-t-il, tes rocs aussi
sauvages; tes bosquets sont doux, vertes sont tes
campagnes; tes olives mûrissent comme au temps
où tu voyais Minerve te sourire ; un miel pur coule
encore sur l'Hymette, et l'abeille joyeuse y bâtit encore sa citadelle odorante. Apollon dore toujours tes
longs étés, et les marbres de Mendéli resplendissent
encore au feu de ses rayons; nulle portion de ton
sol n'offre un aspect vulgaire. »

Comme il la défend contre l'insulte! ne dirait-on
pas une femme qu'on outrage devant son amant;
lorsqu'il monte au sommet du Parthénon pour ef-

facer du marbre le nom de lord Elgin, qui avait osé toucher à ces divines beautés, puis quand il lance sur le nouvel Alaric la *malédiction de Minerve?*

C'est toujours saisi d'une superstition religieuse que ce sceptique aborde cette terre sacrée ; il n'en arrive pas comme Keats à appeler Diane : une sainte; mais le lendemain du jour où il compose son apos-trophe au Parnasse, il aperçoit une volée de douze aigles en se rendant à la fontaine de Delphes, et il espère, comme l'aurait fait un ancien, qu'Apollon accepte son hommage.

La Grèce a pour Byron un charme plus touchant encore : par sa configuration, les découpures de ses golfes, ses lacs surmontés de hautes montagnes, ses vallées ombreuses, ses costumes, ses aspects âpres et solitaires, elle lui rappelle l'Écosse ; il revoit dans ces crêtes couronnées de neige ce Loch-na-garr qu'il préférait aux plaines fleuries de l'Angleterre. La Grèce lui rend l'image de tout ce qu'aimait son en-fance. Il est heureux sur ce sein d'adoption, comme un orphelin éprouverait une félicité étrange à de-meurer auprès de la femme qui lui rappellerait les traits de sa mère : la Grèce pour Byron, très-sen-sible sous son masque glacé, c'est la patrie idéalisée.

C'est elle qui achève de donner à sa poésie ce ca-ractère oriental qui perce à travers la saveur britan-

nique : une sorte de langueur lumineuse, efféminée
et douce, qui se mêle à ses plus mâles impressions ;
l'Orient avait attiré Byron depuis le jour où il avait
ouvert un livre ; il se délectait de cet air aromatique,
de cette sérénité ardente, de ce soleil sans voiles ;
pour un peu il accuserait d'hypocrisie la brume de
son pays ; il reste homme du Nord au milieu de cette
séduction méridionale, car la mélancolie vraie et profonde tient à l'âme plus qu'au climat ; mais ce courant de mollesse acquise, qui pénètre sa virilité native, communique à cette *humour* anglaise des grâces
exotiques, comme le courant d'eau chaude qui
baigne certaines côtes d'Irlande permet à un sol
septentrional de connaître la flore des tropiques !


## VI


Il y a des êtres si fatalement marqués pour la
lutte, que la mort même, éternel repos pour la multitude, n'est pour eux que le commencement d'une
autre agitation ; leur *ci-gît* est presque une dérision ;
ils sont aussi troublés dans le sommeil de la tombe
qu'ils ont peu goûté la paix pendant leur passage
terrestre ; leur destinée semble leur survivre ; on
croirait qu'une main vengeresse, renversant la for-

mule du pardon, a inscrit sur leur marbre funéraire :
*Requiescant in tempestate !*

La carrière de lord Byron fut un orage perpétuel ;
il traversa le ciel tourmenté de son époque en jon-
chant de débris de croyances et d'illusions le sol de
la vieille société, sans que son œuvre et sa vie, si
intimement confondues, cessassent de gronder un
seul instant, — tonnerre au-dessus des têtes, comme
*Child-Harold,* ou tonnerre dans le lointain, comme
*Don Juan.* Les bonnes âmes se signaient aux éclairs
de son génie en appréhendant l'explosion ; on eût
dit volontiers de chacun de ses poëmes redoutés qui
formaient comme un dessin de feu dans l'espace, au
lieu de : Il vient de paraître, *Il vient de tomber.*
Jamais nature n'offrit un plus magnifique spectacle
de ses éléments déchaînés : grandeur et infirmité,
colère et tendresse, effusion et sarcasmes, appétits
de l'infini et enivrements du *high life,* sauvagerie
et raffinements, élans et prostrations, haine de tous
les jougs et tyrannie de l'égoïsme, action et rêverie,
insociabilité et instincts généreux, forces destructives
à côté de forces créatrices. Sa fin fut violente, comme
sa naissance ; et aujourd'hui même qu'il ne se dé-
gage plus d'électricité de ces nuées poétiques jadis
si menaçantes, le souvenir du dévastateur trouble
encore les|consciences ; sa mémoire n'est pas ab-

2.

soute, et le nom de Byron est encore ballotté de l'admiration au mépris.

Les puritains de fine fleur ne quitteraient plus un salon en l'entendant annoncer, mais on éviterait presque son ombre errante, et l'on ne serait pas loin de refuser à son nom une place d'honneur dans les bibliothèques, comme on a refusé à ses restes une sépulture à Westminster. Fidèle, d'ailleurs, à sa maîtresse jusqu'après sa mort, l'amant de la solitude eût préféré de lui-même à un dernier asile d'apparat six pieds de terre à l'ombre du chêne qu'il planta à Newstead !

Il n'y a pas longtemps encore, Lamartine, revenant aux impressions premières qui lui dictèrent une de ses *Méditations* les plus célèbres, ravivait dans une étude ombrageuse le vague décri qui s'attache à la mémoire du poëte. Soulevées de nouveau au souffle de la critique, les cendres de Byron risquent de se disperser à tous vents, si une urne définitive ne venait recueillir cette poussière trop remuée et la soustraire aux profanations du hasard !

Il était décrété que le grand poëte devait souffrir, même après lui, de cette hypocrisie qui fut sa plus implacable ennemie ; puisque Thomas Moore, le dépositaire de ses *Mémoires*, inventa le *cant* posthume en brûlant cette précieuse autobiographie, dont il ne reste que ce que le feu a refusé ; puisque enfin la légende veut avoir le pas sur l'histoire, et qu'on persiste encore à faire de l'auteur de *Lara* un personnage infernal, ce n'est pas une besogne en retard, même à l'heure qu'il est, que de *désataniser* lord Byron et de rendre à Dieu ce qui est à Dieu.

On eût pu croire la restitution accomplie quand, il y a trente-cinq ans, un juge d'une autorité aussi considérable que Macaulay prononça sur le prétendu vampire un arrêt qui a la pérennité du style lapidaire. Le monument du poëte n'aura jamais reçu d'inscription plus profonde et plus précise ; mais les épitaphes les plus belles ont le sort de la pierre où on les grave : si le mausolée cesse d'être entretenu, elles finissent par échapper aux yeux vulgaires ; que de mousse parasite, que de rouille accumulée peuvent dérober d'ailleurs à l'attention ces caractères sacrés ! Nous les déchiffrerons en temps et lieu pour en lire les lignes les plus décisives dans leur piquante gravité, s'il n'est pas défendu d'associer ces deux mots à propos d'un *whig* de la vie privée défendue par un *tory*. Il faut la part des influences héréditaires dans le tempérament de lord Byron. En effet, jamais devanciers n'expliquèrent mieux un successeur. Châtieurs de vagues, plus craints de la mer qu'ils ne la redoutaient eux-

mêmes, Xerxès scandinaves qui fouettaient la lame
rebelle ; misanthropes féodaux, couvant au fond de
leur manoir le dégoût des choses humaines, — Al-
cestes du moyen âge qui préparaient Child-Harold ;
gens d'épée toujours prêts à verser au service d'une
cause lointaine leur sang déjà romanesque : toute
cette race tumultueuse et sombre, qui à tous ses
périls ajoutait l'*alea* de la durée, puisqu'elle ne se
perpétuait à chaque génération que par un rejeton
unique (semblable en cela aux Majestés du règne
animal, comme le lion et le tigre, qui ont les moindres portées), cette race est marquée d'un si impérieux caractère d'aventure, que lord Byron se trouvait déjà précipité par elle hors de la vie réglée et
douce ; il représentait comme le torrent définitif de
ce sang qui avait coulé d'âge en âge dans les veines
de ses pères ; les ancêtres d'un patricien de génie sont
souvent responsables de sa personnalité, comme les
chrysalides sont responsables du papillon.

Cette filiation qu'on interroge pour innocenter
l'homme, ne pourrait-on pas l'étudier dans le domaine
des idées afin de disculper l'œuvre ? Stendhal a fait
observer que le commerce assidu de la Bible dévelop-
pait chez la nation anglaise quelque chose de l'in-
flexibilité hébraïque ; il était réservé à lord Byron de
devenir le *bouc chargé des iniquités d'Israël* ;

cette prédestination le poursuivit jusque dans sa
fonction littéraire. Bien avant lui, *Werther*, puis
*René* et *Obermann* avaient inventé ce *mal du
siècle*, qu'on croit être une innovation et qui n'est
qu'un héritage, car Gœthe, Chateaubriand et Sénancour ne représentent ici que les fils de Rousseau,
et Hamlet lui-même n'est pas encore le patriarche
des révoltés, — nostalgie née plutôt du mécontentement intime que du mécontentement social, malaise
de certaines organisations qui contractent comme le
vertige de ce néant dont parle l'Écriture, et tombent dans le précipice de désolation sur lequel
elles se plaisent à se pencher, impression chrétienne
que ne chasserait même plus le retour du paganisme.

La Révolution ne fit pas naître, elle ne fit que
généraliser cette disposition de quelques âmes ; elle
démocratisa le désenchantement ; elle transforma
un groupe choisi d'élégiaques en un chœur immense
de désespérés ; jamais la vanité des biens terrestres
n'avait apparu plus claire aux yeux les plus prévenus ! La vie tenait si peu ses promesses ! tant
d'anxiétés pour si peu de joies ! tant de fleurs fau-
chées ! tant de bonheurs engloutis ! tout bâti sur le
sable, jusqu'à la maisonnette !

On se rappelle le duc d'Antin faisant en une nuit

abattre une avenue d'arbres séculaires qui gênait un
point de vue pour Louis XIV, afin que le grand
roi, son hôte, n'aperçût plus au réveil ce qui avait
failli borner son regard. C'était de ces surprises que
ménageait 93. La toute-puissante multitude faisait-
elle comprendre que l'horizon de ses haines n'était
pas assez dégagé, on trouvait le lendemain par
terre des rangées de têtes précieuses : flatterie non
moins colossale à l'adresse d'un maître plus attentif
encore à ce qu'on épiât ses caprices.

Quand les disparitions effrayantes qui se succé-
daient coup sur coup dans les affections les plus
chères rappelaient aux moins philosophes le vide des
choses humaines, quand la Mort en permanence
désintéressait de la Vie et que le glas funèbre do-
minait tous les bruits, comment la littérature de l'a-
mertume et du regret n'aurait-elle pas pris faveur ?
Il n'y avait plus sur les lèvres délicates que le mot :
*hélas !* Elle en fit un long poëme ; la sécurité revint
plus tard avec la gloire, mais aucun souffle n'aurait
été assez puissant pour sécher promptement un terrain si trempé de larmes. Dans l'église de Saint-
Louis des Français, à Rome, on lit cette inscription
sur une tombe : *Après avoir vu périr toute sa famille, son père, sa mère, ses deux frères et sa
sœur, Pauline de Montmorin, consumée d'une*

*maladie de langueur, est venue mourir sur la terre étrangère.*

Maintenant, que l'égoïsme pervertit à son profit cette poésie de la douleur, que beaucoup de gens trouvassent le moyen de se faire plaindre comme portant le deuil général, quand au fond ils ne portaient que le deuil de leur personnalité; que le dandysme lui-même s'en mêlât et qu'il fût de mode de prendre une attitude gémissante, c'est là la profanation qui accompagne les calamités vraies, comme le vol accompli à la faveur de l'incendie. En 1822, s'il faut en croire Chateaubriand, alors ambassadeur à Londres, « le fashionable devait offrir au premier coup d'œil un homme malheureux et malade; il devait avoir quelque chose de négligé dans sa personne : les ongles longs, la barbe non pas entière, non pas rasée, mais grandie un moment par surprise, par oubli, pendant les préoccupations du désespoir; mèche de cheveux au vent, regard profond, sublime, égaré et fatal; lèvres contractées en dédain de l'espèce humaine, cœur ennuyé, byronien, noyé dans le dégoût et le mystère de l'être. »

Le touchant peut avoir sa parodie comme le sublime; la convulsion du sol avait déraciné bien des existences qui s'étaient séchées comme la plante hors de terre. Il était à prévoir que les imitateurs se donneraient à plaisir l'air de jeunes tiges meurtries; on voulait être fils du tonnerre et des éclairs, et l'on affichait ses parchemins d'ouragan!

Mais cette souffrance qui n'est pas factice et qui tient, chez les êtres supérieurs, à une noblesse de nature perpétuellement froissée par les mille humiliations de la condition humaine, cette dépravation du goût de la vie qui ferait trouver pleines de cendres les pommes d'or du jardin des Hespérides, cette loi inexorable des tempéraments d'analyse, et qu'on pourrait appeler l'INAPTITUDE AU BONHEUR, Byron ne l'a pas créée; elle est vieille comme le genre humain, cette maladie sublime qui faisait s'écrier à Job sur son fumier:

Périsse le jour où je suis né
Et la nuit qui a dit : Un homme est conçu!

Blasphème qui touche à l'hymne, suivant l'heureuse expression de l'historien du premier grand poëme de la douleur terrestre. En vain d'autres faux amis, de nouveaux Eliphaz de Théman, Bildad de Suah, Sophar de Naama, ces Philintes bibliques, viendront dire aux éprouvés de la vie :

Le sage répond-il par une science pleine de vent?
Remplit-il d'aquilons sa poitrine?

Les Jobs futurs leur répondraient comme le Job antique :

Vous êtes tous d'insupportables consolateurs.

Seulement ils ne se repentent plus sur la poussière et sur la cendre les lamentateurs modernes, et Jéhovah ne peut plus, les enlevant à Satan, les rétablir dans leur gloire et leur prospérité.

C'est pourtant du nom de Byron que dans notre âge on a nommé cette révolte de l'homme contre sa destinée ; et Lamartine lui-même, qui a continué, en l'épurant il est vrai, le culte du découragement, redit à son tour :

> Eh ! qui m'emportera sur des flots sans rivages ?
> Quand pourrai-je la nuit, aux clartés des orages,
> Sur un vaisseau sans mâts, au gré des aquilons,
> Fendre de l'Océan les liquides vallons ?
> . . . . . . . . . . . . . . . . .
> Mais suivre pas à pas, dans l'immense troupeau,
> Ces générations, inutile fardeau,
> Qui meurent pour mourir, qui vécurent pour vivre,
> Et dont chaque printemps la terre se délivre,
> Comme dans nos forêts le chêne avec mépris
> Livre au vent des hivers ses feuillages flétris.

ou encore :

> Quel crime avons-nous fait pour mériter de naître ?
> L'insensible néant t'a-t-il demandé d'être ?
>          Ou t'a-t-il accepté ?

Le chantre du *Désespoir* qui accuse le poëte de *Child-Harold,* comme l'écho ferait le procès à la voix, Lamartine apporte une pierre tardive à cette lapidation d'une mémoire calomniée ; le *byro-*

*nisme*, ce devrait être aussi bien Gœthe exaltant le suicide, Chateaubriand lançant au milieu de son œuvre de reconstruction et de respect la note de la rêverie antisociale — (*René* a peut-être fait plus de mal que le *Génie du christianisme* n'a fait de bien), — Sénancour enfin se consumant, comme le dit avec tant de justesse Sainte-Beuve, « dans ses pensées d'amertume, de désappointement aride, de destinée manquée à loisir, de petitesse et de stupeur en présence de la nature infinie. » C'est aussi bien Lamartine jetant à tous les lacs ses doléances de cygne blessé, Musset décomposant toutes choses par l'ironie, et pourtant le *byronisme*, cette séduisante épidémie, ne compte qu'un malade mis en quarantaine, Byron, et c'est à peine aujourd'hui si la libre pratique est accordée à son navire littéraire!

## VIII

Il est vrai que la fatalité de tous les prestiges devait désigner Byron comme le chef responsable de ce grand mouvement dont il fut pour ainsi dire le César : sa beauté de médaille antique, son rang supérieur, sa magnificence, son attitude dominatrice, la fascination de sa pensée, le mystère de sa vie, l'aspect légendaire sous lequel son étoile voulait qu'il apparût à l'élite comme au vulgaire.

Lamartine, surpris par le gros temps près du lac de Genève, est obligé de se réfugier sous un rocher; un immense éclair lui montre un jeune homme pâle, plus attentif à la majesté de la scène qu'au péril de l'embarcation; « le yacht où il bravait la tempête, cinglait à travers des montagnes d'écume, la proue sur Genève comme un goëland, une aile dans la lame, une autre dans le nuage. »

C'était lord Byron qu'il venait d'entrevoir à une lueur de la foudre, et cette lueur le lui avait imprimé dans les yeux. Il lui parut beau comme la jeunesse, jouant sa vie avec la mort.

Stendhal l'aperçoit pour la première fois au théâtre de la *Scala*, écoutant un *sestetto* de l'opéra d'*Elena* de Mayer. « Je n'ai vu de ma vie rien de plus beau ni de plus expressif, dit-il : encore aujourd'hui (1824), si je viens à penser à l'expression qu'un grand peintre devrait donner au génie, cette tête sublime reparaît tout à coup devant moi ; j'eus un instant d'enthousiasme. » Le lendemain il retrouva l'auteur de *Parisina* écoutant la *Mascheroniana* de Monti : « Jamais je n'oublierai l'expression divine de ses traits, c'était l'air serein de la puissance et du génie. » Un soir on avertit lord

Byron qu'un officier autrichien, de garde au théâtre, venait d'arrêter M. Polidori, son médecin ; la figure de lord Byron prit sur-le-champ une ressemblance frappante avec celle de Napoléon lorsqu'il était en colère. »

Stendhal n'est pas le seul à évoquer un aussi auguste sosie quand il s'agit de Byron ; l'analogie des physionomies de conquérants a frappé aussi un critique éminent, Philarète Chasles, quand, dans une page d'une haute éloquence, il associe ces trois génies : Bonaparte, — Rossini, — Byron. « La dissonance de noms peut effrayer, dit-il, la différence de leurs supériorités diverses peut rendre ce rapprochement insolite, mais comme séduction, comme gloire et comme puissance, on ne peut contester leur triple empire. »

Le vieux professeur d'arménien de lord Byron à Venise existe toujours ; il vous parlerait encore de ces longues courses que le poëte, perdu dans ses méditations, faisait à cheval le long du rivage désert. La tradition représente aussi le grand capitaine du romantisme s'élançant dans les plaines de Missolonghi à la tête de son escorte de Souliotes au costume brodé d'or, et dans ces deux visions qui réveillent pour le souvenir l'idée d'une noble image populaire, il semble que la comparaison de Stendhal s'impose de nouveau à l'esprit.

Si l'on voulait compléter l'illusion, qu'on lise dans la correspondance de l'observateur le plus en garde contre les surprises le récit de ces improvisations merveilleuses où lord Byron tenait tout le monde sous le charme. « Quel divin poëme il nous fit une nuit à propos de la vie de Castruccio-Castracani ! Nous l'avions mené voir au clair de lune les aiguilles de marbre blanc du dôme de Milan. »

On sait quelle admiration presque jalouse Byron nourrissait pour Napoléon Ier, et cette ardeur toute française dans la sympathie ne fut pas un des moindres griefs dont l'opinion hostile put s'emparer contre le pair d'Angleterre; il était avide de détails sur l'Empereur; et cette curiosité valut à Stendhal plusieurs promenades en tête à tête avec Byron dans le foyer de la *Scala*. « Le grand homme, dit-il, apparaissait une demi-heure chaque soir, et alors c'était la plus belle conversation que j'aie rencontrée de ma vie. Un volcan d'idées neuves et de sentiments généreux tellement mêlés ensemble, qu'on croyait les goûter comme une saveur inédite. »

Que de fois, suivant le même témoignage, les Italiens, pourtant si méfiants, s'attardaient à reconduire l'enchanteur dont l'inspiration avait plus d'étoiles que la nuit, — épisode qui fait penser à Chênedollé et à ses amis, oubliant les heures, suspendus qu'ils

étaient aux lèvres de Rivarol, et quittant avec peine
au clair de lune l'entretien commencé au grand jour.

C'est que lord Byron, outre sa qualité de poëte,
était encore un causeur extraordinaire, songeant
bien plutôt à remuer des idées qu'à se mirer dans sa
parole, et c'est par là qu'il avait pris Stendhal, si dédaigneux de la phrase et si amoureux de la pensée
toute nue. D'après madame Necker de Saussure,
Byron avait pour madame de Staël une valeur iné-
puisable : il mettait en jeu toute son imagination,
et elle créait à nouveau sur les conceptions du
poëte.

Cette remarque si fine explique bien l'empire de
lord Byron ; sa main de patricien n'était pas toujours
celle d'un philosophe profond ou d'un artiste consommé ; mais elle excellait à confesser l'instrument
tout entier. On eût pu dire de lui comme de Rivarol,
cet autre dieu de la conversation : « On n'avait qu'à
lui donner la note, le merveilleux clavier répondait
à l'instant par tout une sonate. Pour prendre un
autre ordre de comparaison, lorsqu'il n'était pas le
feu rêvé, il était la traînée de poudre qui allume
tout en moins de temps qu'il n'en faut pour l'écrire.
Même quand Byron se trompe et paraît puéril, il
ressemble à l'enfant qui se serait glissé dans une
tour d'église pour toucher à la maîtresse cloche : il

suffit d'un frôlement imperceptible pour produire
une résonnance énorme; le sonneur n'est rien : c'est
le volume du métal qui est tout.

C'est ici, par parenthèse, l'occasion de réfuter une
critique très-superficielle dirigée contre lord Byron ;
on a accusé l'auteur de *la Malédiction de Minerve*,
le fanatique qui, au prix de sa vie, allait effacer d'une
pierre placée au haut du Parthénon le nom de lord
Elgin, injure rendue à un Vandale, d'être privé du
sens des arts plastiques. Le biographe auriculaire que
le hasard lui donne à plusieurs reprises, Stendhal,
s'était pourtant chargé de prévenir cette étrange erreur. « J'admirais, dit-il, la profondeur de sentiment
avec laquelle un grand poëte comprenait les peintres
les plus opposés. L'*Agar renvoyée par Abraham*,
du Guerchin, l'électrisa ; de ce moment, l'admiration nous rendit tous muets; il improvisa une
heure, et mieux, suivant moi, que madame de
Staël. »

La musique exerçait d'autre part une influence passionnée sur Byron ; et lui, ce fanfaron de sécheresse,
s'attendrissait comme une femme aux accents sublimes des vieux maîtres. Comment cette organisation
si vibrante se fût-elle montrée mauvaise conductrice
de la poésie des sons ? C'eût été la harpe éolienne
restant muette au passage du vent!

## IX

Je répugne à la théorie platement matérialiste qui prétend expliquer la révolte de Byron contre la société par le secret ressentiment de son infirmité. Il est possible qu'une vieille fille de province prenne une aigreur mortelle de la conscience d'une difformité, nul doute qu'un être vulgaire ne pardonne difficilement à ses contemporains une disgrâce de la nature; mais appliquer ces petits instincts niais à un caractère de l'élévation de Byron, c'est accuser Sardanapale de parcimonie, ou Saint-Simon de goûts bourgeois.

L'homme d'une intelligence supérieure peut souffrir intérieurement de l'accident qui frappe son enveloppe physique, mais une certaine pudeur d'orgueil l'empêche de faire sentir aux autres l'irritation que cause cette blessure éternelle; il rougirait sinon par vertu, au moins par dignité, de régler son cerveau sur un misérable hasard, de puiser son inspiration à une source empoisonnée par une si lâche vanité. Entre gens bien élevés, je ne dirai pas même entre gens d'esprit, il y a des ridicules corporels qu'on arrive à ne plus voir, tant il est de bon goût de ne pas les regarder : Scarron en a-t-il voulu au genre humain de lui ressembler si peu? Observer la claudication de Byron quand l'auteur du *Ciel et de la Terre*, de *Manfred* et de *Caïn*, justifie si idéalement l'*os homini sublime dedit* du poëte, c'est regarder un héros comme Achille, non pas à la tête, mais au talon ; les sordidités de petite ville ne concernent pas l'*Iliade*.

Si un cœur eût été presque excusable de garder rancune au sort de ce qu'on pourrait appeler la trahison plastique, c'est bien celui du fils qui trouvait sur les lèvres de sa mère la première insulte à ce vice de conformation qu'elle eût dû racheter par un surcroît de tendresse, car il était son ouvrage ; c'était le jeune cœur que glaçait, au moment de la séve, cette parole sans pitié de la première femme qu'il eût aimée sérieusement : *Croyez-vous que je me soucie de ce garçon boiteux?*

Lord Byron pardonna à toutes les deux : à l'une il se borna à répondre avec un doux sourire dans *le Difforme transformé :* « Je suis né comme cela, ma mère; » à l'autre, à cette miss Chaworth, devenue lady Musters (alliance qui, en effaçant de sanglants souvenirs de famille, eût fait cesser la réprobation anticipée du nom de Byron), le poëte écrivit en quittant l'Angleterre ces *stances à Marie*, qui vivront tant que le cœur humain palpitera; et c'est

3.

au chrétien ou au *gentleman* (à tous les deux peut-
être) qui se vengeait si noblement de l'injure, qu'on
ose reprocher la vile rancune de l'avorton ! Sans
doute plus tard le dandy éprouvait un sentiment de
gêne quand il traversait seul un salon sous le feu de
tous les regards ; sans doute il cherchait à dissimuler
cette irrégularité dans la marche, qui ne fit pas plus
de lui un pervers qu'elle n'avait fait de Tyrtée un
envieux ; mais l'aigle, eût-il la jambe brisée, se
souvient qu'il a des ailes, et il s'envole avec sa
blessure !

Cette structure fabuleuse, — tête de dieu commandant à un pied de satyre, — est comme l'emblème de
la destinée de lord Byron : le terrassement des instincts
inférieurs par les instincts altiers. Certes, le génie
du mal a hanté plus d'une fois cette organisation
étrange, faite d'une moitié de maudit et d'une moitié
d'élu, ce Messie de sa race, qui avait vu la griffe de Satan se croiser sur son berceau avec la main de l'ange
gardien ; mais, si les ténèbres l'attirèrent souvent, il sut
toujours, par un élan inespéré, remonter vers la lumière. Il fut parfois tenté d'être un méchant ; il ne suc-
comba qu'à l'attrait d'être bon ; fanfaron de vice, il ne
brava jamais en face la vertu. Les âmes fortes ne respi-
rent que dans la pureté ; Byron étouffa bien vite
dans la fournaise vulgaire. Que de fois ce volup-

tueux de vingt ans fut un ascète volontaire! Quel stoïque cachait cet épicurien! Sous ce Caligula d'une
heure, il y avait un Marc-Aurèle d'une journée;
vase d'une forme admirable et d'une matière précieuse, plus fait pour contenir l'encens que la liqueur
profane, il se replaçait presque à son insu au lieu de
sa destination.

Il appartenait à ces natures trop aristocratiques
pour ne pas sentir bien vite que la souillure est une
déchéance intellectuelle. Un vrai grand seigneur ne
sera jamais un scélérat accompli : que de félonies il
regardera comme *improper*; que de bassesses il dé-
daignera, de peur de prendre de sa propre personne
l'idée d'une *espèce!* Je ne sais quel dégoût l'avertira
de laisser la cruauté à la brute : il se croira impitoyable, et il volera au secours des chevaux qu'un char-
retier accable de coups. Dieu ne retire pas si facilement ses lettres de noblesse, et il ne nous serait pas
malaisé d'établir que, malgré son enseigne satanique,
lord Byron fut un fieffé honnête homme.

Quand il rendit le dernier soupir, non plus en
corrupteur, mais en purificateur d'âmes, le génie
du bien l'avait reconquis depuis longtemps. Le Byron de Missolonghi rachète bien des fautes du Byron de Newstead.

## X

On veut trop voir d'ailleurs la vie et l'œuvre de ce grand proscrit de l'histoire littéraire à travers cette lueur théatrale que ses disciples ont eu soin d'entretenir pour participer à l'effet du maître; les byroniens, cette secte pernicieuse, qui, pour prendre une plaisante expression de Macaulay, avaient fini par extraire de la poésie de l'auteur de *Lara* un systême de morale dont les deux grands commandements étaient : *Haïssez votre prochain et aimez la femme de votre prochain,* les byroniens en ont imposé sur lord Byron. Il s'en faut que les actes et les écrits du chef exhalent cette odeur de soufre qu'on s'est complu à signaler aux crédules; marchez sur le byronisme et vous trouverez un fantôme fort débonnaire.

Byron buvait avec ses amis dans un crâne monté en coupe : horrible profanation ! Que ferait-on de son indignation si l'on apprenait qu'en sablant le vin du Rhin dans un pareil récipient, le malheureux poëte ne faisait que se conformer à un vieil usage anglais? Lamartine reproche à Byron d'avoir boxé avec Rhuston, un valet favori, au moment même où avaient lieu les funérailles maternelles. Examinons de près cette féroce insensibilité.

La veille, il sanglotait dans la chambre mortuaire; le jour de la cérémonie, il affecte l'impassibilité, il se roidit contre la douleur, il entend se livrer à ses exercices accoutumés ; mais ses coups, plus violents qu'à l'ordinaire et donnés en silence, attestent la lutte contre l'émotion : « au bout d'un moment, l'effort devenant trop pénible, Byron ôta ses gants, les jeta à terre, et avec ce visage sinistre de l'homme qui a retenu ses larmes, il se retira dans sa chambre. » Cette sécheresse-là est elle-moins poignante que l'attendrissement?

Byron la pleura comme on pleure une mère adorée, cette patricienne de sang royal, qui, par malheur pour lui, avait été inférieure à la tâche d'élever un tel fils; cette Écossaise emportée, dont l'amour ressembla si souvent à de la haine, tant les morsures se confondaient avec les baisers, car Byron eut plutôt l'éducation du fauve dans un antre que celle de l'enfant au foyer domestique. *Une femme serait mon salut*, répétait-il souvent. Cette femme lui manqua comme épouse et comme mère : du vivant même de celle qui lui avait donné le jour, il pouvait déjà se sentir orphelin ! Lady Byron, en le rendant père, le sevra à la fois du bonheur du mariage et des joies de la paternité. Il faut être indulgent, quand ils s'égarent, à ceux auxquels tant de bras précieux ont manqué pour bien continuer la route.

Si l'on peut préjuger de l'homme par l'enfant, comme les années de collége éclairent favorablement cette physionomie méconnue! Quelle générosité de mouvements, quelle fierté d'humeur! Cet égoïste fut le plus tendre des amis. Quel trait touchant quand, s'approchant du *senior* qui molestait Robert Peel, il s'offrit à recevoir les coups qui restaient à donner! Quel mot sublime quand il dit à cet autre camarade qui allait à son tour devenir un *fag :* « Harness, si quelqu'un vous maltraite, prévenez-moi, et je le rosserai, *si je puis!* »

Cette vocation sacrée d'être le champion du faible, Byron ne lui fut jamais infidèle; si, dans sa haine de l'oppression, il ne sut pas toujours distinguer les freins nécessaires des chaînes inutiles, sachons-lui gré même de s'être trompé, pour tant de fois où il eut raison, comme lorsqu'aux environs d'Athènes, apercevant une jeune fille enfermée dans le sac du supplice et qu'on allait jeter à la mer, seul il disputa vaillamment leur proie aux bourreaux.

On aime à voir ce prétendu sceptique encore sur les bancs de l'école se battre contre lord Calthorpe qui avait fait suivre le nom de Byron de l'épithète d'*athée.* La foi du compagnon de Shelley a été bien errante, mais il a protesté toute sa vie contre l'im-

piété qu'on lui prêtait ; ainsi, ce mécréant faisait élever dans un couvent sa fille naturelle Allegra, et
confessait que le catholicisme est, de toutes les reli-
gions, celle qui est la plus puissante pour la paix de
l'âme. *Le Ciel et la Terre, Caïn,* que Gœthe ad-
mirait et dont l'orthodoxie anglicane s'alarma assez
iniquement, témoignent chez Byron de cette haute
préoccupation des vérités surnaturelles : un sensua-
·liste convaincu que tout est néant au delà de l'existence n'aurait pas abordé avec tant de ferveur le domaine spirituel.

Je veux que Byron ait agi bien souvent en vue de
la galerie ; mais le nombre des bienfaiteurs honteux
(comme il y a les pauvres honteux) est-il donc si
considérable ? A ce compte on rayerait du rôle de
l'humanité la moitié des bonnes actions, et tout dévouement public serait une spéculation ; mais il faut
ajouter que personne ne fut dans l'intimité d'un
ami plus sûr et plus désintéressé que Byron, et la délicatesse de ses secours se fût offensée, au contraire,
de la moindre publicité. Quand il revit au bout de
quelques années lord Clare, un de ses compagnons
d'Harrow, son cœur battit à tout rompre. On peut
dire que, si Byron à d'autres égards ne se tint pas
toujours dans les régions éthérées, il eut toute la poésie de l'amitié.

On serait d'autant plus malvenu, fût-on Macaulay, à appeler Byron *invalide et bel homme*, que
peu de femmes lui firent sentir cette tache à sa beauté
qui est aujourd'hui un titre si important à la défaveur des critiques; Byron fut aimé, et si des ivresses
coupables traversèrent sa raison, elles ne la trou-
blèrent jamais; il garda assez intacte, pour pouvoir
la donner encore sans remords, cette fleur de l'a-
mour qu'il avait dès l'adolescence cueillie à sa vraie
place; dans le cortége de femmes qu'évoque le nom
de Byron, ce sont en effet les figures angéliques
qui dominent, depuis ces trois Grâces du début, Marie Buff, Marguerite Parker, Marie Chaworth, jusqu'à cette Égérie de la fin, cette amie exquise qui le
rendit pour toujours à la fraîcheur de ses premières
émotions; il y a une grande douceur et un grand
respect dans la façon dont Byron, à quelques bou-
tades près de *misogyne* de parade, parle des femmes;
il a pour elles quelque chose de la caresse du *keepsake;* elles sont moins des héroïnes de roman que
de fugitives vignettes d'album.

Comme il était sincère pourtant quand ce refrain
revenait sous sa plume : *une femme serait mon salut!* Comme sa vie et son œuvre se transforment le
jour où une influence féminine digne de ce nom se
fait sentir autour de lui! Comme il se relève, comme

il s'épure, comme il grandit ! Le vulgaire possesseur de Margarita Cogni fait place au plus chevaleresque des suivants; *Don Juan* retrouve presque sa robe d'innocence; ces lectures de la Bible avec lesquelles son humble et pieuse gouvernante Marie Gray endormait les souffrances du traitement orthopédique, avaient déposé dans le cerveau de Byron des semences de grandeur et d'austérité qui donnèrent alors leurs fruits; il écrit ces compositions où il dramatise la *Genèse* ; il s'inspire de l'histoire de Venise pour en raconter les glorieuses légendes; il s'éveille enfin à la vie politique et conçoit l'ambition des nobles causes; Walter Scott, Stendhal et d'autres contemporains s'accordent à penser qu'il y avait dans ce poëte se tournant vers les affaires publiques l'étoffe d'un homme d'État supérieur. La mort a arrêté Byron dans l'œuvre de sa régénération, mais il avait eu le temps de franchir le seuil du temple.

Ne noircissons pas à notre tour ce passé où il n'est pas si difficile de voir clair ; on peut se dispenser de s'adresser aux enfers pour reconnaître l'identité de l'auteur de *Child-Harold*. L'histoire de Byron a été l'histoire de bien des favoris devenus des parias. Byron fut d'abord l'enfant gâté de cette société anglaise dont il se fit une ennemie par sa légèreté presque antinationale, j'allais dire toute française, car

Byron avait peut-être trop lu Voltaire ; de là cette
fantasmagorie qui grossit ses méfaits : opposition en
contradiction avec sa caste, scandales de licence intellectuelle, défis à la *respectability*. La déplorable
issue de son mariage mit tout le monde contre lui.
Sans entrer dans une querelle de ménage, nous
croyons, avec Macaulay, que « lord Byron n'a pas été
plus coupable qu'aucun autre homme qui n'est pas
bien avec sa femme. On hua Byron, dit-il, pour
avoir été un mari infidèle, comme si quelques-uns
des hommes les plus populaires de ce siècle n'avaient
pas été d'infidèles maris. »

Écoutons, pour l'édification des incrédules, Macaulay parler de l'Angleterre d'abord :

« Il n'est pas, à notre connaissance, de spectacle
plus ridicule que celui du public anglais dans un
de ses accès périodiques de moralité. En général,
les enlèvements, les divorces et les querelles de famille passent presque inaperçus parmi nous. Nous
lisons les histoires scandaleuses, nous en parlons
pendant un jour, et nous les oublions. Mais tous les
six ou sept ans, notre vertu devient féroce. Nous ne
pouvons plus souffrir que les lois de la religion et de
la décence soient violées. Nous voulons opposer au
vice un rempart. Nous voulons apprendre aux libertins que le peuple anglais apprécie l'importance

des liens domestiques. A cet effet, nous choisissons pour l'offrir en sacrifice expiatoire un infortuné qui n'est pas plus dépravé que cent autres dont les torts ont été traités avec indulgence. S'il a des enfants, il faut les lui enlever. S'il a une profession, il faut le forcer à l'abandonner. La classe supérieure lui tourne le dos, et le peuple le siffle. Il est, à vrai dire, une sorte de souffre-douleur, un représentant élu des démérites d'autrui, et ses angoisses sont comptées comme un châtiment suffisant qui règle tout pour les autres criminels de la même catégorie. Alors nous contemplons avec une grande complaisance notre propre sévérité, et nous comparons avec beaucoup d'orgueil le haut niveau de la moralité anglaise et le relâchement des mœurs parisiennes. Enfin notre colère est satisfaite, notre victime est perdue; elle a le cœur brisé. Et notre vertu se rendort paisiblement pour sept autres années. » On voit que les Anglais ont aussi leur Septennat.

« Byron fut l'objet d'une vraie justice de jedwood; il paya pour tous. Le malheureux homme quitta pour toujours son pays ; les hurlements de ses accusateurs le poursuivent à travers la mer, le long du Rhin. Pardelà les Alpes, ils s'affaiblirent peu à peu ; sa poésie devint plus populaire qu'elle ne l'avait jamais été. »

C'est ici l'occasion d'indiquer en passant que les écrits de Byron ont aussi des circonstances atténuantes à faire valoir; assurément je ne donne pas ses œuvres pour moralisatrices; mais prenons un de ses poëmes les plus réprouvés, *Don Juan*, par exemple, qui n'est pas autre chose que la sensualité italienne narguant le jansénisme anglican; combien le voisinage du *Don Juan* de Molière disculpe le *Don Juan* de Byron!

Le seigneur de la comédie française est un sophiste qui raisonne le déshonneur; le héros du poëme anglais est un voluptueux qui se laisse aller à sa fantaisie, mais sans faire la leçon ni aux hommes ni à Dieu; il n'est pas même un être, il est une chose d'impulsion, *a thing of impulse*. Je ne le cite pas comme exemple, mais enfin sa jeunesse lui fait pardonner bien des choses; le maître de Sganarelle est un tel esprit fort qu'on finit par être de l'avis du commandeur. Relisez attentivement les œuvres les plus condamnées de Byron, vous verrez que Belzébuth lui a quelquefois ramassé la plume, mais qu'il ne l'a jamais conduite.

Si l'on persistait à refuser à l'auteur de *Child-Harold* le pain et le sel de l'estime, n'oublions pas que ce jeune homme, fauché à trente-six ans, n'avait dit que le premier mot de sa destinée. Souvenons-nous que, s'il s'endormit à Capoue, il sut se réveiller à Sparte, et qu'après avoir vécu jusque-là pour lui-même, il expia bien des torts d'égoïsme en allant, sans beaucoup d'illusions, mourir pour la liberté d'un peuple.

# THÉOPHILE GAUTIER

## SPIRITUALISTE

## I

Il y avait un néologisme que Théophile Gautier
chérissait comme un enfant gâté et que ses disciples
caressaient pour plaire au maître : c'était le mot :
*truculence* ; la *truculence* en littérature, c'est l'élément farouche et superbe qui ne pactise pas plus
avec les vertus modestes de la civilisation, qu'un
pirate avec un douanier ; être *truculent*, c'était se
déclarer partisan du terrible contre le modéré, de
l'outrance contre la juste mesure, de la révolte
contre la discipline. On défilait ainsi fièrement devant toutes les idées reçues avec un brevet d'*irréconciliable* de la littérature et de l'art.

Précisément la qualité qui nous a toujours le plus
frappé dans ce poète doublé de prosateur, qui s'ha-

billait de ses ailes quand il ne s'en servait pas pour planer, c'est l'opposé de la *truculence*, c'est la *suavité*.

En effet, avant d'éblouir, un livre de Théophile Gautier désarme, repose, lénifie, opère en vous-même une sorte de détente délicieuse ; un souffle d'une mansuétude presque balsamique entretient comme une précieuse égalité de température dans ce pays de la rêverie ; tout fracas est amorti dans ces pages harmonieuses ; les angles s'arrondissent au point de devenir une caresse pour la main ; les mouvements les plus impétueux de ce style sont veloutés comme les ondulations du roi de la race féline sous sa robe ; une souplesse moelleuse empêche même d'apercevoir les muscles ; la grâce recouvre la force, au point de faire un jeu de ce qui, pour d'autres, est un travail ; personne, plus que Théophile Gautier, n'était équilibré pour comprendre les délicatesses du *high-life*, car on peut dire qu'il avait créé comme le *comfort* littéraire ; sa pensée n'a pas seulement la splendeur, elle possède l'efficacité d'un tapis de Smyrne ; le poëte a toujours peur de froisser votre quiétude, et, par instants, il fait l'effet d'un bon Samaritain du sybaritisme qui s'en irait discrètement visiter si les roses n'ont pas de plis !

Quand on entre dans l'hôtel idéal de Théophile

Gautier, dès le seuil franchi, l'on se sent dans un lieu de refuge contre toutes les mesquineries et toutes les vulgarités ; je ne sais quelle sensation de prévenance choisie vous accompagne et vous enveloppe; la muse de Théophile Gautier a le respect de ses hôtes ; et en même temps elle n'abandonne jamais le noble orgueil du sanctuaire qui est son domicile d'élection; volontiers elle présenterait aux visiteurs, comme à l'entrée des mosquées, des pantoufles consacrées pour pénétrer dans l'intimité de l'édifice. Il y a dans la manière de Théophile Gautier une espèce de gravité orientale qui lui sied à ravir. Sa phrase, ample et lente, observe un cérémonial presque tombé en désuétude, aujourd'hui qu'on préférerait sans pudeur le patois d'un télégramme à la pompe de Bossuet, et le style retroussé au style à robe longue. Théophile Gautier n'a rien voulu changer à sa démarche, même dans le siècle de la grande vitesse.

Le Beau éternel n'a pas besoin de se commettre avec ce personnage si infatué de lui-même qui usurpe si souvent le nom de *Progrès*, et auquel on a la faiblesse de ne plus même demander ses passeports.

Dans cette résidence mystérieuse comme un *harem* et invitante comme une maison européenne,

4

tout est combiné à souhait pour le plaisir des oreilles
et des yeux ; la mondanité la plus stricte s'y allie
sans effort à l'art le plus raffiné ; les bruits grossiers
expirent au dehors, de même que les objets grossiers
ne trouvent point place dans cette collection d'élégances ; tout y est à son jour comme à son diapason,
et les pas du poëte sont si légers qu'on entendrait
ainsi que dans *Namouna* :

> . . . . . au fond de la baignoire
> Glisser l'eau fugitive, et d'instant en instant
> Les robinets d'airain chanter en s'égouttant.

Voulez-vous faire vivre votre cerveau de la vie
horizontale ? des divans spirituels règnent tout autour de ces pièces si commodes dans leur magnificence ; êtes-vous fatigué des luttes journalières ? li-
vrez-vous au poëte ; il semble que ce style agile et
patient ait créé comme le massage de l'esprit.

Mais il n'y a pas que la matérialité de ce milieu
ambiant qui respire l'affabilité ; Théophile Gautier
se pique d'être farouche, et de cacher un caractère
de fauve sous son vernis de civilisé ; au fond, la nature de son tempérament littéraire est la bonté, une
bonté placide et un peu olympienne, comme celle
du lion qui jouerait avec un jeune chien. N'irritez
pas trop cependant son dédain débonnaire ; par moments un son rauque, qui est comme un prélude de

rugissement, ou bien encore un éclair de la prunelle,
vous avertit qu'il a nom lion et que cette même
griffe qui badine pourrait labourer jusqu'au sang.
Mais il est très-rare que ce talent qui se suffit su-
perbement à lui-même se jette sur autrui ; que fait
au roi des déserts la stérile agitation des foules ? Il
préfère le calme éthéré au courroux terre à terre ;
l'attitude de Majesté au repos est celle qui sied le
mieux à sa qualité. Théophile Gautier a la longanimité des forts; et si tant de chétivités trouvèrent
grâce devant lui, c'est qu'il ne croyait pas devoir
pour si peu troubler la sérénité de son indifférence
compréhensive. On sent que ce contemplatif a dû
méditer ce mot si dissolvant de Voltaire: Tout le
monde a raison !

Cette neutralité altière a fait quelquefois croire à
l'insensibilité intellectuelle de Théophile Gautier.
Eh bien ! donnez à ce virtuose, impassible en apparence, un de ces thèmes qu'on ne peut aborder
qu'avec la science du cœur, vous verrez pleurer la
statue; nul n'aura plus de fraîcheur et plus de ma-
ternité dans la tendresse; seulement le poëte de
marbre mettra autant d'affectation à cacher ses larmes que d'autres à les répandre; ce qu'il condamne,
c'est l'âme qui se laisse voir sans voile; dans l'ordre
moral, ce païen abhorrait le *nu*. Je ne serais pas

surpris qu'à son insu il se fût peint lui-même sous
les traits de Guy de Malivert dans ce roman de
*Spirite*, qui contenterait à la fois Balzac et Sweden-
borg. Je ne suis pas de ceux qui déploient plus d'ardeur à scruter la vie du moindre des contemporains
que toute l'Europe éclairée à fouiller les ruines de
la Rome antique, et je ne fais qu'un cas médiocre
des autobiographies; on prétend aujourd'hui ne
plus regarder les hommes supérieurs qu'en déshabillé; il semble qu'on ne sache plus goûter que des
sensations de valet de chambre; mais le portrait est
si ressemblant, que, pour le besoin de la cause, je ne
résiste pas au plaisir de le mettre sous les yeux.

*Spirite* définit Guy de Malivert à lui-même. « A
première vue, dit-elle, on eût pu vous accuser d'une
certaine impartialité dédaigneuse qui ne mettait pas
beaucoup de différence entre un lézard et un homme,
entre la rougeur d'un coucher de soleil et l'incendie
d'une ville; mais en y regardant de près, à des jets
rapides, à des élans brusques aussitôt arrêtés, on
pouvait deviner une sensibilité profonde, contenue
par une pudeur hautaine qui n'aime pas à laisser
voir ses émotions.

« Toutes les emphases sentimentales, larmoyantes
et hypocritement vertueuses vous faisaient horreur,
et, pour vous, duper l'âme était le pire des crimes.

Cette idée vous rendait d'une sobriété extrême dans l'expression des pensées tendres ou passionnées. Vous préfériez le silence au mensonge ou à l'exagération sur ces choses sacrées, dussiez-vous passer, aux yeux de quelques sots, pour insensible, dur et même un peu cruel. »

Le livre ne fait ici que répéter avec plus d'autorité ce que disait le critique : Voulez-vous être plaint et secouru, ne vous adressez jamais aux philanthropes, frappez à la porte des fanfarons de sécheresse !

## II

Pendant que nous essayons d'établir la véritable personnalité de Théophile Gautier, n'oublions pas la plus misérable de ces querelles d'Allemand cherchées au talent par l'ignorance ou par l'envie. Que de fois, blâmant dans le poëte les douceurs que son indigence lui refuse, le faux bon sens littéraire n'at-il pas crié à l'idolâtrie du monde physique, et appelé matérialiste l'homme coupable de rendre la matière sensible à l'esprit ! Il est certain que chez Théophile Gautier la *descriptivité* joue le rôle d'une faculté maîtresse, parce qu'elle est un don extraordinaire; tout ce qui est extérieur vient se placer

avec tant d'amour sous la plume de l'écrivain, qu'il
sert avec sensualité ce fruit doré qui lui tombe dans
la main. Il voit les choses en peintre et non pas en
géomètre; pour lui il n'existe pas que des grandes
lignes, ces routes royales du récit; l'humble sentier
l'intéresse autant que la voie de première classe. Il
dirait volontiers : *Laissez venir à moi les petits
détails*. Mais il a droit de s'arrêter si complaisam-
ment aux accidents du chemin, parce qu'il vous intéresse à un brin d'herbe ou à un caillou, plus qu'un
romancier philosophe ne vous intéresserait aux vanités de son héros. Il saisit l'élément visible ou palpable avec un tel bonheur que la nature n'a pas un
secret pour cette merveilleuse optique.

Les valétudinaires de la langue, qui mettent de
l'eau dans leur encre et continuent d'appeler *sobriété*
leur mauvais estomac, ne comprennent rien à ces
délices du dessin et de la couleur; ils ressemblent à
ces gens qui se croient sages parce qu'ils sont médiocres, et qui disent : Avec un canapé, six fauteuils
et une table, qu'a-t-on besoin encore d'autre chose
pour un salon? C'est peut-être là l'idéal du campe-
ment, ce n'est pas précisément l'idéal de l'installation. « Je ne comprends que les chaises de paille, »
disait un jour un de ces gourmets du brouet noir
qui ignorent qu'il y a des luxes moins pédants que

certaines simplicités. Théophile Gautier, lui, ne
croit pas que la chaise de paille soit le dernier mot
de l'ameublement; il est naïvement persuadé qu'il
n'y a rien de trop riche et de trop beau pour le regard; ces riens qui font hausser les épaules aux
Spartiates, il les sème à profusion en Athénien prodigue. Ses pénates littéraires diffèrent du logis de
ses contradicteurs, comme un hôtel où tout est
tendu en étoffes précieuses diffère d'une maison
où les murs grelottent sous un papier à six francs le
rouleau. Visitez en effet un de ces intérieurs qui
n'admettent pas l'intervention de l'art dans la vie
familière, je comprends qu'au bout de cinq minutes
un énorme ennui vous saisisse. Ce buffet d'acajou
aux moulures rapportées, cette garniture de chemi-
née qui court les étalages, cette hideuse moquette à
bouquets de roses à la fois fanés et criards, ne sont
pas dignes d'occuper un seul instant votre attention.
Je comprends que vous négligiez cette coupe de
Chine moderne aux montures de bronze verni qui
semble découpé à la mécanique, et vous avez bien
raison d'oublier le verre bourgeois où vous buvez
du vin d'occasion.

Chez le poëte de *Spirite*, tout a une valeur, tout
offre une curiosité; sur ces tissus éclatants et soyeux,
les moindres objets s'enlèvent avec une vigueur de

ton incomparable; ce fauteuil n'est pas seulement
fait pour s'asseoir, — utilitarisme bête que ne con-
naissaient pas nos aïeux, — il sait encore vous ré-
jouir par ses ramages et vous ravir par sa forme; le
dernier ustensile qui traîne sur cette bizarre étagère
a un prix pour l'amateur : ces verres de Venise, si
légers qu'ils semblent faits de mousse cristallisée,
vous invitent à les remplir pour les porter à vos lèvres; ces pagodes de faïence enluminée qui se hé-
rissent sur ces dressoirs vous font rêver de pays fa-
buleux; vous vous oublieriez des journées entières
dans cet élément fantastique, imprévu, fastueux,
qui à chaque pas vous captive, vous domine ou
vous amuse. Cette fête des yeux, c'est la littérature
pittoresque de Théophile Gautier. Il est permis de
ne pas faire cinquante kilomètres à l'heure quand
on est dans un musée. Si vous voulez maintenant
me transporter sous un de ces toits qui ne recou-
vrent que les types du matériel banal de tout le
monde, je consens à m'interdire la moindre distrac-
tion. Il y a des mobiliers si ingrats, que c'est déjà
trop que le commissaire-priseur les décrive après
décès !

Ce qui a donné le change sur la vraie nature de
Théophile Gautier, c'est sa toute-puissance descrip-
tive; de ce qu'il était le plus prodigieux objectif qui

ait paru dans toutes les littératures, de ce qu'il re-
produisait la réalité des choses avec une telle couleur et une telle précision que ses récits de voyage
dispensent d'une exploration personnelle, on a con-
clu que Théophile Gautier ne reconnaissait que le
monde plastique et désavouait le monde moral. Le
meilleur de son œuvre proteste contre cette calomnie; on ne peut pourtant pas, pour plaire aux puritains qui voudraient qu'on regardât tous les objets
avec un voile vert, refuser les dons de la Providence.
Ce n'était pas la faute de Théophile Gautier si ses
petits yeux noirs un peu bridés et qui semblaient
distraits valaient les cent yeux d'Argus. Ouvrons
son œuvre au hasard : quelle idéalité dans ses types
de femmes ! quelle chaste figure que la Calixte des
*Roués innocents*, que la comtesse Labinska d'*Avatar*, que l'Isabelle du *Capitaine Fracasse!*

Précisément, à qui n'est-il pas arrivé, comme à
nous, de rouvrir ce roman Louis XIII qui, pen-
sions-nous, n'avait plus rien à nous apprendre?
Comment se fait-il qu'après la première ligne nous
nous sentions attiré de nouveau à ces pages buis-
sonnières, et que nous reparcourions plus affriandé
que jamais ce *Château de la misère*, si fleuri par
la verve du conteur, que cette ruine de ruines sourit
à l'imagination plus qu'un édifice tout neuf? Pour-

quoi ces longueurs nous semblaient-elles si courtes?
Quelle séve printanière trouvions-nous donc à ces
plantes parasites? C'est qu'il y a, n'en déplaise aux
condensateurs du récit, des végétations utilitaires
cent fois plus ennuyeuses que les herbes folles qu'ils
voudraient arracher dans le jardin enchanté de
Théophile Gautier. Un plant de légumes alimen-
taires parle moins aux yeux que les liserons qui
s'enroulent paresseusement autour d'un tronc d'arbre en laissant pendre leurs clochettes; et la senteur
de ce domaine en friche est plus pénétrante que
l'émanation du sol régulièrement remué; c'est
qu'enfin il y a deux matérialismes : l'un innocent
sous ses airs d'ivresse subversive, l'autre pernicieux
sous son aspect moralisateur; on s'attarde avec
Théophile Gautier aux festons et aux astragales !
mais, grâce à Dieu, on ne parle dans ses livres ni
d'argent, ni d'obligations de chemins de fer, ni de
ces misérables moyens de parvenir qui représentent
pour tant de gens le fond de la sapience humaine.

Mais le *sic vos non vobis* est la fatalité de ce
monde. Il y a plus d'essence d'idéal dans *Avatar*
(un conte si joli de forme et si précieux par le con-
tenu qu'on pourrait le porter sur soi comme un flacon), que dans ces romans très-pressés qui sont le
*Manuel du prosaïsme,* et qui se posent en traités

de vertu. Mais, en France, on vous pardonne bien des éclaboussures quand on a des bottes de sept lieues! *Avatar* est le roman de la chasteté conjugale écrit par une plume qui semble tombée de l'aile d'un séraphin ; au rebours de ces livres qu'on a peur de laisser traîner dans un salon, il serait à souhaiter que l'ange gardien des femmes mariées allât déposer sous leur oreiller ce talisman de vertu.

## III

*Spirite* est le plus adorable pendant d'*Avatar* : on ne fait pas résonner plus mélodieusement les cordes aiguës de l'idéalité ; on ne passe pas du monde positif au monde impalpable avec une habileté plus consommée. *Spirite* commence de façon à désarmer les *sportsmen* les plus blasés, et finit de manière à séduire les *ultra* du mysticisme; on dirait un solide se changeant en fluide par une gradation insensible. Comment Guy de Malivert, qui est un épicurien et non pas un illuminé, arrive-t-il à s'éprendre d'une vision fugitive qui lui apparaît dans un miroir de Venise? comment son ouïe devient-elle assez fine pour percevoir le son d'une voix d'outre-tombe? comment sa main robuste obéit-elle

à l'impulsion inappréciable d'un bras invisible?
c'est ce que Théophile Gautier vous fait comprendre
et accepter quand vous lisez *Spirite;* vous vous
avancez sans défiance dans ces chapitres si rassurants
d'aspect, comme on monte sans peur les marches
d'un clocher à jour; puis, arrivé au haut de l'ai-
guille dentelée qui finit la cathédrale immense, on
est pris comme d'un mouvement d'épouvante quand
on regarde l'abîme béant au-dessous de soi, et l'on
n'ose plus redescendre; de même, quand on est
arrivé au terme de *Spirite,* on n'a plus le courage
de regarder en arrière : le ciel est si près que la terre
vous fait horreur; et, pour ne pas retomber de si
haut, on s'envolerait volontiers avec le poëte.

Ce que j'admire dans *Spirite,* comme dans *Avatar,* deux productions qui font partie d'une série
intitulée : *Le Fantastique en habit noir,* c'est le
tact infini du conteur; on n'effleure pas d'une main
plus vierge les hermines de la pensée; on ne traite
pas avec une diplomatie plus brillante les graves
questions transmondaines. Théophile Gautier se
cabre parfois en théorie contre les jougs de la vieille
raison classique; en pratique, personne ne se soū-
met aux règles éternelles avec une docilité plus fine;
son rêve secret serait peut-être d'être un Attila romantique, semant le renversement sur son passage;

en réalité, personne n'a plus de goût que lui dans le sens le plus français du mot, et personne n'a la compréhension plus subtile des convenances; c'est cette sociabilité de *gentleman* qui fait de lui le plus sûr des voyageurs; au lieu de prendre un malin plaisir, comme tant de *snobs*, à troubler la transparence des eaux étrangères, il évite de froisser même d'une ride légère la surface d'une civilisation qu'il regarde, et sa déférence lui vaut de pouvoir la refléter dans ses plus intimes profondeurs. D'ordinaire le Français prétend être cachet, Gautier se borne à être cire, mais une cire de la pâte la plus inaltérable dans sa malléabilité, et de là vient qu'il nous rapportait des empreintes si savantes et si fidèles.

Il eût été bien facile à Théophile Gautier, très-mordant à ses heures, de persifler ce domaine du *spiritisme*, qui est le rendez-vous des plaisanteries vulgaires; en artiste au-dessus des incrédulités hargneuses, Théophile Gautier a préféré chercher dans ce bric-à-brac de la métaphysique les éléments d'une synthèse coquette; il s'est donné le plaisir de faire trouver vraisemblable ce qui répugnait aux esprits forts; il a charmé à la fois dans *Spirite* les colombes et les vautours, et il a si bien rapproché les distances que la porte du fumoir d'un viveur finit par s'ouvrir sur le paradis!

5

## IV

Disculper plus longtemps Théophile Gautier de
ce crime de matérialisme qui trouve aujourd'hui
tant de circonstances atténuantes, ce serait faire
injure à sa mémoire, mais nous tenions à présenter
au lecteur un Théophile Gautier spiritualiste moins
connu du public, et si nous avions un conseil à
donner à la calomnie têtue, ce serait de ne plus tirer
au jugé quand elle veut abattre les gens. Comment
ne sait-elle point que les prosateurs doublés d'un
poëte ressemblent à l'oiseau dont le buisson peut
être la résidence passagère, mais dont la vraie patrie est la région éthérée ? La puissante imagination
de Théophile Gautier le faisait planer au-dessus de
toutes les sensualités, et à l'instant où on l'aurait
soupçonné de plonger dans le bourbier terrestre, cet
audacieux rêveur eût pu donner la main à un aéronaute ; les deux vers qui terminaient son fameux
prologue d'ouverture de l'Odéon me sont souvent
revenus à l'esprit quand on lançait du petit plomb
sur l'auteur des *Jeune France* :

> Car il est des chasseurs qui font la lâcheté
> De tirer sur un aigle ivre d'immensité.

Mais *Mademoiselle de Maupin !* s'écrieront toutes
les *prud'hommières* de France et de Navarre d'un

ton qui signifie en argot de boulevard : *Je sais où est le cadavre.* Oh! nous le reconnaissons, *Mademoiselle de Maupin* a été un de ces crimes de lèse-bienséance qui, après cinquante ans, font frémir les Catons dans leurs tombeaux de famille, et les Catons qui survivent; mais, c'est égal, il fallait avoir un fier front pour reprocher à un grand écrivain de l'âge d'un sénateur un si admirable péché de jeunesse! L'avaient-ils lu seulement ce livre à propos duquel ils auraient murmuré *écr. l'inf.* , et qui fut toute la vie pour Théophile Gautier une barrière insurmontable; que dis-je! une barricade de conservateurs révoltés! Savaient-ils que cette œuvre abominable contient plus de pages chastes que de pages libertines, et que cette éclatante débauche d'imagination comportait le pardon des lettrés les plus rigides. Hélas! l'eau où se baignaient trop librement les héroïnes de Gautier de 1832, mais qui coulait si limpide sous des saules si touffus, a roulé depuis, sous tous les ponts, des flots bien noirs et bien fétides, mais elle compte précisément, parmi ses baigneurs, les intrépides censeurs d'autrefois. *Mademoiselle de Maupin,* auprès des livres qui font fureur à l'heure présente, c'est presque la source pure auprès de l'égout collecteur!

Enfin, combien ignorent la légende de cette grande

partie de plume pour ainsi dire? combien savent
que Gautier n'a fait que transformer en roman ou
plutôt en poëme en prose une histoire authentique ! Elle a existé cette redoutable mademoiselle de
Maupin, elle était d'une bonne naissance et d'une
beauté impérieuse et rare; avec le tempérament
d'une héroïne et d'un héros, les habits d'homme lui
allaient à ravir, et, si elle se trompait parfois de
sexe, c'est qu'elle était un duelliste consommé et
qu'elle croyait avoir acheté, au prix de son sang,
les droits masculins. Une fois, à Marseille, elle enlève une jeune religieuse en mettant le feu au couvent. Émigrée à Bruxelles à la suite de cette équi-
pée, elle reprend ses vêtements de femme et devient
la maîtresse du Grand Électeur. On se lasse de tout;
ce trop heureux mortel, puisque les recueils du
temps appelaient la Maupin la nouvelle Sapho,
s'avise de lui envoyer une bourse de quarante mille
livres en or par le frère de la maîtresse qui lui suc-
cédait. La Maupin fait honte à cet ambassadeur
extraordinaire d'avoir été choisi pour une telle mission et lui jette la bourse à la tête, puis elle part
pour Paris; une autre fois, costumée en cavalier,
elle adresse, dans un bal masqué, des galanteries à
une dame escortée de trois gentilshommes; ils se
fâchent, elle les provoque, sort avec eux dans la rue

et les jette tous les trois sur le pavé, puis elle rentre triomphalement dans le bal où elle obtient un succès fou. Après un tel exploit, comment ne pas lui refuser sa grâce au beau temps des combats singuliers?

Cette grâce qu'elle avait obtenue des hommes, elle finit par l'obtenir du ciel, car, après d'autres orages qu'il serait superflu d'énumérer, elle entra dans un couvent où elle fit une fin fort édifiante. Les personnages qui figurent dans le roman portent tous des noms historiques. D'Albert, Sérames, comme la Maupin elle-même, sont de vieilles connaissances de 1696. Comment les merveilleuses aventures et les beaux yeux d'une créature si étrange n'auraient-ils pas enflammé un cerveau de vingt ans! Aujourd'hui les gens sensés ne lisent plus le livre de Gautier que pour les superbes morceaux qu'il renferme, et non pas pour sa saveur licencieuse qui serait bien émoussée, à côté des odeurs du Paris actuel, et *Mademoiselle de Maupin* n'est plus à l'heure qu'il est que le plus permis des fruits défendus. J'ajoute que la noix de ce fruit rare est devenue quelque peu coriace et s'est légèrement épaissie; il faut quelquefois acheter son plaisir par un certain ennui. Avant d'être un maître indiscutable, Gautier s'est cherché longtemps; j'ai dit plus haut que son style portait la robe. Eh bien! il s'embarrasse souvent dans les plis de cette robe, il a, pour ainsi dire, des pléonasmes de pensées et des surabondances d'expressions qui fatiguent l'attention. Lui qui devint plus tard si net, si précis, si pondéré, avec une sérénité si égale, se montre parfois, dans ce livre étrange, vague et nuageux, presque novice. Il siffle souvent comme un voyageur qui a peur en traversant une forêt. Il faut dire aussi que le romantisme a été aussi prodigue de faux-jours que de lumières vraies. On ne peut pas s'intéresser à ce d'Albert qui ne sait pas ce qu'il veut, qui est amoureux de l'amour et qui ne peut pas être amoureux d'une femme, qui se plaint perpétuellement que l'âme ne soit pas en corrélation avec le corps, tandis qu'il n'est qu'un simple viveur : doléances déclamatoires qui ne l'empêchent pas d'être fort heureux entre les bras de sa maîtresse, tandis qu'il prétend être dans le vide. Ces infortunes-là ne nous touchent plus et feraient rêver un monument expiatoire avec cette inscription : *Pas de secours aux blessés.*

Les premières poésies de Gautier se ressentent aussi de ses incertitudes et de ce faux système. Albertus n'est qu'un froid cauchemar qui ressemble, par place, à de l'Alfred de Musset hollandais. La comédie de la mort est une fantaisie tendue de noir, où le poëte a semé plus de larmes d'argent que de

vraies larmes. D'abord à cette époque la barque de
Gautier se perdait dans l'énorme remous que produisait le grand navire de Victor Hugo; ce ne fut
que plus tard qu'il cessa d'être un disciple pour faire
école à son tour. Même parmi les pièces détachées
de son premier volume de vers, on ne ferait pas un
gros bouquet en cueillant au hasard. Il faut savoir
glaner pour rencontrer çà et là des fleurs simples,
charmantes comme celles-ci :

> J'aime à vous voir en vos cadres ovales,
> Portraits jaunis des belles du vieux temps,
> Tenant en main des roses un peu pâles,
> Comme il convient à des fleurs de cent ans.

Ou bien cette jolie pièce où se trouve cette
stance :

> Celle que j'aime, à présent, est en Chine,
> Elle demeure, avec ses vieux parents,
> Dans une tour de porcelaine fine,
> Au fleuve Jaune où sont les cormorans.

Ou bien encore cette inspiration superbe qui est
intitulée *les Compensations,* et où l'on sent la
griffe du maître :

> Il naît sous le soleil de nobles créatures,
> Unissant ici-bas tout ce qu'on peut rêver,
> Corps de fer, cœur de flamme, admirables natures;
>
> Dieu semble les produire afin de se prouver;
> Il prend, pour les pétrir, une argile plus douce,
> Et souvent passe un siècle à les parachever.

Il met, comme un sculpteur, l'empreinte de son pouce
Sur leurs fronts rayonnants de la gloire des cieux
Et l'ardente auréole en gerbe d'or y pousse.

Ces hommes-là s'en vont, calmes et radieux,
Sans quitter un instant leur pose solennelle,
Avec l'œil immobile et le maintien des dieux.

Leur moindre fantaisie est une œuvre éternelle,
Tout cède devant eux; les sables inconstants
Gardent leurs pas empreints, comme un airain fidèle.

Ne leur donnez qu'un jour ou donnez-leur cent ans,
L'orage ou le repos, la palette ou le glaive,
Ils mèneront à bout leurs destins éclatants.

Leur existence étrange est le réel du rêve;
Ils exécuteront votre plan idéal,
Comme un maître savant le croquis d'un élève.

Vos désirs inconnus, sous l'arceau triomphal,
'Dont votre esprit en songe arrondissait la voûte,
Passent assis en croupe au dos de leur cheval.

D'un pied'sûr, jusqu'au bout, ils ont suivi la route
Où, dès les premiers pas, vous vous êtes assis,
N'osant prendre une branche au carrefour du doute.

De ceux-là, chaque peuple en compte cinq ou six,
Cinq ou six, tout au plus, dans les siècles prospères,
Types toujours vivants dont on fait des récits.

Nature avare; ô toi! si féconde en vipères,
En serpents, en crapauds tout gonflés de venins;
Si prompte à repeupler tes immondes repaires;

Pour tant d'animaux vils, d'idiots et de nains,
Pour tant d'avortements et d'œuvres imparfaites,
Tant de monstres impurs échappés de tes mains;

Nature, tu nous dois encor bien des poëtes!

Mais selon nous, comme poëte, Théophile Gautier n'a été vraiment en possession de sa forme définitive qu'à partir d'*Émaux et Camées* (1852). Aussi
avons-nous hâte de laisser le Gautier archaïque pour
revenir au vrai Gautier, à celui qui fut notre contemporain et qui survivra aux générations les plus
blasées; enfin, au grand écrivain qui a, pour ainsi
dire, l'âge de sa statue. Notons seulement un détail
curieux; tandis que dans l'ordre des choses d'imagination Gautier se laissait emporter par sa fougue,
il laissait pressentir dans la critique le maître sagace
qu'il fut plus tard. Ses *Grotesques* sont, pour ainsi
dire, du Sainte-Beuve des Causeries du lundi; mais
cette modération n'était encore qu'un accident.

## V

S'il y avait un charmeur dans le sens le plus exquis du mot, car Paris, qui se plaît à donner aux
princes oublieux de l'étiquette de petites et inutiles
leçons, a souvent des favoris qui ne font guère
d'honneur à son goût; — s'il y avait, dis-je, un
bienfaiteur de l'esprit dont le nom dût rester longtemps à l'ordre du jour, c'était bien ce généreux
Théophile Gautier, qui a toujours eu le tort pour

les intelligences courtes de porter les cheveux longs;
il y a des niveleurs qui voudraient que les lions, au
lieu de garder leur crinière, portassent la tête en
brosse !

Si l'on comptait tout ce que l'on doit à Gautier, —
que les journaux s'obstinaient à appeler Gauthier
avec un *h*, — Paris serait insolvable; il a inventé
la description moderne; il a renouvelé, vivifié, ra-
jeuni une langue qui se parcheminait. Il a restitué
de l'humus à un sol qui ne connaissait plus de terre
végétale. Doué d'un œil prodigieux et qui valait le
plus puissant des objectifs, il savait reproduire les
objets extérieurs avec une fidélité à rendre jalouse
la nature, comme une femme irritée d'être surprise
dans le secret de sa beauté.

Il restituait, pour ainsi dire, un sens à ceux dont
on pouvait dire, comme dans l'Écriture : *Oculos ha-
bent et non videbunt.* Il relevait de leur cécité spirituelle les aveugles-nés qui ne savent *voir* ni un
tableau, ni un monument, ni un paysage. Théophile Gautier était, si l'on veut me pardonner cette
expression, le *grand voyeur* pour tous. C'est à lui
que revient l'honneur de cet axiome : L'univers est
un livre dont on se doit de lire, chaque année, un
chapitre, et s'il n'est pas allé jusqu'à la table des ma-
tières, c'est qu'on a eu le tort de ne pas le nommer,

comme nous l'avons souvent demandé, ambassadeur
extraordinaire auprès des cinq parties du monde.
Gautier décrivant le Japon qui s'en va nous eût
rendu le même service que l'éruption de 79 qui
nous a conservé Pompeï.

Quels admirables voyages il a fait faire sur place
à ces voluptueux qui brûlent de parcourir le monde
tout en restant au coin du feu ! Lire *Constantinople*
ou être allé à Constantinople, n'est-ce pas la même
chose? Gautier posait volontiers pour le pur Afri-
cain; fanfaron de goût par caprice, comme par un
vieux reste de terrorisme appliqué aux bourgeois, il
jouait le capitan de la perversité; il faisait semblant
de n'aimer que les terrains nus et sans végétation,
quand, tout au contraire, il se complaisait à peindre
les contrastes les plus violents. Ses tableaux de Russie ont la délicatesse et la frigidité suave du givre
sur les branches. Son *Voyage en Espagne* néces-
siterait presque une ombrelle pour le lire, tant l'in-
solation vous menace à chaque page. Comme conteur, il a redonné aux plus blasés des sursis d'enchantement. Je plains le mortel qui ne serait pas
content de sa journée après avoir lu le *Roman de la
Momie* ou *Militona*. Comme poëte, se débarras-
sant des entraves de l'école, où il se serait éclipsé au
second rang, il brille au premier en créant une forme

originale, qui depuis a été trop imitée, mais qui n'en
a pas moins gardé sa valeur. Ses *Émaux et Camées*
ne font-ils pas penser à ces flacons délicieusement
ciselés et pleins avec une goutte d'essence rare, que
les femmes portent suspendus à la ceinture? Les
vers de Gautier, c'est de l'élixir dans du cristal. —

Comme critique d'art et de littérature, quels chefs-
d'œuvre il laisse! Il y a tel de ses feuilletons qui
ressemble à un temple solidement assis sur ses
colonnes de marbre d'une pureté idéale et dorées par
le soleil, — les colonnes de ses feuilletons étaient
dorées par l'éclatante maturité de son talent. Théophile Gautier a obtenu ce triomphe, auquel Victor
Hugo lui-même, malgré l'omnipotence du génie,
n'est qu'incomplétement arrivé : un romantique qui
passe à l'état de classique. Ingres aurait pu saluer
un tableau fait d'après une de ses toiles par Théophile Gautier; la prose du critique avait l'impecca-
bilité du pinceau du peintre.

Il y a des êtres maladifs et des talents incomplets
que la mort, prenant son bien où elle le trouve, fau-
che, sans exciter une surprise ou un regret; il en
est d'autres qui sont comme des forces de la nature
et dont la disparition plonge les plus indifférents
dans le deuil et dans la stupeur. Quand on annonce
leur soumission à la loi commune, c'est comme si

l'on apprenait qu'une source essentielle vient de
tarir ou qu'une principale planéte vient de s'évanouir au ciel. Savoir qu'on ne les retrouvera plus
équivaut à cette sensation étrange : ne plus apercevoir par exemple *Vénus* à l'horizon.

Théophile Gautier était une de ces expressions de
la puissance et de l'éclat; le tombeau vulgaire ne
semblait pas fait pour ce maître de la vie, auquel la
matière semblait obéir, tant les choses lui disaient
avec amour leurs plus mystérieux secrets; tout ce
qui rayonne, chante ou palpite, il savait le saisir;
toutes les couleurs, il les fixait, et la Création, depuis
ses aspects les plus grandioses jusqu'à ses curiosités
les plus minimes, pouvait se regarder, dans l'Œuvre
de Gautier, comme dans un miroir sans tache.

Hélas ! l'ingratitude est aussi bien le vice des
choses que des hommes. La nature, qui aurait dû
réserver à son peintre si fidèle et à son poëte si
tendre la longue et glorieuse vieillesse de Gœthe ou
du Titien, l'a frappé à la première heure de la retraite et sur le seuil de la maturité; Théophile Gautier avait soixante et un ans.

Mais si depuis quelque temps déjà la souffrance
avait glissé des fils d'argent dans cette noire chevelure, qui défiait toutes les Dalilas, et entamé les
lignes de ce visage d'une sérénité tranquille et lu-

mineuse, le talent de Théophile Gautier était resté
d'une incomparable fraîcheur.; on chercherait vainement dans ses dernières productions ce qu'on
pourrait appeler la *patte d'oie* littéraire ; les muscles
de sa phrase avaient gardé une juvénile élasticité ;
le sang de sa pensée était d'une pureté et d'une richesse qui eussent fait envie aux *nouveaux*; son
style n'avait rien perdu de sa fleur d'épiderme ; son
imagination ressemblait à un jardin plein de roses,
où il n'y aurait pas une tige flétrie, et sur ces fleurs
de l'après-midi, on eût pu chercher, comme sur les
fleurs du matin, les perles de la rosée.

C'est que ce sexagénaire ne relevait de l'état civil
que pour l'apparence; au fond il possédait cet âge
moyen que l'on prête. aux demi-dieux : seulement
il avait réglé les fougues de sa première manière,
fait de la violence une force pleine de grâce, et
fondu toutes les discordances en une suprême
harmonie.

Lisez plutôt ces délicieux *tableaux du siége* où
le pauvre grand poëte a été si bon prophète pour lui-
même, car il disait en racontant sa visite à sa maison
abandonnée : « Nous montâmes à l'atelier que nous
étions en train d'arranger pour de longs travaux qui
ne finiront peut-être jamais. Il n'y avait plus que
la tenture à poser, et nous pensâmes à ce grand

aphorisme de la sagesse orientale : *Quand la maison est finie, la mort entre;* » et vous admirerez
avec nous la suavité de cette touche si égale et si
sûre, et la souplesse de cet instrument merveilleux
qui trouvait, jusque dans le déchirement de cœur,
des notes si émues et si chrétiennes.

Chrétiennes! c'est un mot qu'on prononce rarement quand on parle de Théophile Gautier, tant on
a l'habitude de faire de l'auteur de *Fortunio* et
d'une *Larme du Diable* un païen égaré dans le
monde moderne; lui-même affectait parfois de regretter l'antiquité et les dieux, comme il croyait de
bonne foi haïr tout ce qui n'était pas le paysage afri-
cain; que de fois, en écoutant Gautier développer
ses férocités théoriques, on l'eût pris pour un Néron
littéraire capable de brûler plusieurs Rome et de
tuer bien des Agrippine; ses yeux lançaient des
éclairs farouches qui paraissaient indiquer la plus
satanique méchanceté; mais nous n'étions pas dupe
de ces paradoxes solennels, et nous savions qu'il n'y
avait pas d'être meilleur, plus de son temps et plus
humain que ce terrible pourfendeur de toutes les
banalités reçues : Gautier était la bonté et la douceur même, et je ne lui sais de pendant que ce compagnon qui fut son disciple : Gérard de Nerval, cet
esprit d'une si exquise urbanité.

La bonté! la douceur! voilà les deux qualités adorables par lesquelles Théophile Gautier était un chrétien sans le savoir, et comme nous le définissions un jour : un agneau revêtu de la peau du loup; jamais une goutte de fiel au bout de cette plume qui eût pu si bien être un stylet! jamais une amertume dans ces pages écrites si souvent au milieu des plus dures épreuves.

Et si de l'écrivain nous arrivons à l'homme, quel noble exemple de labeur a donné Théophile Gautier! Nous vivons dans une époque où ceux qui ne font rien s'appellent emphatiquement des *travailleurs*. A lui seul Gautier aurait racheté cette antinomie. Il est vrai que les gens qui gâchent du mortier n'appellent pas *travailler* le fait d'écrire vingt volumes, où on met toute son âme et tout son esprit. Pour l'homme du peuple il n'y a que les occupations manuelles qui comptent, et Balzac, qui s'est donné plus de mal que le personnel de tout un chantier, eût fait, à ces *frères extrêmement séparés*, l'effet d'un fainéant.

En même temps que Théophile Gautier avait le travail aimable! Il y a des médiocrités hargneuses qui pour écrire à la mécanique s'enferment dans un cabinet et défendent la porte, quand on les dérange au moment où ils traçaient ces mots magiques :

— Vraiment ? fit le comte.

— Absolument vrai, riposta la comtesse.

Ils prennent des mines de génies dérangés dans des conceptions sublimes.

Gautier, au contraire, on ne le *dérangeait* jamais ; si quand il était en train de remplir de sa fine écriture ces feuillets rectangulaires où l'on ne découvre pas une rature, on l'associait à la causerie générale, Gautier gardait toute sa sérénité. Il n'avait pas l'air de dire : *On m'a volé mon inspiration!* Il se levait, roulait une cigarette et faisait parfois un feuilleton parlé.

Hélas! dans les derniers temps, combien de fois après ces besognes qui se multipliaient sans cesse, il fut pris de vomissements ! C'était le premier avertissement du mal.

Gautier n'a jamais forcé son talent, mais comme il songeait toujours aux autres avant lui, et qu'il était la providence de tout une famille, il a souvent forcé sa nature ; ce prétendu jouisseur était un ascète.

La mort a été clémente envers Théophile Gautier ; elle a été douce envers celui qui était si doux ; le pauvre poëte est sorti de la vie sans avoir conscience du terrible passage ; la veille encore, il souriait à des projets d'avenir ; celles qui l'ont soigné avec tant

de tendresse ont pu dire : Il est mort comme un saint;
dans ce corps usé par le travail il y avait une âme
d'enfant.

Gautier n'a eu, ni dans la littérature, ni dans la
société, la place qu'il méritait, eh bien! jamais il ne
lui est échappé une plainte contre les injustices qui
le diminuaient; ce talent de premier ordre, auquel
on a marchandé le premier rang, ne s'est pas irrité
des triomphes de la médiocrité; jamais Gautier n'a
découragé une vocation ou froissé une croyance; ce
pervers supposé s'est maintenu dans une ignorance
presque naïve du mal; ce prétendu égoïste a été le
dévouement personnifié; ce faux matérialiste a
trouvé les plus fines inspirations spiritualistes.

Malgré son immense réputation, Théophile Gautier a été souvent mal apprécié par certaines gens du
monde; je souhaite à des littérateurs qui ont eu des
*succès de salon* le tact, le goût et le sens parfait de
la mondanité que Gautier a déployée dans ses œuvres. On a dit de quelques romanciers : il semble
qu'ils n'aient jamais mis les pieds dans un salon.
On pourrait dire de Gautier : il semble qu'il n'en
soit jamais sorti. Le *cant* lui-même serait forcé de
délivrer un *laisser-passer* à son œuvre.

Je ne suis pas de ceux qui aiment à réchauffer des
épigrammes, mais comment l'Académie française

n'a-t-elle pas pensé à l'écrivain qui, depuis près de quarante ans, dans la poésie, dans le récit de voyage, dans la critique, dans le roman, a tant fait pour les lettres? Réserver ses faveurs à ceux qui appauvrissent la langue française et ses disgrâces à ceux qui l'enrichissent, est peut-être un léger manque de libéralisme; si l'Académie craignait une mésalliance, elle aurait pu au moins se résigner à un mariage *in extremis...* ne fût-ce que pour adoucir la fin d'un prince du talent.

Dans un sonnet célèbre, Gautier a comparé les renommées posthumes aux monuments qui gagnent en élévation à mesure qu'on s'éloigne d'une ville.

> A chaque tour de roue il surgit une aiguille.

Nous ne faisons que quitter la cité littéraire; il ne faudra pas longtemps pour que la gloire de Théophile Gautier domine d'une prodigieuse hauteur le dôme de l'Institut !

Il y a une inscription que nous rêverions dans l'avenir pour le mausolée du poëte. Nous voudrions qu'un jour, lorsque la génération formée à son école, et qui lui doit une partie de son talent, lorsque les Taine, les Saint-Victor, les Leconte de Lisle, et tous ceux enfin qui saluèrent dans Théophile Gautier un maître du style et de la couleur, endosse-

ront à leur tour l'habit à palmes vertes, on pût lire
sur un des côtés de cette tombe destinée à devenir
illustre :

CI-GIT

THÉOPHILE GAUTIER

IL NE FUT PAS DE L'ACADÉMIE

MAIS L'ACADÉMIE EST DE LUI.

# RIVAROL

## I

Par les immenses brouillards qui s'établissent tout d'un coup sur l'Océan, les navires emploient, pour se reconnaître, des appareils de lumière spéciaux. L'électricité elle-même a peine à percer cette résistante opacité : on dirait les ténèbres grises après les ténèbres noires ; ce n'est plus le jour, c'est la nuit qui se prolonge en demi-deuil.

Il y a parfois dans l'histoire des nations des brumes d'une pareille densité qui interceptent la vue des choses les plus proches, et rendent presque impossible la navigation au vaisseau de l'État ; lorsqu'on en arrive à ne plus discerner, non pas l'avenir, mais même le lendemain, ne serait-il pas opportun de recourir à ces feux pénétrants qui reconstituent, pour ainsi dire, l'itinéraire aux yeux les plus voilés ? je veux parler de ces esprits brillants dont l'éclat peut fatiguer à l'ordinaire, mais rend d'admirables services dans ces périodes d'obscurité où ce n'est pas trop d'éblouir pour arriver à éclairer.

Rivarol est une de ces bienfaisantes lueurs ; il ressemble aux météores artificiels que la science invente pour déjouer les surprises d'obscurité. Sa parole illumine les espaces les plus sombres ; elle flamboie là où tout paraît s'éteindre ; il y a autre chose que la clarté ordinaire, il y a, pour ainsi dire, de la lumière électrique dans ce jet de pensée qui découvre si merveilleusement les horizons les plus mystérieux ; comme l'éclair, qui dans son étincelante lividité trahit les secrets de la nuit la plus noire, cet esprit, qui faisait cent lieues à la seconde, atteignait en quelques bonds les plus lointaines perspectives des événements et découvrait dans son rapide passage les mille écueils du présent. Dans les temps révolutionnaires, on ne peut avoir un guide plus sûr que ce touriste du chaos ; il aimait la vérité vraie comme un musicien aime la justesse, et le feu de la vérité, gardé par des raffinés de cet ordre, ne s'éteint pas plus que le feu de Vesta gardé par des vierges ; voilà pourquoi, à trois grands siècles de distance, c'est moins un anachronisme qu'une actualité de recourir à Rivarol ; même pour les yeux les plus prévenus, ce simple

flambeau trouve moyen de faire pâlir toutes les
torches.

## II

En France, on a aboli la noblesse, mais les pré-
jugés font souche. L'abbé de Vertot compte toujours
des paroissiens qui ont aussi leur siége tout fait ;
d'un autre côté, les sectaires continuent de père en fils
à refuser des moyens jusqu'à un homme de génie.
Pour cette galerie futile ou bornée, c'est-à-dire pour
ce qu'on pourrait appeler le demi-mon le de l'intelligence, Rivarol ne fait guère l'effet que d'un de ces
petits maîtres du persiflage qui passaient leur vie à
débiter des impertinences au nez de la vérité, cette
roturière malmenée aussi par les grands seigneurs ;
volontiers, ce nom redouté et suspect personnifierait
tout au plus ces épigrammes sans portée, qu'excel-
laient à lancer les rétrogrades à tête vide, comme ces
flèches du Parthe dont les émigrés criblèrent la Révolution en quittant la France et dont pas une n'ar-
riva au but. On se tromperait étrangement en prenant
Rivarol pour un ancêtre de la presse gouailleuse.

Pour ceux qui savent lire, jamais raison trempée
d'ironie ne fut mise avec plus de courage au service
du bon sens : ne craindre ni ami ni ennemi, telle

paraissait être la devise de Rivarol, qui méprisait les
faveurs des salons comme la popularité de la rue;
épicurien stoïque, il trouvait une volupté rare dans
la parfaite indépendance. Mirabeau vendit chère-
ment ses conseils, Rivarol donna les siens sans
compter; le caractère était chez lui à la hauteur de
l'esprit. Ce fut cet écrivain réputé si frivole qui
lança ce mot d'une gravité si terrible à l'adresse des
sociétés qui ne se défendent pas :

> Quand on est mieux chez soi que dans la rue, on est tou-
> jours battu par ceux qui sont mieux dans la rue que chez eux.

Assurément, le pathos révolutionnaire et la phra-
séologie démocratique ne devaient point séduire cette
intelligence si juste et si fine; ce n'est pas dans un
encrier fait avec une des pierres de la Bastille qu'il
trempait sa plume; il aurait cru se rendre complice
de parodies sanglantes telles que la rentrée triomphale
des Suisses de Château-Vieux, s'il ne les avait pas un
peu sifflés; son élégance native ne pouvait pas ne
pas avoir horreur de tant d'oripeaux; son goût simple
et exquis faisait de lui-même justice de tant de pa-
naches. Il peut y avoir du sublime, mais on n'a pas
dit assez combien il y avait de ridicule dans la Révolution française qui substitua à la langue parfaite du
dix-huitième siècle un jargon plus grotesque encore
que le costume. Sans doute, Rivarol ne fut qu'un

mondain; on pourrait le définir le grand causeur de
la Révolution, comme Mirabeau en reste le grand
orateur; mais il y a de la profondeur dans sa mondanité; ce n'est pas un pédant, mais ce n'est pas non
plus un bel esprit de café; il n'a rien du cuistre, mais
il n'a rien du fat.

Ce qui précisément en lui attire et plaît, c'est qu'il
n'est ni un *réactionnaire* dans le sens banal qu'on
prête à ce mot si niais, ni un facile adorateur des
idées nouvelles ; ne cherchez pas dans Rivarol le
coupable parfum de l'ancien régime, — quoique après
tout l'odeur *à la maréchale* vaille encore mieux que
l'odeur du sang, — mais n'essayez pas davantage
d'y rencontrer le fumet libéral du philanthrope
pleurant de joie en voyant brûler les châteaux; Rivarol était un esprit ferme et juste qui osait dire la
vérité aux peuples, comme il la disait aux rois ; la
rue a des courtisans plus nombreux que n'en comptent les palais ; cet épicurien de liberté ne porta jamais de livrée d'aucune sorte, il n'inaugura pas plus
ce refrain de la flatterie démocratique : *Le peuple a
été admirable,* qu'il ne brûla d'encens aux pieds du
trône; appelé par Louis XVI, qui hésitait entre mille
conseils contradictoires, Rivarol trouva une inspiration superbe dans son laconisme; il dit à ce souverain si près de devenir un sujet : *Sire, faites le roi!*

6

Faire le roi, c'est-à-dire accomplir réellement la fonction royale, c'est la seule vertu qui manqua à Louis XVI ; honnête, libéral, voulant le bien, ennemi des abus, rachetant pour ainsi dire par la pureté de sa vie toutes les souillures qui l'avaient précédé, Louis XVI entre les mains d'une nation ayant le sens politique eût pu devenir le véritable monarque moderne et fonder en France la liberté anglaise, mais prince et peuple faillirent à leur mission ; l'Assemblée constituante s'érigea en pouvoir unique ; Louis XVI fut dès le premier jour une victime sur le front de qui la couronne de lis devait dès le lendemain céder la place à une couronne d'épines ; on sentit tout de suite que le roi était gouverné, mais qu'il ne régnait pas ; dans cette crise effroyable, où ce n'eût pas été trop d'un Henri IV pour conjurer les périls, la chasse remplissait les journées de Louis XVI, comme aux époques les plus tranquilles de la monarchie. Il faut lire le curieux *Journal de Louis XVI*, publié par M. Nicolardot, pour voir combien dans l'infortuné successeur de Louis XV le monarque manqua à la monarchie.

Nous sommes en mai 1789, tout est question de vie et de mort pour la couronne de France, quelles sont les occupations du roi ? lisons :

« Mai vendredi 1er, chasse du cerf à Orsay, pris

un; 7, chasse du cerf à Gif, pris un ; 8, rien ; 9, visite à Meudon en allant, chasse du chevreuil au pavillon de Trévaux, manqué; 16, chasse du cerf à Marcoussi, pris un ; 20, chasse du chevreuil à Vaugien, pris un. »

On peut objecter que Louis XVI ne prévoyait pas encore l'ingratitude nationale. Poursuivons notre lecture; nous voici arrivé au moment où les députés du Tiers se déclarent Assemblée constituante ; que fait le roi à la veille et au lendemain du 17 juin? « 15, chasse du cerf à Port-Royal, pris un ; 20, chasse du cerf au Butard, à 9 heures, pris un. » Que fait-il à la veille du 9 et du 14 juillet ? « 4, chasse du chevreuil au Butard, pris un et tiré 29 pièces ; 7, chasse du cerf à Port-Royal, pris deux. »

Au 4 août, — cette date à la fois glorieuse et fatale : « chasse du cerf à la forêt de Marli, pris un. »

Le 5 octobre — le jour de la levée en masse de la canaille, — « le roi a tiré à la porte de Châtillon, il a tué 89 pièces ; interrompu par les événements, » ajoute le journal.

Et cette nomenclature aride se poursuit comme une sèche ironie du destin à travers les phases les plus sinistres de la plus inutile des révolutions ; que le journal de Louis XVI fait comprendre l'exclamation de Rivarol : « Il faut des rois administrateurs aux États industrieux, riches et puissants; un roi chasseur ne convient qu'à des peuples nomades. »

Quel contraste avec Louis XIV, ce grand homme que la démocratie ne parviendra pas à décapiter dans l'histoire, travaillant dix-huit heures par jour, répondant fièrement aux ministres qui lui demandaient, après la mort de Mazarin, à qui ils s'adresseraient désormais : — A moi! sacrifiant ses plaisirs aux intérêts de l'État, jaloux, comme un amant de sa maîtresse, de la grandeur de la France, justifiant enfin la célèbre prédiction de Mazarin : « Il y a en lui de l'étoffe de quoi faire quatre rois et un honnête homme. »

Il sut *faire le roi*, celui-là, aux applaudissements et à l'admiration de l'Europe entière; la fonction royale n'eut pas de représentant plus laborieux et plus magnifique. Hélas! le mari de la reine, l'infortuné époux de Marie-Antoinette, ne fut pas même le roi de la chasse !

Les avertissements ne lui avaient pourtant pas manqué à son entrée dans la vie; le duc de la Vauguyon, dans son plan d'éducation, avait adressé à celui qui devait être Louis XVI ces paroles prophétiques : « La fermeté est, pour tous les hommes, et particulièrement pour les prin'es, une vertu si abso-

lument nécessaire que, sans elle, toutes les autres
ne sont rien. En effet, quelque pieux, quelque bon,
quelque juste que vous soyez, si vous n'êtes ferme,
vous ne saisirez aucun principe; vos meilleures dispositions n'auront aucun effet. Semblable au roseau
faible et fragile, vous serez agité continuellement
par les vents contraires ; vous vous abandonnerez
aux mauvais conseils, *vous ferez le mal que vous
haïrez et vous ne ferez pas le bien que vous aime-
rez* ; tout languira, tout s'anéantira dans votre empire, où, vertueux sans l'être réellement, vous souf-
frirez que le vice triomphe et ose opprimer le mérite
et l'innocence ; vous attirerez sur votre tête la colère du ciel, la haine de vos sujets et le mépris des
nations. »

N'est-ce pas toute l'histoire de la Révolution ré-
sumée en quelques lignes ; la démocratie peut se
convaincre par cet échantillon que ce n'est pas toujours l'adulation qui inspire le *langage des cours;*
en fait de poison et en fait de flatterie, elle est si délicate !

## III

*Malheur à ceux qui remuent le fond des na-
tions!* s'écrie Rivarol à l'une des premières pages

6.

de ses œuvres politiques ; n'a-t-il pas souverainement raison, et ne sentons-nous pas de nouveau la vase qui remonte et qui entend confisquer au fleuve sa transparence ? le grand crime de la Révolution, c'est de dire à l'égout : Tu vaux la source pure, et de ruer les bestialités sur les intelligences. On a quelque excuse à avoir adoré le Roi-Soleil, mais où est l'excuse d'adorer encore le dieu Marat?

*Faire le roi!* ce mot d'une concision si substantielle qu'il eût rendu jaloux Tacite, résumait à lui seul tous les devoirs de la royauté ; mais Rivarol ne s'en tint pas à cette sentence d'oracle, il fit parvenir à Louis XVI, par l'intermédiaire de l'intendant de la Porte, sous forme de lettres et de mémoires, des conseils pratiques qui eussent pu sauver la couronne. Ainsi, il aurait voulu que le roi, peu de temps après l'ouverture des États généraux, se rendît spontanément à Paris, montât à l'Hôtel de ville et y rédigeât une constitution qui pût satisfaire le besoin universel des esprits ; cette constitution, appuyée par vingt ou trente mille hommes qui n'eussent pas demandé mieux que de devenir ses partisans, il l'aurait fait adopter à l'assemblée de Versailles, comme on disait déjà alors ; se posant en constituant, il aurait éclipsé ou balancé les prestiges de la future Constituante ; une autre fois, Rivarol demanda (c'était après la fête de la Fédération) que Louis XVI, à la tête des principaux fédérés, allât visiter les provinces. Quel immense regain de popularité eût valu au monarque en détresse ce royal tour de France ! Même après Varennes, l'intrépide sauveteur de la monarchie ne se décourage pas ; il fait parvenir au roi un hardi projet de discours qui, avec la mobilité française, eût pu amener dans l'opinion un revirement inespéré.

Cette fois, le roi ne s'abaissait que pour mieux s'élever ; en confessant sa faiblesse, il reprenait de la force ; mais de pareils discours du trône ne se prononcent jamais. Si en février 1848 le roi Louis-Philippe avait fait afficher sur les murs cette proclamation laconique : *Voilà dix-huit ans qu'on tire sur moi, je crois le moment venu de prendre ma revanche !* l'émeute, qui ressemble à la souris de la fable, fût rentrée dans son trou, et la plus stupide des révolutions, après celle de 1830, n'eût pas préparé les catastrophes de l'avenir.

Pour en revenir à Rivarol, qui voit de haut et de loin, il a une idée toute moderne, en demandant la création d'un club d'ouvriers ; son axiome est que la monarchie recommence, et qu'il faut recourir aux éléments, c'est-à-dire s'appuyer sur la partie forte de la nation. François I<sup>er</sup> avait pu dire qu'il était le

premier des gentilshommes, parce qu'alors la France
s'incarnait surtout dans l'aristocratie. Louis XIV
put faire fond sur la noblesse; Louis XV, suivant
le mot charmant de Rivarol, vécut des miettes de
la table de Louis XIV. En 1789, la partie forte de
la nation, c'était le tiers-état; la noblesse et le clergé
étaient tombés en vétusté (depuis ce temps-là le
clergé a retrouvé une vitalité qui étonnerait M. Cou-
sin lui-même, s'il faisait encore partie des immortels). Rivarol devance donc l'avenir, en croyant indispensable la prépondérance du tiers-état, en même
temps qu'il se faisait le conseiller de la royauté; Rivarol exhortait ceux qu'on appelait alors les aristocrates à se mettre à la tête du mouvement, au lieu
de bouder les idées nouvelles. Il ne tenait qu'à eux,
disait-il, de se faire nommer à tous les emplois, et de
dominer par le prestige comme ils dominaient autrefois par le privilége. Hélas! on a bien raison de
dire qu'on ne demande des conseils que pour ne
pas les suivre; la cour ne tint pas plus de compte
des pressants avis de Rivarol que du dernier des li-
belles. Quant à la caste à laquelle appartenait l'importun prophète, elle pirouetta une fois de plus sur
ses talons, et tout fut dit. Il n'y eut qu'un personnage que Rivarol prît en grippe, autant que les ul-
tra-royalistes le détestaient; c'était le trop vertueux

M. Necker, dont il disait plaisamment : *M. Necker me fait l'effet d'un homme qui, chargé d'un moulin à eau, regarderait d'où vient le vent.*

Le pays, disait enfin Rivarol, est malade d'une souveraineté rentrée, est-il guéri à l'heure qu'il est ? Nous avons bien peur que les médecins n'aient rendu sa maladie incurable.

## IV

On ne pourrait sans sacrilége dire de la Révolution française ce que Beaumarchais disait avec tant d'impunité du mariage : « De toutes les choses sérieuses, le mariage étant la plus bouffonne... » Aussi, nous avons tenu à montrer Rivarol traitant avec gravité ce terrible changement de front de société, prenant l'importance d'un homme d'État et jouant pour ainsi dire le rôle d'un ministre sans portefeuille. Il ne nous sera pas défendu de le voir s'amuser un peu aux dépens de ce que ce cataclysme cachait de mystification solennelle.

Avec quelle verve Rivarol plaisante ces fameuses journées qui enthousiasmaient si fort la France nouvelle ! L'abbé Maury venait d'être pris à Péronne sous un déguisement, et on ne le menaçait pas moins que du sort de Foulon et de Berthier. Sur ce

sujet tragi-comique, Rivarol écrit à une de ses amies
une lettre qui est un chef-d'œuvre de 'grâce mor-
dante. Voltaire eût applaudi des deux mains à
tant de flèches si ingénieusement décochées ; je cite
la première page de cette épître qu'il faudrait lire
tout : long :

« Après nous être arrachés, madame, aux charmants
spectacles que Paris vous donne tous les jours, soit
à la Grève, soit au Palais-Royal, nous nous sommes
mis à voyager munis des passe-ports de messieurs
les électeurs de la ville, et nous traversons en ce moment la Picardie ; un grand événement la remplit
tout entière : c'est la capture de M. l'abbé Maury ;
les Picards sont bons, mais ils sont exacts, et pour
arriver plus vite à la perfection, ils se modèlent en
tout sur les Parisiens. Ils ont des assemblées, des
cocardes, des armes et de bonnes intentions ; ils
jouent, comme à Paris, une partie dont chaque coup
est *échec au roi;* ils ont brûlé les douanes, jeté les
commis dans les rivières, intercepté les revenus publics, élargi les malfaiteurs, emprisonné les magistrats, et ils comptent tout cela pour rien, s'ils n'ont
bientôt entre leurs mains Mgr l'archevêque de Cam-
brai. Péronne est à peu près le chef-lieu de *tant de*
*ressemblances avec* la capitale. Nous y sommes ar-
rivés, aujourd'hui 28, de bon matin. L'abbé Maury,

qui y était entré déguisé, le dimanche 26, et qui avait été reconnu, pour avoir demandé un chemin de traverse, se trouvait en ce moment environné des milices nationales de Péronne, dans un corps de garde, derrière l'hôtel de ville.

«Nous avons d'abord demandé commenton l'avait arrêté, quel genre de défense M. l'abbé alléguait, et quels étaient sur lui les projets de la Picardie. Mille bouches se sont ouvertes à la fois, et nous serions encore à comprendre un mot à tout ce que dégoisaient tant de péronnels et de péronnelles, si nous n'avions *appelé à l'ordre* et invité un chanoine en cocarde, qui était en face de nous, à parler seul et à parler français, si cela ne le gênait pas. « Messieurs, nous a-t-il crié, l'homme que la patrie a cru devoir arrêter ici et que nous allons renvoyer à la Nation, qui est à l'hôtel de ville de Paris, a mérité justement cette imposition de mains. Il a voulu passer chez l'étranger, sans rabat et sans cocarde, et a demandé un chemin de traverse, ce qui a semblé louche à nos miliciens, qui nous l'ont amené. Nous l'avons reconnu pour être M. l'abbé Maury, grâce au signalement qu'on nous avait fait passer il y a quelque temps, et *qui s'est trouvé fidèle*. Nous lui avons dit : Vous êtes M. l'abbé Maury, et nous allons vous renvoyer à Paris, sur les pas de MM. Foulon et

Berthier. A quoi M. l'abbé Maury a répondu :
« Puisque le déguisement et la peur n'ont rien changé à la figure que le ciel m'a donnée, je ne vous nierai pas, comme tout autre le ferait à ma place, que je ne sois l'abbé Maury. Il y a eu jusqu'à présent de la candeur à l'avouer, et maintenant il y a du courage. Me voilà votre prisonnier, et si vous m'envoyez à Paris, entouré de baïonnettes patriotiques, je ne doute pas que la populace ne me traite à peu près comme MM. Foulon et Berthier ; mais je ne me soucie pas beaucoup de grossir le martyrologe des aristocrates, et je vous prie, messieurs, d'envoyer un courrier à mes frais, devers messeigneurs de l'Assemblée nationale. Je ne doute pas que plusieurs d'entre eux ne me réclament fortement, de peur que *je ne fasse planche* ; il n'y a que la majorité du clergé qui ne me réclamera peut-être pas, à cause de quelques principes qu'on me reproche et qui au fond me sont très-honorables. Ces curés ne veulent pas concevoir que, du jour où j'ai fait vœu d'être évêque, tout ce qui est entré comme moyen dans mon vœu est non-seulement justifié, mais sanctifié. Des têtes picardes comprendront cela très-aisément. Maintenant, messieurs, que je suis entre vos mains, présentez-moi, je vous prie, au commandant de la milice, à M. le maire de la ville et enfin à tous les

manants. » Rien de plus juste; et nous l'avons aussitôt amené et constitué dans notre hôtel de ville où, en attendant la réponse de l'Assemblée natio-nale, il vit au milieu de nos messieurs, et *se fait tout à tous.* »

Le La Fayette des Picards était un ancien ser-gent, boiteux et borgne, déjà mis à l'ordre du jour par deux ou trois émeutes. Le prévôt de la ville n'é-tait pas des trois académies, comme M. Bailly; mais il avait été comme lui nommé par acclamation.

Il apprend à Rivarol que deux mille brigands me-nacent les moissons et que trois cent mille hommes sont sous les armes pour repousser cette invasion.

« Nous nous en étions bien aperçus, dit Rivarol, mais nous avions pris cet état violent pour l'état naturel de la Picardie. A chaque instant, des pa-trouilles, armées de fourches et de piques, nous fai-saient jurer d'aimer la patrie et surtout le village que nous traversions. Puis il entreprend de rassurer son interlocuteur. Mais M. le maire le regarde de tra-vers, car il ne veut pas être rassuré. Pendant ce temps, un courrier de l'Assemblée vient délivrer l'abbé Maury, ce qui profite à un autre ecclésias-tique, l'abbé Sabatier de Castres, tous les deux fort exposés, car l'un pouvait être pendu chez les fana-tiques, et l'autre chez les philosophes; heureusement

7

Péronne se décourage de ramasser les abbés-épaves;
on fait jurer à l'abbé Maury qu'il aimera toujours
Péronne, et on le laisse libre, ainsi que son compagnon. »

Rivarol termine en ajoutant comme post-scrip-
tum :

« Gardez-vous bien, madame, de songer à publier
cette lettre, à moins que vous n'ayez résolu de faire
pendre quelque honnête libraire du Palais-Royal.
Quand nous n'avions qu'un maître, on pouvait l'é-
viter en écrivant; mais aujourd'hui il n'y a de sûreté
à écrire que contre lui. Car depuis que le peuple de
Paris est roi, la populace est reine, et on peut être
criminel de lèse-majesté depuis les Porcherons jusqu'à la Courtille, et de la Râpée jusqu'à la Grève. Il
faut espérer, avec le *Journal de Paris*, que mesda-
mes de la halle feront entendre raison aux rois et
aux reines de leur quartier. Puissent-elles faire comprendre à tous ces princes que la clémence est une
vertu royale, qui convient merveilleusement dans
les commencements d'un règne. Quand vous aurez,
madame, gagné toutes ces puissances, je repartirai
pour aller vous joindre. C'est en vain que l'Hôtel de
ville vient de publier, au nom du peuple-roi, une
amnistie générale; je ne veux pas me fier au secré-
taire d'un roi qui ne sait pas lire; je ne me servirai

jamais d'un passe-port signé Pitra : ce nom qui a
donné la mort à tant de pauvres livres, ne peut assurer la vie de personne. »

## V

Il n'y a là qu'un immortel badinage, et Voltaire
eût applaudi de ses deux mains décharnées à ce feu
roulant de sarcasmes, mais comme Rivarol reprend
bien vite sa prestance virile !

Que les *libéraux*, avec toutes les balivernes solen-
nelles auxquelles ils sont forcés de renoncer, feraient
bien de méditer cette définition si juste de la liberté :
La *liberté*, disait Rivarol, *est l'effet d'un contrat
entre l'indépendance et la sûreté*; ce n'est pas la
faute des gouvernants, c'est la faute des gouvernés
si les deux termes du contrat ne sont pas toujours
égaux; ainsi, au lieu de déclamer contre l'état de
siége, pourquoi ne pas s'en prendre à ceux qui
nécessitent l'état de siége? Il est vrai que les démocrates trouvent inutiles toutes les mesures coer-
citives quand ils sont dans l'opposition, quitte à
trouver inutiles toutes les mesures de liberté quand
ils sont au pouvoir.

Quelle admirable prévision de l'avenir dans ces
quelques lignes qui peignent l'impuissance, dès l'o-

rigine, du régime parlementaire. « L'Assemblée nationale, en soulevant le peuple, a bien pu renverser le trône, mais elle ne peut sauver un citoyen; le temps viendra que l'Assemblée dira à l'armée civile (lisez : la garde nationale) : Vous m'avez sauvée de l'autorité, mais qui me sauvera de vous ? *Si un troupeau appelle des tigres contre ses chiens, qui pourra le défendre de ses nouveaux défenseurs ?* »

Le tableau qui suit n'a-t-il pas été l'image du temps présent ? « C'est principalement sur Paris que doivent se porter les regards de l'Assemblée nationale. On peut compter dans cette malheureuse ville quarante ou cinquante mille hommes dont on ne connaît ni l'existence, ni les intentions, et ces hommes sont armés ! et ils sont mêlés aux bourgeois qu'ils peuvent égorger d'un jour à l'autre. Tremblez, Assemblée nationale, que la France ne devienne cruelle ! »

Rivarol ne se dissimule aucune des fautes de la cour; avec sa concision habituelle, il résume ainsi les quinze années de Louis XVI : « *Tout le règne actuel peut se réduire à quinze ans de faiblesse et à un jour de force mal employée.* » Mais, d'un autre côté, il ajoute : «L'Assemblée nationale n'avait pas été députée pour faire une révolution, mais pour nous donner une constitution. Nos députés n'ont encore fait que détruire. Ils cèdent aujourd'hui à la tentation de placer une déclaration des droits de l'homme à la tête de la Constitution; puissent-ils ne pas s'en repentir! Les princes à qui on parle toujours de leurs droits et de leurs prestiges, sont en énéral une mauvaise espèce d'hommes; l'Assemblée nationale aurait-elle le projet de faire de nous autant de princes? »

Rivarol avait formulé autre part cette sentence si pratique : « Les nations que les rois assemblent et consultent commencent par des vœux et finissent par des volontés. »

Nous avons encore des philosophes : ils entendent plus que jamais régenter leur pays : ne pourraient-ils prendre pour eux, en 1877, ce que Rivarol écrivait en 1789 : « Les philosophes actuels composent d'abord leur république comme Platon, sur une théorie rigoureuse; ils ont un modèle idéal dans la tête, qu'ils veulent toujours mettre à la place du monde qui existe; ils prouvent que les prêtres et les rois sont les plus grands fléaux de la terre, et quand ils sont les maîtres, ils font d'abord révolter les peuples contre la religion et ensuite contre l'autorité; c'est la marche qu'ils ont suivie en France, mais bientôt ils verront avec douleur qu'il faudrait qu'il existât un monde de philosophes pour briser ainsi toute espèce de joug; qu'en *déliant les hommes on les déchaîne*. Qu'on ne peut leur donner une arme offensive qu'elle ne devienne bientôt défensive. Alors de philosophes qu'ils étaient, ils deviendront politiques; ils verront qu'en législation comme en morale le *bien est toujours le mieux*; que les hommes s'attroupent parce qu'ils ont des besoins, et qu'ils se déchirent parce qu'ils ont des passions; qu'il ne faut les traiter ni comme des moutons, ni comme des lions, mais comme s'ils étaient tous les deux; qu'il faut que la faiblesse les rassemble et que la force les protége. *Le despote qui ne voit que de vils moutons et le philosophe qui ne voit que de fiers lions sont également insensés et coupables.* »

Quelles considérations pleines de sagesse sur ce qu'on appelle si à la légère la *souveraineté du peuple!* Comme Rivarol prouve, par une lumineuse comparaison, que la *souveraineté* n'est dans le peuple que d'une manière implicite : il est vrai que tout vient de la terre, mais il ne faut pas moins qu'on la soumette par le travail et la culture, comme on soumet le peuple par l'autorité et les lois : «*la souveraineté est dans le peuple comme un fruit est dans nos champs, d'une manière abstraite.*»

En achevant de prophétiser, Rivarol ajoutait : « *Et s'il est vrai que les conjurations sont quelquefois tracées par des gens d'esprit, elles sont toujours exécutées par des bêtes féroces.* » Les journées de Juin 1848 et la Commune se chargent de justifier cette assertion en partie double. La Révolution de Février n'a-t-elle pas été une surprise pour l'homme le plus fin de son siècle, pour ce Figaro en habit noir qu'on appelait M. Thiers, et qui a disparu en traitant le principe monarchique comme Bartholo et le principe républicain comme Almaviva? A combien de Prud'hommes olympiens pourrait encore s'appliquer ce mot que le roi Louis-Philippe adressait à un personnage célèbre : « Je vous connais; il y a cinquante ans, vous vous appeliez Pétion!... »

## VI

Qu'on le sache bien, il ne s'agit ni de faire de la réaction, ni de retourner à l'ancien régime ; mais tant qu'on n'en aura pas fini avec la légende de la Révolution française, légende qui ne s'est guère formée que depuis les *Contes à la Terreur* de M. Thiers, on aura travaillé en vain à l'œuvre de la reconstitution de la patrie.

Ceux des conventionnels qui ont assisté à cette formation de la fable aux dépens de l'histoire, étaient les premiers à s'étonner de la crédulité libérale ;

Baudot, entre autres, disait à un de nos amis avec une loyauté qui l'honore : « On croit que nous avions un système, c'est une illusion ; nous obéissions fatalement à cette nécessité : tuer pour ne pas être tués. »

C'est l'honneur de Rivarol de n'avoir pas été dupe un seul moment de cette épouvantable hérésie politique et sociale dont de madrés pontifes font aujourd'hui une religion.

On n'exhume pas ceux qui sont immortels ; Rivarol vivra autant que cette langue française dont il a célébré avec tant de science et de goût le caractère d'universalité (et malgré les efforts du pangermanisme, cette universalité-là n'est pas près de périr) ; mais nous voulions montrer que le passé fait comme le présent de cet écrivain du dix-huitième siècle un écrivain contemporain.

Lorsque tant de menaces sont suspendues sur nos têtes et que nous opposons encore à tant d'humiliations tant de fatuité, ne ferions-nous pas bien de prendre en considération cette remarque d'une saisissante actualité ?

« Les peuples les plus civilisés sont aussi voisins de la barbarie que le fer le plus poli l'est de la rouille. *Les peuples, comme les métaux, n'ont de brillant que les surfaces.* »

« Il n'est point de siècle de lumière pour la populace; elle n'est ni française, ni anglaise, ni espagnole. La populace est toujours et en tout pays la même, toujours cannibale, toujours anthropophage, et quand elle se venge de ses magistrats, *elle punit des crimes qui ne sont pas toujours avérés, par des crimes qui sont toujours certains.* »

Quand la reconstitution de la France est à l'ordre du jour, n'aurions-nous pas le droit d'accepter à la fois comme un regret et comme un espoir cette conclusion de Rivarol?

« Il fallait, pour asseoir à jamais la constitution française sur ses vrais fondements, conserver la monarchie, établir les communes, et créer l'aristocratie dans un Sénat essentiellement inamovible, c'est-à-dire héréditaire et peu nombreux. Il serait résulté de ces trois forces, dont chacune est despotique par sa nature, un gouvernement sans despotisme, mais si énergique et si plein que la France serait rapidement montée au point de grandeur où sa nature l'appelle; tel qu'un arbre, dont les sucs ne sont plus détournés, remplit bientôt la terre de ses racines et le ciel de son feuillage. »

Que serait devenue et que pourrait encore devenir la France si elle n'avait été détournée de ses destinées traditionnelles par des usurpations réciproques et des déviations de grandeur ! Si elle avait eu, comme l'Angleterre, comme la Prusse, la sagesse de garder ses princes naturels, la France aurait pu dire pacifiquement le mot que M. de Bismarck a dit au milieu de ses canons : L'Europe c'est nous ! Mais un grand esprit comme M. Louis Blanc pourrait-il écouter un petit esprit comme Rivarol ?

On a contesté le côté religieux de cet étincelant adversaire de toutes les idées fausses ; mais n'est-ce pas Rivarol qui a fait cette remarque profonde : « Dans les pays où la religion est en lutte avec la barbarie, c'est la religion qui triomphe ; mais dans les pays où la barbarie est aux prises avec la philosophie, c'est la barbarie qui prévaut ? » N'est-ce pas encore lui qui a dit : « C'est un terrible luxe que l'incrédulité ? » Enfin, Rivarol n'aurait pas été un véritable homme politique s'il n'avait fait des croyances religieuses la base indispensable de toute société. La plus belle parole qu'on ait sur cette alliance éternelle est de lui : « Tout Etat est un vaisseau mystérieux qui a ses ancres dans le ciel. »

## VII

Que celui qui n'a pas péché en politique jette à Rivarol la première pierre. Découragé par les excès d'ineptie qui déshonoraient la nation la plus spirituelle de l'univers, ce grand homme d'esprit tomba

dans l'erreur commune, il crut que la rentrée des émigrés, sous la protection des armées étrangères, allait
rétablir en France l'ordre et la monarchie. L'optique
des choses change avec le temps. En 1792 il y avait
deux patries : l'une à Paris, l'autre à Coblentz. C'est
l'honneur de tout ce qui est aujourd'hui digne du
nom de Français de ne plus en compter qu'une;
jamais nous n'aurions songé aux Prussiens pour
nous délivrer de la Commune, quoique celle-ci fût
moins difficile dans le choix de ses auxiliaires. Après
tout, les émigrés valent encore mieux que les dé-
portés.

Mais une fois la faute commise, Rivarol la racheta
d'une façon si magnifique par la lettre, superbe d'é-
loquence, qu'il adressa à la noblesse, qu'on lui sait
presque gré de n'avoir fait un faux pas que pour se
relever si haut. Il faudrait pouvoir citer en entier
cet admirable morceau, qui suffirait à classer Rivarol
parmi les écrivains de premier ordre. Le clairvoyant
royaliste y donne aux émigrés, dont tout le monde
croyait le succès certain, les conseils les plus généreux et les plus nobles. Cette lettre, si belle de forme
et si pathétique de ton, a conquis à Rivarol jusqu'à
ses détracteurs.

« Vous allez donc, noblesse française, dit-il en
commençant, ordre contemporain du trône, vous

allez donc verser encore votre sang pour relever la
plus ancienne et la plus illustre des monarchies......

« Si la France eût été ravagée par des barbares,
vous n'auriez à relever que des remparts, des palais
et des statues. Mais la patrie éplorée nous montre
son sein couvert de blessures et de plaies bien plus
cruelles. »

Rivarol a une illusion qui lui fait honneur; il est
persuadé que le peuple, dégoûté des fausses maximes,
reviendra de lui-même à cette noblesse qu'il ne peut
s'empêcher d'estimer :

« Quant aux pestes de la démocratie, aux fous
révoltés contre l'éternelle nature des choses au nom
de leur faible raison, ils se hâteront à votre approche
de purger la France de leur aspect.

« Quels climats inconnus recevront ces sangui-
naires apôtres de l'insurrection?

« Odieux dans la monarchie, suspects dans les républiques, chargés des anathèmes de l'humanité,
iront-ils se perdre, dans les déserts du nouveau
monde, ou sont-ils destinés par la Providence à
châtier quelque peuple encore corrompu? qu'ils
partent donc; que vos mains ne soient pas souillées
de leur sang, et que des supplices, toujours trop
doux, n'abrégent pas leur vie. Des remords sans
vertu les attendent. »

Rivarol recommande ensuite à la noblesse de traiter avec une douceur toute diplomatique les esprits
ulcérés et malades de la bourgeoisie.

« Faites-leur sentir, dit-il, que leur amour-propre
serait toujours plus choqué de la nombreuse classe
que l'égalité ferait monter jusqu'à eux, que charmé
du petit nombre qu'elle y ferait descendre. »

Il ne dissimule pas à la noblesse, et en cela il n'est
que trop bon prophète, que les gens de lettres seront
toujours prêts à accabler de sophismes les principes
conservateurs, et Rivarol remarque que la Providence a placé à la même époque la découverte de
l'imprimerie et l'invention de l'artillerie, comme si
la seconde devait réparer les ravages de la première.
Il termine cet avis aux nobles en disant « que les
« rigueurs ne soient pas héréditaires, sous prétexte
« que les faveurs l'étaient aussi; que la grâce soit
« plus exacte que la justice, et que l'enfant, toujours
« honoré des vertus de son père, soit toujours ab-
« sous de ses crimes. »

C'est sur cette pensée si libérale que nous prenons, à regret, congé de celui qu'on pourrait appeler sans dérision un étincelant penseur. On peut
dire que si Rivarol, en écrivant cette lettre, n'a pas
été bon patriote, il s'est du moins montré grand citoyen.          •

# LES VIEILLES VILLES

## SAINTINE

## I

La destinée littéraire de Saintine n'a-t-elle pa
quelque analogie avec cette comédie si connue :
*les Malheurs d'un amant heureux?* Toute sa vie,
l'excellent auteur dut souffrir de sa bonne fortune
de *Picciola.* C'est presque un revers pour un écrivain que de s'annoncer par un trop grand succès;
il a beau ensuite prodiguer des œuvres charmantes
et dignes de plaire, si elles ne dépassent pas de beaucoup leur aînée, le public ingrat ne les regarde plus
que d'un œil distrait. Saintine, pour trop de monde,
est resté l'auteur de *Picciola*, comme, dans un
autre ordre, Adolphe Adam fut condamné à porter
le titre d'*auteur du* CHALET, quoique *Giselle* et
*Orfa* soient bien supérieurs à cette opérette civile et

militaire, enfant gâté de Paris et de la province; si
le premier chant du cygne avait la valeur du dernier, le noble oiseau mourant exhalerait en vain ses
plus beaux accents : sa suprême mélodie ne trouverait plus d'admirateurs !

Il y a réellement lieu d'être un peu honteux envers un homme tel que Saintine qui laisse une famille de conceptions aussi nombreuses et aussi diverses, de ne savoir correctement le nom que de
son premier livre; avoir près de quinze enfants bien
constitués, et n'être regardé que comme le père
d'une fille unique, c'est au moins un déni de justice
et comme une injure au recensement ! On en arri-
verait vraiment à prendre en grippe cette *Picciola*
dont vingt-neuf éditions n'ont pas épuisé la vogue;
quoi ! c'est la Cendrillon végétale à laquelle il fallait
si peu de terre pour pousser, c'est elle qui empêche
tout un champ de fleurir ! N'accusons pas *Picciola* :
ce n'est pas la faute de cette pauvre giroflée, si tout
un public a pour elle le culte exclusif du prisonnier
de Fenestrelle; entre les parois du cerveau il y a
tant d'intelligences captives, sinon par orgueil,
comme le comte de Charney, au moins par inertie !
Au jour de leur grâce (si elles daignent la demander), soyez certains que, sans oublier *Picciola*, elles
feront aux compagnons de ce petit chef-d'œuvre,

*le Mutilé, Une maîtresse sous Louis XIII, Seul !
la Mythologie des bords du Rhin, la Seconde
Vie,* et tant d'autres, l'honneur de les apercevoir ;
il serait ridicule, en effet, de continuer à faire de
Saintine, c'est-à-dire d'un de nos plus généreux
producteurs, quelque chose comme Etienne Béquet,
ce polisseur avare du *Mouchoir bleu*, bien passé
aujourd'hui.

## II

Si encore Saintine s'était répété dans son abon-
dance, si toutes ses compositions ultérieures n'é-
taient que la paraphrase de *Picciola*, on rangerait
tout de suite ce roi d'un jour parmi ces élégiaques
qui n'ont qu'une note et qui, le son donné, ne deviennent plus que des échos ; mais, au contraire,
Saintine a abordé tous les genres avec un égal bonheur : le roman historique, le voyage familier, la
légende, la nouvelle mondaine, la fantaisie philoso-
phique. Je ne parle même pas de son théâtre, qui à
lui seul suffirait pour faire une réputation ; Saintine
a jugé à propos de prendre un pseudonyme pour ses
œuvres dramatiques ; c'était peut-être faire comprendre qu'il n'entendait compter littérairement que

par ce qu'il signait de son vrai nom ; s'il nous était permis cependant de trahir cet *incognito,* que de verve et d'esprit nous reconnaîtrions sous le masque ! Mais le moyen d'associer la drôlerie de *Riche d'amour,* par exemple, et la mélancolie de *Picciola?* comment croire que le poëte d'une *Seconde Vie* est aussi le joyeux prosateur d'un *Monsieur et une Dame,* une des plus célèbres Arnalades? On dirait qu'en se cachant à la scène derrière Duvert et Lausanne sous le prénom de *Xavier,* Saintine, ce délicat psychologue, a eu comme la pudeur de son trop de gaieté ; en effet, Lamartine faisant ouvertement du Désaugiers perdrait étrangement de son prestige ; les *fa di lon fa* ne conviennent pas à la lyre.

Saintine n'est point à ranger dans l'ordre supérieur où se place l'auteur des *Méditations;* mais, dans ce talent secondaire, le penseur ému et gracieux domine trop pour qu'on ne lui sacrifie pas volontiers l'égayeur. Disons enfin que, dans son répertoire théâtral, Saintine est primé par des chefs de collaboration, tandis que dans ses livres il a l'avantage d'être tout seul, et de permettre ainsi qu'on ne coure pas le risque de le louer aux dépens d'autrui.

Phase coquette que celle où, en se dédoublant volontairement, on facilitait la division de la critique ! Aujourd'hui on signe sans gêne du même nom une rapsodie et une œuvre d'art; autrefois Eugène Guinot existait en trois personnes. Était-il auteur dramatique? il s'appelait *Paul Vermond*; passait-il au *Courrier de Paris?* vous n'aviez devant vous que *Pierre Durand;* écrivait-il une nouvelle? il redevenait Eugène Guinot. Il avait bien raison. Pourquoi l'artiste qui veut faire de l'industrialisme n'imite-t-il pas son exemple? Il serait si doux de ne pas reconnaître dans le procréateur d'un mauvais vaudeville le père d'une excellente comédie! Péché caché est à moitié pardonné.

## III

J'admire avec quelle facilité on raye souvent du nombre des ouvrages vivants beaucoup de livres qui n'ont que le tort de ne pas porter le millésime de l'année courante. Je me méfie de ces décès littéraires qu'on décrète sans vérification; vous exhumez par hasard quelques-uns de ces infortunés volumes si légèrement enterrés, et vous êtes tout surpris de leur trouver encore de la chaleur et du souffle; c'est ce qui arrive avec Saintine; on peut comparer son œuvre à ces villes qu'on appelle mortes, parce qu'elles n'ont pas l'insolente activité des cités jeunes, mais qui, pour ne plus comporter qu'une existence

recueillie et comme détachée du mouvement général, ne sont pourtant pas des catacombes.

N'avez-vous jamais eu la curiosité de visiter ces
centres perdus dont la civilisation se détourne : Cau-
debec ou Carentan, par exemple? Il y a plus d'herbe,
il est vrai, que de passants dans les rues, et beaucoup
de maisons y paraissent vides. Je ne sais pourtant
quelle bienfaisante sensation de douceur vous attire
vers cette solitude : on respire si bien dans cet air
qu'on ne se dispute pas! on s'écoute si distinctement
dans ce silence! Puis un frais visage apparaît à une
fenêtre; une cloche sonne; une porte se referme sur
un vieux couple qui s'aime encore ; les oiseaux chantent sur ce pignon vermoulu; les pariétaires font
une parure à ce mur qui s'effondre; un rayon de
soleil descend sur toutes choses, et vous sentez
comme battre discrètement le cœur de cette localité
défunte; et quand, huit jours après, vous quittez ces
murailles vénérables, votre regard pénétré cherche
le clocher à l'horizon. Elle ne compte plus, cependant, cette abandonnée dont vous avez bien voulu
vous occuper, mais qu'importe que ni la mode ni
l'industrie ne lui fassent plus l'honneur de la nommer, elle vit encore pour vous, la ville morte, et
c'est assez pour elle!

C'est une impression analogue que cause la lecture des ouvrages les plus oubliés de Saintine. On ne veut plus aujourd'hui de romans historiques sé-rieux, et il n'y a guère que la *Chronique de Char-les IX* qui ait trouvé grâce devant le public; mais, après *Cinq-Mars*, cette belle étude d'un grand talent, un peu trop délaissé aussi, on peut citer *Une maîtresse sous Louis XIII* de Saintine. Saintine, comme on le sait, était un érudit, avec la nonchalance d'un ignorant; pour rien au monde il n'eût montré les épines de la science; il se contentait d'en offrir les roses, roses un peu fanées, mais dont le parfum n'est pas trop envolé. Oubliez que vous êtes en 1865 et ouvrez ces pages qui ont vu tant de librairies : vous trouverez le roman le plus nourri comme intérêt, le mieux mené comme action, avec une agréable couleur du temps et une solidité de facture que je souhaite à de plus fringantes publi-cations. Le lecteur n'est pas ébloui, mais il n'est pas dupé; le livre ne contient pas d'épices, mais aucune falsification ne le déshonore. Ce n'est pas le tapage de la mauvaise vie élégante, c'est la régularité de la bonne vie bourgeoise.

Vous plaît-il de voir Saintine s'élever plus haut? La sévère et brève chronique du *Mutilé* vous le représente dominant les conditions de l'intérêt fa-cile: ce n'est pas l'amour, c'est l'horreur qui fait le sujet de ce tableau digne de Ribeira. De sanglantes railleries poursuivent Sixte-Quint; le pape a fait longtemps la sourde oreille; il se fâche à la fin et ordonne une arrestation générale, promettant la vie sauve à celui qui s'avouera coupable. Un jeune poëte, beau et fier, se dénonce. Sixte-Quint observe la *lettre* de sa parole, mais il en viole l'*esprit*; il fait arracher cette langue qui a blasphémé contre lui, couper ces mains qui ont osé tracer des vers outrageants, et il rejette dans la rue ce tronçon humain de vingt ans qui n'est plus, pour ses admirateurs de la veille, qu'un objet de dégoût et d'effroi; il erre, le *Mutilé*, avec cette éternelle torture de sentir qu'on lui a fait comme l'ablation de son génie; il erre en paria, lui qui aurait pu marcher en triomphateur, jusqu'au jour où, apprenant la maladie mortelle du pape, il rentre dans Rome. Admis avec quelques pèlerins à baiser les pieds du saint-père, il s'approche du lit du mourant, et, les yeux étincelants, lui montre ses moignons nus et sa bouche vide. Sixte-Quint s'épouvante; il veut appeler, mais lui aussi est muet; il veut faire un geste, lui aussi est privé de l'usage de ses mains! la paralysie le cloue à son expiation; la victime et le bourreau ne peuvent pas même se maudire. La puissance et le génie se rencontrent dans leur néant. Le *Mutilé* regagne la campagne, on traque cet être informe et on le tue; et le poëte promis au bonheur et à la gloire meurt sans laisser sur terre ni un nom, ni une œuvre, ni une tombe. La Muse de la désolation a inspiré Saintine; tout l'effet du récit serait perdu, si, cédant à son vrai tempérament, il s'attendrissait; d'ailleurs l'horreur molle serait insupportable dans un pareil tour de force. Saintine a revêtu une triple armure pour achever ce livre, qui semble par places buriné avec la pointe d'un glaive.

Avec quel bonheur il retrouve sa sensibilité! Au fond, comme sa nature aimante se sent mieux à l'aise dans ces causeries narratives, où son cœur peut se présenter en négligé! Saintine n'est pas parfait, tant s'en faut, et le sens plastique, si développé aujourd'hui, lui manque à beaucoup d'égards; mais il a le mérite si rare à présent d'appartenir à cette race d'écrivains dont Walter Scott est le type le plus complet, et qui se mettent tout de suite en rapport sympathique avec leurs lecteurs. Il est très-aisé de ne pas toujours admirer Walter Scott, il est impossible de lui refuser son affection. Les plus pressés lui pardonnent sa lenteur, les plus précis sa diffusion, les plus corrompus son innocence, parce que tous le chérissent malgré eux, ce vieux baronnet si aimable, si expansif, et qui entre si bien en communication avec vous.

Saintine est loin de l'auteur de l'*Antiquaire*, mais je retrouve dans le disciple beaucoup de ces grâces du maître; on sent aussi que comme lui il aime l'humanité, non pas en Philinte, qui au fond ne rapporte qu'à lui-même les profits de sa sociabilité, mais en honnête homme qui a des entrailles pour ses semblables; il n'est pas philanthrope, il est bon; il n'est pas flatteur, il est bienveillant; cette charité qui manque à tant d'écrivains, il l'a dans les veines, et ses livres ne cherchent qu'à consoler ceux qui souffrent, au lieu de se borner à illustrer ceux qui jouissent.

Une preuve de cette sincérité de dispositions chez Saintine, c'est qu'il excelle à peindre précisément l'homme aux prises avec la destinée; l'infortune le provoque; c'est le bon Samaritain passionné; donnez-lui un prisonnier bien à plaindre, il trouvera le livre le plus attachant sur l'araignée de Pellisson; mettez-le en face d'un naufragé dans une île déserte, il refera Robinson avec une nouveauté de vues qui imprime la valeur d'un original à ce qui paraissait n'être qu'une copie; la seule vanité que Saintine ait jamais tirée de ses ouvrages, car personne n'était plus que lui au-dessus des petites misères littéraires, c'est d'être le Christophe Colomb du vrai Robinson; lui, Saintine, si indulgent, a osé critiquer Daniel de Foë qui, voulant étudier ce phénomène d'une vie humaine menée absolument en dehors de la société, a imaginé de donner un compagnon à son héros. Robinson avec Vendredi, ce n'est plus la créature isolée dans la création, c'est le monde en abrégé; le titre du roman de Saintine maintient énergiquement l'essence de la donnée : *Seul !* Seul, mot terrible que Saintine comprend comme l'Écriture; au lieu de se perfectionner et de se montrer propre à évangéliser les sauvages, Selkirk, le type authentique du personnage fictif de Robinson, s'abrutit, perd le sens des mots et des idées, et retourne graduellement à l'animalité. Qu'a voulu prouver Saintine, qui était bien le cerveau le plus sain et l'âme la plus droite? c'est qu'en dehors de l'ordre éternel établi par Dieu, il n'y a pour l'homme que douleur et dégradation. *Picciola* est une autre leçon de bon sens; un brin d'herbe soigneusement examiné rend la foi à un sceptique; il y a une majesté touchante dans l'humilité de cette thèse.

On le voit, Saintine est un moralisateur, mais sans pédantisme, sans aigreur, et avec le don d'atteindre l'âme sans trop blesser l'amour-propre. Les

8

infiniment petits lui servent à prouver les infiniment grands; ses mille connaissances scientifiques ne concourent qu'à confirmer ses instincts. La nature n'a pas d'observateur plus enthousiaste; si la pomme qui tombe révélait à Newton la loi de la pesanteur, la graminée qui germe révélait à ce chrétien attentif l'harmonie universelle. Saintine eût pu dire: Je connais les plantes, du ton dont on dirait : Je connais les hommes!

## IV

En cherchant tout à l'heure les affinités littéraires de Saintine, j'avançais qu'il était de la famille de Walter Scott; même égalité d'humeur, même enjouement, mêmes tours d'écolier faits au lecteur. Un beau jour Saintine est enlevé par un ami, et conduit au château de Gennapes en Belgique; chemin faisant il est dévalisé par des *malandrins*; il arrive et tombe au milieu de seigneurs bardés de fer, et qui ne parlent que de Philippe le Bel et des Templiers : c'étaient le châtelain et ses invités qui s'amusaient à évoquer ainsi le passé en chair et en os. Les *malandrins* étaient d'honnêtes domestiques qui avaient le mot; le lendemain on se transportait sous Louis XIII, les jours suivants la débauche d'archaïsme allait de Charlemagne à la Régence ; on loge Saintine dans une tourelle gothique, et c'est de là qu'il data ces séries historiques qui portent le nom de *Récits de la tourelle*. Ne croit-on pas retrouver le pendant des *Chroniques de la Canongate?*

Mais à côté de la ressemblance avec Walter Scott dans la physionomie de Saintine, il y a aussi quelques-uns des traits de Bernardin de Saint-Pierre ; comme l'auteur des *Etudes de la nature*, Saintine est l'amant le plus pur et le plus religieux des magnificences physiques ; il idéalise le règne végétal, il a pour les fleurs et les arbres une sollicitude exquise; il traite les animaux avec cette affabilité dont La Fontaine a si bien le secret. Albéric Second a raconté avec beaucoup de bonne grâce un joli trait de fidélité de la part de Saintine : on allait abattre un vieux chêne de ses amis; Saintine supplie qu'on épargne ces ombrages centenaires et il achète l'arbre pour le laisser vivre.

Il faut voir dans le *Vrai Robinson* avec quelle candeur il se range du parti des animaux contre la brutalité humaine! Quand Selkirk s'aventure pour la première fois dans l'île habitée de Juan Fernandez, ni les oiseaux ni les fauves ne fuient devant lui.

« Les grimpereaux noirs et verts, sautillant circu-
lairement autour des troncs de myrtes, s'arrêtent un
instant pour le voir passer, puis reprennent leur route
en spirale; le toucan à l'éclatant plumage, au bec
monstrueux, le contemple avec placidité. » Un coup
de fusil détruit en une seconde cette confiance qui
rappelle la sérénité du Paradis terrestre ; l'instinct,
cette prescience sublime, révèle à tous qu'un grand
péril vient de naître.

Saintine met ensuite à faire le dénombrement
des plantes la voluptueuse complaisance de Rabelais
énumérant les victuailles ; les frênes-mayu, les liqui-
dambars, les cèdres acajou, les violettes arbores-
centes, les astrances hautes de dix pieds, toutes les
raretés des flores du monde, il les nomme pour les
caresser. On dirait qu'il trouve là personnifiées toutes les fleurs de son imagination. A la fin d'un des
plus persuasifs chapitres de *Picciola*, il voit dans le
parfum des roses un hommage pour l'homme qui
est en même temps une indication. Pour qui la rose
a-t-elle son arome? demande-t-il ; est-ce pour la
chèvre qui passe près d'elle sans la respirer ? C'est à
nous seuls que s'adresse sa suavité, et Dieu lui apparaît dans une branche d'églantier comme dans
l'aile d'un insecte.

## V

Le public n'a jamais ni tout à fait raison, ni tout à fait tort; *Picciola*, cette délicieuse épopée d'une giroflée, demeure le meilleur livre de Saintine. Nous avons voulu seulement avertir que le chef-d'œuvre d'un auteur ne devait pas supprimer ce qu'il éclipse. *Picciola* a vieilli sans doute, mais ce *Mie Prigioni* français a vieilli comme ces reines d'une saison qui sont détrônées par les rivales de l'autre hiver, sans pour cela avoir perdu leur beauté; faut-il pour un pli de rose au front ne plus aimer celle qui a encore des yeux si limpides et une taille si radieuse? Elle a vieilli aussi l'épouse qui devient mère; faut-il qu'on ne trouve plus de charme qu'à la nouvelle fiancée? *Picciola* restée jeune, quoiqu'on en dise, malgré quelques pages qui marquent, me fait l'effet de ces femmes qui ne disent plus leur âge, mais qui inspirent encore les passions les plus sérieuses.

A une époque où tout ce qui n'est pas corrosif paraît anodin, on serait tenté de trouver fade cette chaste inspiration. Tant pis pour ceux qui au miel préfèrent les cantharides; je veux cependant faire un reproche à Saintine : il ressemble un peu, dans l'or-

8.

dre littéraire, à ces déserteurs de la mondanité qui
se concentrent trop dans leur intérieur; l'esprit de
famille trop exclusif étouffe ce qu'il y a de vivifiant
dans l'élégance; il ne faut pas que le fumet du pot-
au-feu transpire au dehors. Saintine a des mots sans
tenue que je ne voudrais pas lui voir, pas plus qu'un
vieil habit à un jeune mari; il dira, par exemple,
en parlant de ses idées les plus éthérées, qu'elles
*mijotent* dans son cerveau. *Mijotent* jure avec la
chose elle-même. Si Saintine était sorti ce jour-là,
il n'aurait pas rencontré cette expression de petit
ménage.

En composant son dernier livre qui a pour titre la
*Seconde Vie* et qui tient plus du poëme que du
récit, Saintine a prouvé combien son esprit était
resté vif et alerte; il semble que les ailes lui pous-
saient à mesure que ses pieds allaient quitter la
terre; ces pages pleines de parfums et de couleurs
étaient les fleurs que le laborieux Saintine plantait
sur la tombe où il allait connaître le repos : sa fin fut
bien le *soir d'un beau jour*; quand il se sentit mourir, il ôta doucement de son doigt sa bague d'alliance
et la passa au doigt de sa femme : muet adieu du
chrétien résigné.

On dirait qu'en écrivant la *Seconde Vie*, Saintine
pressentait sa disparition. Qui ne se souvient du

rêve de ses funérailles, que sa modestie ne lui permettait pas de voir si honorées? Qui a oublié cette adorable fiction : la coupe que chacun laisse après lui, et qui vous ouvre l'entrée du ciel quand elle est remplie de larmes? Saintine alors n'est pas loin des élus, si sa coupe posthume contient tous les pleurs qu'il a fait verser !

# ANDRÉ CHÉNIER

## PROSATEUR

## I

A part les saintes comme Madame Elisabeth et les
martyres comme Marie-Antoinette, la Révolution
française, ce long massacre des innocents, n'a pas
eu de victime plus pure qu'André Chénier; si cette
exécutrice des hautes œuvres n'avait frappé que ses
ennemis, nous nous inclinerions devant cette logique de la haine; mais sur combien de ses plus généreux amis ne fit-elle pas descendre le couteau! En
conduisant André Chénier à la guillotine, elle im-
molait son chantre le plus harmonieux et le plus délicat; nul n'avait salué avec un enthousiasme plus
sacré ce renouveau social; la Révolution tuant André Chénier, c'est comme si le Printemps égorgeait

le rossignol! André Chénier fut le rossignol de la sublime nuit du 4 août!

Quelle monarchie régénérée, quelle noble république on eût pu rêver avec ce groupe d'hommes jeunes, convaincus, ardents, reniant le passé avec tant de franchise, épousant le présent avec tant de loyauté; André Chénier, les frères de Pange, les frères Trudaine, et tant d'autres, tout une génération au sang plein de richesse et qui prononçait le nom de la Liberté comme on prononce le nom d'une amante adorée!

De cette garde d'honneur, de cette incomparable élite, la Révolution fit une fournée, et le plus brillant de tous, André Chénier, put s'écrier prophétiquement :

> Toi, vertu, pleures si je meurs!

Hélas! ces larmes-là ne devaient plus tarir : depuis quatre-vingts ans, il a pu y avoir chez nous des accalmies, mais cette admirable sérénité entrevue par nos pères à l'aurore de 89 ne s'est jamais rétablie, et l'honneur français porte encore le deuil de cette monstrueuse déception.

Dans tous les temps, sauf sous la Terreur, où l'on arrachait l'enfant des entrailles de la mère pour mieux punir le défaut de civisme, on a fait grâce du bourreau à la femme enceinte; cette clémence-là, ne l'imagine-t-on pas pour les poëtes qui portent tout un monde de créations nouvelles et exquises! André Chénier produit l'effet d'un rosier stupidement tranché par la faux au moment où il allait donner les fleurs les plus rares; quelques-unes de ces grâces ont pu s'épanouir, mais les plus beaux poëmes sont restés en bouton; et pourtant, à tant d'années de distance, dans l'herbier où on les a recueillis, ils exhalent encore une senteur latente et délicieuse. *Hermès, Suzanne,* l'*Art d'aimer*, promettaient un fécond initiateur; André Chénier était le voyageur idéal qui allait montrer aux timides les routes inconnues, lorsqu'il fut assassiné lâchement au détour du bois sacré.

## II

La renommée d'André Chénier est une renommée posthume; le doux éclat dont il brille aujourd'hui comme poëte, il ne le connut pas de son vivant; la gloire du grand frère empêchait d'apercevoir cette pure clarté comme le soleil ne permet pas de discerner l'étoile, sauf sur les hauts sommets; mais l'altitude de la critique en 91 n'était pas suffisante pour une si délicate reconnaissance, et André

Chénier, dont les contemporains ne discernèrent pa
le génie, put s'écrier sur l'échafaud, avec une modestie sublime, en portant sa main au front : « *J'a-
vais pourtant quelque chose là!* »

Aujourd'hui, le *grand frère,* c'est lui. L'œuvre
de Marie Chénier est rentrée dans l'ombre, et les
poésies d'André Chénier dominent ces vers jadis fameux comme une radieuse constellation domine ce
qui appartient à la terre ; malgré toutes les noires
fumées qui obscurcissent le ciel, il n'y a pas un regard un peu amoureux de son plaisir qui n'ait salué
en passant ces élégies et ces idylles si bien groupées,
d'un feu si vif et si neuf; ces innombrables fragments qui apparaissent au delà, n'est-ce pas comme
la voie lactée du poëte? n'est-ce pas des pierreries de
la muse qu'on pourrait détacher ce diamant?

Le courroux d'un amant n'est point inexorable.
Ah! si tu la voyais cette belle coupable,
Rougir et s'accuser et se justifier,
Sans implorer sa grâce et sans s'humilier.
Pourtant de l'obtenir doucement inquiète,
Et les cheveux épars, immobile, muette,
Les bras, la gorge nue, en un mol abandon,
Tourner sur toi des yeux qui demandent pardon !
Crois qu'abjurant soudain le reproche farouche,
Tes baisers porteraient son pardon sur sa bouche.

André Chénier, c'est la Grèce retrouvée en passant par Tibulle.

Mais s'il ne reste plus rien à apprendre sur le poëte, en revanche le prosateur n'est pas assez connu; et quoiqu'il soit bien difficile de glaner après Sainte-Beuve, on peut encore étudier avec fruit l'homme politique dans André Chénier. L'homme politique, c'est trop dire, André Chénier n'est pas un homme politique, c'est un citoyen indigné qui prend la plume, comme on prend la parole contre les *bourreaux barbouilleurs de lois*. Et ce que Sainte-Beuve ne pouvait prévoir en 1851, c'est le merveilleux regain d'actualité que les événements devaient faire à ces écrits de combat; la Révolution redevenant à la mode, chacune de ces pages, qui datent du goût de 91, semble inspirée d'aujourd'hui, tant elle s'adapte d'une façon saisissante aux choses et aux personnages du temps présent.

Les œuvres en prose d'André Chénier vengent les poëtes de cet ostracisme injuste qui les bannit des affaires comme Platon les bannissait de la République; tout ce qu'on peut faire pour eux, quand ils sont de qualité supérieure, c'est de maintenir la définition célèbre : « Le poëte est chose légère, ailée et sacrée. » Mais les admettre aux conseils d'un gouvernement au même titre que les autres citoyens, serait une inexcusable imprudence. *Assez de lyre comme ça*, criait brutalement à Lamartine la grande

9

voix du peuple après les premières ivresses de la révolution de Février; la grande voix des salons em-
ploierait une forme de mépris plus élégante, mais
dans le fond elle ratifierait cette méprisante injonc-
tion, comme si M. Thiers et ses amis n'avaient pas
plus perdu la monarchie de Juillet que Lamartine,
comme si M. de Polignac n'avait pas été plus fatal à
la Restauration que Chateaubriand.

Eh bien! nous souhaitons aux hommes d'Etat la
netteté de vues, la fermeté de décision, la prescience
exacte des faits et des idées qui caractérisent le simple auteur de l'*Oaristys* et de la *Jeune Captive*,
pour prendre le premier et le dernier chant du cygne;
comme tant d'autres esprits généreux, André Chénier crut d'abord à toutes les promesses de 89 ; elle
était si belle et si invitante l'aurore de ce jour où le
soleil devait se coucher dans une mer de sang! on
croyait de bonne foi voir surgir une seconde fois
l'âge d'or, l'antique Monarchie et la jeune Liberté se
donnaient un baiser de paix aux applaudissements
d'une nation aussi jalouse de son roi que de son indépendance, et André Chénier ne fit que partager
au premier moment l'illusion universelle.

Mais le premier dégrisé, peut-être, fut ce poëte
qui justifia si bien la noble définition que Lamartine faisait de la poésie : *la raison chantée*. Ressem-

blant à ces maris pleins de foi qui croient avoir épousé une femme digne d'eux et qui s'aperçoivent qu'ils n'ont affaire qu'à une malheureuse capable de les déshonorer, il répudie la mère et garde près de lui les enfants ; c'est-à-dire que, pour rester mieux fidèle aux principes, il se sépare énergiquement des hommes. André Chénier voulait cette chose si noble : la Régénération, et non pas la Révolution, cette chose brutale comme le mot lui-même ; le jour où il découvrit qu'on le trompait, il ne pactisa pas une heure de plus avec l'ennemi. Quels prophétiques avertissements n'adressa-t-il pas à ses contemporains ? Nous pourrions, nous autres, en faire encore notre profit.

« Je ne conçois pas, dit-il dans ses *Réflexions sur l'esprit de parti*, comment tant de personnes et même des législateurs se rendent assez peu compte de leurs expressions pour prodiguer sans cesse ces noms augustes de *peuple*, de *nation* à un vil ramas de brouillons qui ne ferait pas la centième partie de la nation ; mercenaires étrangers à toute honnête industrie, inconnus et invisibles tant que règne le bon ordre et qui, semblables aux loups et aux serpents, ne sortent de leurs retraites que pour outrager et nuire. »

Elle dure encore cette hideuse comédie qui consiste

à appeler le *peuple* la troupe ambulante de l'émeute,
comme on appelle surtout *travailleurs* les gens qui
refusent de l'ouvrage, car la devise de la démagogie
est : *Paix sur la terre aux hommes de mauvaise
volonté !* Le chariot de Thespis de ces histrions-là,
c'est le tombereau traditionnel où l'on promène les
faux cadavres, car, dans ce mélodrame-là, on est
encore moins tué qu'à l'Ambigu.

Ne dirait-on pas qu'André Chénier pressent notre
époque, quand il flétrit cette nombreuse et effrayante
race de libellistes sans pudeur qui, sous des titres fastueux et des démonstrations convulsives d'amour
pour le peuple et pour la patrie, cherchent à s'attirer
la confiance publique, *gens pour qui toute loi est
onéreuse, tout frein insupportable, tout gouvernement odieux ; ils haïssent l'ancien régime, non
parce qu'il était mauvais, mais parce que c'était
un régime ; ils haïront le nouveau ; ils les haïraient
tous, quels qu'ils fussent.*

« Selon eux, les ministres du roi sont des perfides
et l'Assemblée elle-même est vendue et conspire.
Ainsi, tout ce qui fait des lois, les explique et les fait
exécuter est ennemi et coupable ; nous ne devons
nous fier qu'à ceux qui nous agitent, qui nous ai-
grissent contre tous, qui nous mettent des poignards
dans la main. »

Les temps sont-ils changés et le vieux cri de : *Nous sommes vendus!* n'est-il pas encore un des cris de Paris? Ah! le dicton fait jadis pour les femmes est aussi vrai pour les choses; la beauté passe et la laideur reste : le règne du génie n'est qu'un éclair, le règne des sots est une éternité.

Ne dirait-on pas que ce passage est écrit pour l'heure présente :

« L'Assemblée nationale est la dernière ancre qui nous soutienne et nous empêche d'aller nous briser. La révolution qui s'achève (hélas! elle ne faisait que commencer) est grosse des destinées du monde. » Et André Chénier développe éloquemment l'idée qu'il appartient aux Français que la liberté ne soit pas calomniée et renvoyée parmi les rêves philosophiques; qu'on y prenne garde, si les folies et les perversités prédominaient, le spectacle de la France s'élèverait comme un épouvantail sinistre pour protéger partout les abus et mettre en fuite toute idée de réforme et d'un meilleur ordre de choses ; la vérité, la raison, l'égalité, n'oseraient se montrer sur la terre que lorsque le nom français serait effacé de la mémoire des hommes.

La prophétie ne s'est-elle pas en partie réalisée? La Révolution française a pu être un flambeau, mais elle a été un de ces flambeaux qui mettent le feu; il ne faut pas confondre la contagion de la lumière avec la contagion de l'incendie ; la cause de la vraie liberté, si facile à gagner, pour peu que nous eussions le sens politique, reste compromise depuis quatre-vingts ans ; nous gardons nos faiseurs d'émeutes, mais les autres peuples, plus avisés, gardent leurs rois.

Quel bon sens dans cet article *Sur le choix des députés à la prochaine Législative,* et qui parut au *Moniteur !*

« Une haine suffisante contre la cour et l'ancien régime ne me semble pas suffire pour un représentant du peuple. J'exigerais davantage ; c'est un voile sous lequel on peut facilement couvrir des inimitiés et des exigences particulières ; on peut douter que ceux qui ont applaudi aux outrages et aux meurtres soient ceux qui ont le mieux senti l'inestimable bienfait de l'égalité. »

N'avons-nous pas de nos jours de prétendus Français qui, après s'être déchaînés contre le sang versé au 2 décembre, excusent presque les horreurs de mai 1871 et hochent la tête en murmurant : *Il y avait une idée dans la Commune ?*

Ceux qui veulent servir leurs animosités personnelles ont aujourd'hui comme autrefois un moyen bien simple ; en déclamant convenablement contre les *crimes* des Tuileries, ils font oublier qu'eux-mêmes sont criminels.

André Chénier se rencontre ici avec un honnête homme comme lui, un penseur qui voyait les choses de la terre d'aussi haut qu'il était près du ciel, Joseph de Maistre. « Si l'on nous dit, par exemple : j'ai embrassé de bonne foi la révolution française par un amour pur de la liberté et de la patrie, j'ai cru en mon âme et conscience qu'elle amènerait la réforme des abus et le bonheur public, nous n'avons rien à répondre. Mais l'œil pour qui tous les cœurs sont diaphanes voit la fibre coupable, il découvre dans une brouillerie ridicule, dans un petit froissement de l'orgueil, dans une passion basse ou criminelle le premier mobile de ces révolutions qu'on voudrait illustrer aux yeux des hommes, et pour lui le mensonge de l'hypocrisie greffée sur la trahison n'est qu'un crime de plus. »

## III

C'est demain, à la tribune, qu'on pourrait encore développer cette utile réflexion d'André Chénier :

« Une simple équivoque suffit à tout ; la constitution étant fondée sur cette éternelle vérité : la *souveraineté du peuple*, il n'a fallu que persuader aux tribunes de club qu'elles sont le *peuple*. »

N'avons-nous pas connu le temps où la rue Grolée se croyait supérieure à l'Assemblée de Versailles ?

Avec quelle raison encore André Chénier parle de ces sociétés *dont la turbulente activité a plongé le gouvernement dans une effrayante inertie!* Chaque jour ces représentants sans mandat invoquent la constitution, chaque jour leurs discours et leur conduite l'outragent ; ils reçoivent à la face de la France entière des députations, comme s'il n'existait ni Assemblée, ni tribunaux, ni pouvoir législatif.

N'est-ce pas le vivant tableau de nos derniers clubs que cette peinture? « Là, l'industrie et le commerce sont représentés comme des délits ; tout homme riche passe pour un ennemi public ; les soupçons les plus odieux, la diffamation la plus effrontée s'appellent *liberté d'opinions;* qui demande des preuves d'une accusation est un ennemi du peuple ; toute absurdité est admirée pourvu qu'elle soit homicide ; tout mensonge est accueilli pourvu qu'il soit atroce ; des femmes vont y faire applaudir les convulsions d'une démence singulière. »

Ah! les correcteurs du bon Dieu ont bien raison de soutenir que certains hommes descendent du singe, si l'on en juge par l'esprit de parodie!

C'est de la Révolution que datent ces machiavéliques leçons au pouvoir, dont nous avons vu le dernier spécimen dans l'élection Barodet; les Suisses du régiment de Châteauvieux s'étaient révoltés contre leurs chefs et avaient pillé la caisse; la Ville de Paris organisa une fête triomphale pour recevoir les rebelles, et de profonds politiques disaient alors d'un ton capable qu'on voulait par cette démonstration humilier et faire rougir ceux qui jadis s'étaient servis d'eux pour tenir la nation dans les fers.

« A-t-on jamais, demandait André Chénier, entendu rien d'aussi insensé qu'un pareil raisonnement? Pour *faire pièce* à un mauvais gouvernement qui est détruit, inventer des extravagances capables de détruire toute espèce de gouvernement, récompenser l'insurrection contre la tyrannie par des honneurs accordés à la rébellion contre les lois. »

Ces démences-là, nous les avons revues; il n'a pas tenu à nos démocrates modernes de faire de toute l'armée française autant de régiments de Châteauvieux!

Le maire de Paris, un Prud'homme en panache, répondait gravement :

« Si la fête ne rencontre aucun obstacle, il est impossible qu'il en résulte aucun mal. »

C'est le raisonnement de ce radical célèbre qui disait dernièrement : « Que les conservateurs se

9.

tiennent tranquilles, il ne leur arrivera rien de désagréable. »

Il faut lire les admirables réflexions d'André Chénier sur la lettre du maire de Paris à ses concitoyens, cet inepte Pétion qui trouvait que l'esprit public s'élève et prend un nouveau degré d'énergie au milieu des fêtes civiques données à des insurgés, et qui traitait d'*esprits sombres* et d'*intrigants* les quelques gens sensés qu'indignait cette lâcheté fériée.

Quel saisissant à-propos encore que l'article sur l'*Indiscipline des armées!* Souvenez-vous, disait Chénier en finissant, qu'une armée indisciplinée n'est redoutable qu'à son pays.

Si Louis XVI, ce saint Louis constitutionnel, avait besoin d'être innocenté, quel témoin à décharge qu'un républicain aussi vraiment pur qu'André Chénier! Touché par la noblesse de l'infortune souveraine, le hardi publiciste se constitue, à partir de l'héroïque journée du 20 juin, le défenseur du plus grand opprimé qu'il y eût en France, le roi des Français! Si l'avis d'André Chénier avait prévalu, si Louis XVI dès le 9 août se fût réfugié au milieu des représentants de la nation, et, s'inspirant du mâle discours qu'André Chénier mettait dans sa bouche, eût fait un suprême appel à la justice et au

respect, peut-être un grand crime eût-il été épargné
à l'honneur français.

André Chénier fut jusqu'au bout le courtisan de
l'adversité; n'ayant pu sauver la couronne, il essaya
du moins de sauver le monarque; une première
lettre de lui dans le *Mercure français* précéda une
seconde lettre suivie de la plaidoirie de de Sèze;
André Chénier fut l'avocat du roi près du public;
mais auprès de ce tribunal-là, comme auprès de la
Convention, la sentence était rendue d'avance; et à
propos de Capet les voix des clubistes comme les
voix des conventionnels prononçaient moitié par
peur, moitié par férocité, ce mot sinistre : la mort,
la mort!

Quand dans les premiers jours de janvier on es-
péra sauver le roi en faisant décréter l'appel au
peuple, André Chénier écrivit une dernière lettre aux
citoyens français. Alors comme aujourd'hui beaucoup d'électeurs s'abstenaient de voter. André Chénier faisait habilement remarquer que quand il
s'agit d'*élire* on peut ne pas faire usage de son droit,
mais que quand il s'agit de *juger*, c'est une dette
qu'on n'est pas maître de ne pas payer; il fait appel
à tous ceux qui ne croient pas que l'injustice et la
violence deviennent légitimes envers un homme
parce qu'il a été roi.

En même temps il adressait à la Convention une pétition pour régler les formes de l'appel au peuple, osant ainsi donner des leçons à la terrible assemblée.

La voix des furies de la guillotine couvrit ces nobles protestations ; et dix-huit mois plus tard le républicain André Chénier devait rejoindre *son* roi sur l'échafaud.

André Chénier eût pu dire comme prosateur ce qu'il dit comme poëte : *J'avais pourtant quelque chose là*. Car de même qu'il laisse des fragments de poëme, il a laissé des fragments de livre. Le style des œuvres en prose d'André Chénier annonce plûtôt un orateur qu'un écrivain ; ce journaliste sobre et éloquent était plus fait pour la tribune que pour la lecture ; l'ardente probité de sa parole eût entrainé bien des irréfléchis, affermi bien des timides, réchauffé les tièdes ; son défaut fût devenu un mérite, car il écrit comme on devrait parler.

Citons cependant dans ces papiers, qui sont des reliques sacrées, une page superbe qui peint l'homme tout entier : c'est un portrait d'André Chénier fait d'après lui-même :

« Il est las, dit-il, de partager la honte de cette foule immense qui en secret abhorre autant que lui, mais qui approuve et encourage, au moins par son

silence, des hommes atroces et des actions abomi-
nables. La vie ne vaut pas tant d'opprobre. Quand
les tréteaux, les tavernes et les lieux de débauche
vomissent par milliers des législateurs, des magistrats et des généraux d'armée, il a, lui, une autre
ambition et il ne croit pas démériter de sa patrie en
faisant dire un jour : Ce pays qui produisit alors
tant de prodiges d'imbécillité et de bassesse, produisit
aussi un petit nombre d'hommes qui ne renoncèrent
ni à leur raison ni à leur conscience ; témoins des
triomphes du vice, ils restèrent amis de la vertu et
ne rougirent point d'être gens de bien. Dans ces
temps de violence, ils osèrent parler de justice ; dans
ces temps de démence, ils osèrent examiner ; dans ces
temps de la plus abjecte hypocrisie, ils ne feignirent
point d'être des scélérats pour acheter leur repos aux
dépens de l'innocence opprimée ; ils ne cachèrent
point leur haine à des bourreaux qui n'épargnaient
rien, car il ne leur en coûtait que des crimes, et un
nommé André Chénier fut un des cinq ou six que
ni la frénésie générale, ni l'avidité, ni la crainte ne
pouvait engager à ployer le genou devant des assassins couronnés, à toucher des mains souillées de
meurtres et à s'asseoir à la table où l'on boit le sang
des hommes. »

N'y a-t-il pas là un cri sublime d'orgueil et de

dégoût mêlés, et André Chénier n'était-il pas vraiment de la taille de ceux qui peuvent dire :

Et s'il n'en reste qu'un, je serai celui-là?

Il ne fut pas seul : quelques mois plus tard, il
devait marcher à l'échafaud avec Roucher, le poëte
des *Mois*, qui avait mérité la mort rien que pour
avoir dit de Collot-d'Herbois, un comédien devenu
proconsul : « Il a sauté des tréteaux de Polichinelle
sur le char de la Victoire; » avec les frères Trudaine,
des amis de la dernière heure, et bien d'autres honnêtes gens.

Le sacrifice de l'agneau sans tache a lieu parfois
pour les hommes.

Ce fut le 7 thermidor qu'il s'accomplit ; quarante-
huit heures plus tard, André Chénier et ses compagnons de martyre étaient sauvés ; la Providence,
jusque là désintéressée de nos souffrances, permettait
cette brouillerie de famille qui rendit la liberté aux
Français, le coup de théâtre du 9 thermidor, dont
l'histoire n'est pas longue, dit Joseph de Maistre, car
elle se résume en une ligne : *Quelques scélérats
firent périr quelques scélérats!*

# LA LITTÉRATURE DU COEUR

## CHARLES DICKENS

## I

Avant toutes choses, il convient de caractériser l'œuvre de Dickens d'un mot, qui expliquera d'ailleurs l'immense prestige de son talent : un talent mitoyen du génie. A-t-on jamais réfléchi à la somme d'égoïsme et de sécheresse que cachent tant de livres fêtés, don Juans abuseurs des consciences, disant au Bien : C'est toi que j'adore ; au Beau : Je ne vis que pour toi, et n'aimant qu'eux-mêmes ? Que de fois en lisant ces productions de luxe, où il n'est question que des petites misères des gens trop heureux, nous avons été tenté de refaire une parole célèbre et de dire : « La littérature n'a pas d'entrailles ! »

Eh bien ! parmi les écrivains du dix-neuvième siècle, on peut avancer que nul n'a eu plus d'en-

trailles que Charles Dickens; ses plus saillants dé-
fauts, l'inégalité de composition, la monotonie des
procédés, la lenteur de développement, sont rache-
tés par cette qualité maîtresse : une tendresse profonde! Personne n'a été plus homme et moins auteur; dans le royaume de l'esprit, c'est le cœur qui
l'a fait roi. Il y a dans Dickens une sensibilité exquise et robuste, qui vous touche et vous fortifie;
c'est le bon Samaritain des romanciers; il s'intéresse d'instinct à tout ce qui souffre et à tout ce qui
est molesté; les déshérités de la vie, les pauvres, les
humbles, les faibles ont en lui un protecteur naturel. Les autres conteurs ne s'étaient guère occupés
que des grands. Dickens semble dire : « Laissez venir à moi les petits! » Et il défend leur cause sans
prétentions d'apôtre, sans indignation de rhéteur,
sans haine suspecte, avec une bonne humeur qui
désarmerait leurs ennemis; il ne déteste que deux
choses, mais il les déteste avec toute la vigueur de sa
verve : c'est l'hypocrisie et la cruauté. M. Squeers,
le féroce maître d'école, et le patelin M. Pecksniff,
voilà ses deux bêtes noires; au premier il reprend
pour l'en fustiger les verges dont il abuse sur les
enfants, au second il arrache son masque avec une
patience que Molière n'aurait pas eue pour Tartufe.
Toute dureté le révolte, la moindre bonté le sub-

jugue; sa morale, c'est qu'un peu d'affection vaut
mieux que toutes les vanités de ce monde. Il n'a
pas la prétention d'un niveleur, mais il a le même
respect pour les infimes de la société que pour les
chétifs de la nature. Dickens a toujours peur de
froisser une âme délicate dans un homme d'une
condition misérable, comme il se fût reproché, en se
promenant dans son jardin de Gadshill, d'écraser
une créature aussi insignifiante qu'une *bête à bon
Dieu.* ,

Aussi les choses et les êtres semblent-ils répondre
à son ardente sympathie par une confiance sans bor-
nes; il a été donné à Dickens d'entendre le plus mystérieux bruit des cœurs, comme de pénétrer les secrets des sources cachées; l'orage et son confident,
le vent qui gronde pour les autres lui dit tout bas à
l'oreille ses plus douces pensées; la pluie fouette le
reste des mortels, lui fouette la pluie à force de
bonne grâce taquine et de spirituelle lutinerie;
comme le maître puissant de la *Tempête* et du *Roi
Lear*, Dickens est en communion pratique avec la
création tout entière, comme lui il vous intéresse à
un brin d'herbe autant qu'à un chêne altier; à son
exemple, il fait sortir de son cerveau tout un monde
sinistre ou bouffon, horrible ou enchanteur, suivant
qu'il lui plaît; chez tous deux on sent que les hom-

mes sont égaux devant leur force observatrice ;
mais, pour l'un comme pour l'autre, un mendiant
est aussi sacré qu'un seigneur, et je comprends très-
bien que dans toutes les oraisons funèbres des journaux anglais soit revenue la comparaison, hasardée
au premier abord, très-rationnelle au fond, de
Dickens avec Shakespeare. Byron est un poëte d'un
souffle plus impérieux que Dickens, mais il ne s'occupe que de lui ; *Child-Harold, Caïn, Don Juan,*
c'est la *littérature du moi.* Ce qui, au contraire,
frappe chez Dickens comme dans Shakespeare, c'est
une admirable impersonnalité ; ils s'oublient perpétuellement pour les autres : aussi se souviendra-t-on
toujours d'eux, car on pourrait dire aux écrivains :
« Oubliez-vous vous-mêmes et vous ne serez jamais
oubliés ! »

Enfin, dernier trait de similitude, Dickens et
Shakespeare, malgré leur intense saveur nationale,
relèvent pour ainsi dire moins de leur pays que
du genre humain ; Walter Scott se rattache au
continent par sa méthode de narration et le choix
de ses sujets ; Byron, par l'élément classique qui
entre dans la composition de son romantisme. On
perd de vue qu'ils sont Anglais, tant ils sont Eu-
ropéens. Je prends ici les deux personnalités les plus
éclatantes parmi les prédécesseurs de l'auteur de

*Pickwick.* Dickens et Shakespeare, au contraire, sont des insulaires qu'on ne possède complétement que chez eux ; la senteur vivace de leur production, l'*odor di genio* franchit le détroit, comme le parfum des pêches mûres vous arrive par-dessus les clôtures d'un jardin ; mais le fruit n'a tout son goût que cueilli sur l'espalier.

## II

Les premiers clients de Dickens, ce sont les enfants, les martyrs les plus intéressants par rang de date, la fleur des opprimés ! Comme il les venge, ces pauvres petits êtres qui ne naissent à la vie que pour souffrir ! Quelle place d'élite il leur donne dans ses récits : il a des enfants de dix ans qui vous captivent comme de grandes personnes. Avez-vous parfois, visitant des voisins de campagne sortis pour un instant, été reçus par une toute petite fille qui vous fait gravement les honneurs de la maison, et qui se sent heureuse de jouer à la dame ? c'est un peu l'impression que nous font certains chapitres de Dickens : les grands-parents sont absents, et ce sont les enfants qui vous font les honneurs de ses plus belles pages.

*Olivier Twist* est, comme on sait, l'histoire d'un

enfant trouvé, qu'on accable de mauvais traitements; enfin un jour on insulte sa mère devant lui : l'agneau se révolte et devient lion. Il a déserté le dépôt de mendicité; en passant devant une ferme qu'il connaît, il aperçoit un ancien petit camarade en train de sarcler l'herbe.

— Il ne faut pas dire que tu m'as vu, Dick. Je me sauve; on me bat et on me tourmente. Je vais chercher fortune si loin de là, que je ne sais où. Comme tu es pâle !

— J'ai entendu les médecins dire que j'allais mourir, répondit l'enfant avec un léger sourire, et je suis bien content de te voir. Mais ne t'arrête pas, ne t'arrête pas!

— Oui, mais je veux te dire au revoir, reprit Olivier Twist. Je te reverrai, Dick, j'en suis sûr, et alors tu seras bien portant et heureux.

— Je serai heureux, dit l'enfant, quand je serai mort et pas avant. Le médecin a raison, Olivier, car je rêve souvent du ciel et des anges, et de douces figures que je ne vois jamais quand je suis éveillé. Embrasse-moi, ajouta-t-il en grimpant sur la petite porte et en croisant ses petits bras autour du cou d'Olivier. Adieu, mon cher ami, que Dieu te bénisse !

Cette bénédiction sortait de la bouche d'un enfant, mais c'était la première qu'Olivier eût jamais entendu appeler sur sa tête. Au milieu des épreuves de sa vie, il ne l'oublia jamais.

La bénédiction d'un vieillard ne vous inspirerait pas plus de respect. En parlant de tout ce que Dickens a fait pour l'enfance, je devais commencer par la scène où il l'a rendue presque auguste.

Quelles admirables scènes de comédie précédant la fuite d'Olivier Twist, car ne prenez pas Dickens pour un larmoyeur; il connaît la source secrète des pleurs, mais il y arrive par la route du rire. Il enveloppe l'indignation dans la plaisanterie.

Le pauvre Olivier Twist affamé, car il n'a eu qu'une portion dérisoire d'un infect gruau, s'approcha l'écuelle à la main, et vint en redemander ; le chef devient pâle et s'appuie sur la chaudière pour se contenir; les vieilles femmes qui servaient d'aides demeurent saisies d'étonnement et les enfants de terreur.

« Le conseil siégeait en séance solennelle, quand M. Bumble (le bedeau chargé de la surveillance de l'asile) se précipita dans la salle tout hors de lui et, s'adressant au président, lui dit :

« Monsieur Limbkins, je vous demande pardon, monsieur, Olivier Twist en a redemandé !

« Ce fut une stupéfaction générale, l'horreur était peinte sur tous les visages. »

On enferme le coupable, et dès le lendemain, comme madame Sowerberry, la ménagère de l'hospice, déclare qu'Olivier est fou, le perspicace M. Bumble répond : « Ce n'est pas de la démence, c'est la viande ! Vous l'avez nourri outre mesure. Madame, vous avez fait naître en lui une âme et un esprit artificiels. »

Et le reste du chapitre continue sur ce ton de gaieté qui serre le cœur. Dickens excelle à déguiser l'Adversité en habit de Folie. Il semble qu'il dise à l'élégie la plus poignante : Vous soupiriez, j'en suis bien aise; eh bien, dansez maintenant !

Le petit David Copperfield a perdu son père; sa mère, une créature douce et passive, se remarie; elle épouse un homme d'une extrême dureté, qui vient avec sa sœur, méchante comme lui, prendre les rênes de la maison. David aura ainsi deux bourreaux pour un ; on commence par le battre ; sa mère, qui n'a pas la force d'interposer son autorité, se borne à se boucher les oreilles pour ne pas entendre les coups; enfin quand le plaisir des verges est épuisé, M. Murdstone et miss Murdstone songent à mettre leur victime en lieu sûr ; ils ont en vue une bonne pension où l'on n'est pas tendre pour les élèves, car sur la route un garçon d'auberge, demandant à Copperfield où il se rend, s'écrie sur sa réponse :

— Oh! mon Dieu! c'est justement là qu'on a brisé les côtes d'un petit garçon; il était encore tout jeune, il avait à peu près... Voyons, quel âge avez-vous?

— Je lui dis que j'avais huit ans et demi.

— Tout juste son âge. Il avait huit ans et demi quand on lui a brisé sa première côte; huit ans et huit mois quand on lui a brisé la seconde, et, ma foi! c'était fini!

Le malheureux David n'a eu jusqu'ici l'existence tolérable que grâce à l'affection de la servante qui l'a élevé, la bonne Peggotty. La veille du départ, Peggotty veut revoir son cher petit maître, mais il est sous clef, et elle lui dit à travers la porte :

« — Davy, mon chéri, si je n'ai pas été tout à fait aussi intime avec vous dernièrement que j'aurais dû l'être, ce n'est pas que je vous aime moins. C'est parce que je croyais que cela valait mieux pour vous et pour une autre personne aussi. Davy, mon chéri, m'écoutez-vous et voulez-vous m'entendre?

— Oui, oui, Peggotty, dis-je en sanglottant.

— Mon trésor, reprit-elle avec une compassion infinie, ce que je veux vous dire, c'est qu'il ne faut jamais m'oublier, car je ne vous oublierai jamais, et je soignerai tout autant votre maman que je vous ai jamais soigné, Davy; et je ne la quitterai pas. Le

jour viendra où elle sera bien aise d'appuyer sa
pauvre tête sur le bras de sa vieille, de sa stupide
Peggotty, et je vous écrirai, mon chéri, bien que je
sois très-ignorante. Et je... je...

Et Peggotty, voyant qu'elle ne pouvait m'embrasser, se mit à embrasser le trou de la serrure. »

Ce baiser sur la serrure donné par une femme du
commun, qui a une inspiration de patricienne, est
une trouvaille de génie. Et quelle émotion vraie
dans chacune de ses paroles; avec quelle bonne
grâce elle s'appelle « la stupide Peggotty ! » Comme
son humilité vous touche quand elle ajoute : « Bien
que je sois ignorante. » Enfin on sent les larmes
qui lui coupent la parole, et l'on serait tenté de
pleurer avec elle. Toute la scène est d'une adorable
sensibilité.

Lisez encore le pathétique récit de la mort du
petit Dombey; Dombey père est une de ces âmes
dures que Dickens extrait de la société anglaise,
comme on extrait des blocs de marbre d'une carrière : tout l'orgueil et toute l'ambition du négociant reposent sur la tête de ce fils pour lequel il
oublie sa fille; le roman a pour titre une formule
de raison sociale : il s'appelle *Dombey père et fils*;
on ne s'attend guère au coup de théâtre que nous
réserve le premier volume; ce fils tant caressé meurt,

et la tombe refait de lui ce que le berceau en avait fait : un ange. Voilà Dombey père seul au monde, car il a pour ainsi dire renié son autre enfant.

Leçon terrible donnée aux parents injustes qui placent tout leur bonheur sur une seule tête ! Un dénoûment complaisant arrange l'affaire. Dombey redevient le meilleur des pères. Mais on sent que Dickens est entraîné à cette faiblesse de romancier par sa bonté naturelle. Les hommes tout d'une pièce comme Dombey ne se refont pas. La pierre dure ne s'amollit pas comme la cire.

Si vous voulez mieux savoir encore quel rôle Dickens sait faire jouer à l'âge le plus tendre, ouvrez le *Magasin d'antiquités* : vous y verrez l'histoire d'une Antigone de huit ans qui est un modèle de dévouement et de courage. Si la gloire du romancier devait être contestée un jour, si l'oubli menaçait son nom, ces délicieuses petites figures qu'il a peintes avec un sentiment si paternel s'interposeraient pour lui rendre quelque chose du culte qu'elles ont reçu de lui, et Dickens inquiété par les hommes serait sauvé par les enfants.

## III

Vous n'avez qu'à laisser croître cette précieuse

graine de baby si amoureusement semée par l'écrivain, pour avoir la plus exquise floraison de héros et d'héroïnes de roman ; un conteur français rougirait de vous présenter ses personnages importants à l'âge où on ne pense qu'à les coucher, et craindrait de commencer son récit dix ou quinze ans avant la date légale de l'intérêt. Dickens prend les garçons sur les bancs de l'école, et les filles à leur première poupée, et les conduit, sans qu'ils soient un moment insupportables, à leur majorité ; on éprouve à regarder ce petit monde prendre peu à peu un rôle sérieux dans la vie le même charme qu'à voir grandir une jeune famille. Cet itinéraire de l'enfance à l'adolescence est comme le pèlerinage favori de l'écrivain ; il aide le lecteur lui-même à pénétrer avec l'auteur dans les régions les plus sombres, car il les traverse sur une route toujours en fleur.

C'est David Copperfield que nous voyons, au premier chapitre, partir pour l'école les yeux gros de larmes, et qui finit sa confession — n'y a-t-il pas dans cette histoire un peu d'autobiographie ? — en parlant à son tour de ses enfants et de ses amis ; sa vieille tante, celle qui lui résumait ainsi la morale au début de sa carrière : « Ne faites jamais de bassesses, ne mentez jamais, ne soyez pas cruel ;

écartez ces trois vices, Trott, et j'aurai bon espoir
pour vous, » sa vieille tante est toujours là, elle
porte seulement des lunettes d'un numéro plus fort;
mais, malgré ses quatre-vingt-deux ans, elle est
toujours droite comme un jonc, et par un beau
froid elle fait encore ses deux lieues à pied tout
d'une traite. C'est le propre de l'Angleterre, con-
trée conservatrice par excellence, d'accorder à la
vieillesse la même sollicitude qu'à l'enfance. Chez
nous, le roman ne souffrirait pas plus d'octogé-
naires qu'il ne tolérerait de bambins : la vie moyenne
de nos personnages fictifs est de quinze ans à peine;
apparaître, briller et s'évanouir, barbon à cinquante
ans, vieille femme à quarante, c'est là l'économie
habituelle du roman français; notre littérature d'imagination est le royaume des éphémères. Nous por-
tons même dans le monde réel cette horreur peu
généreuse de la longévité; un homme qui ferait son
siècle deviendrait pour nous un objet de scandale,
et il y a des fils qui diraient volontiers à leurs
pères : Place aux jeunes !

Qui a-t-il épousé, ce petit Copperfield, que nous
laissons chef de famille? Il a épousé, en secondes
noces, s'il vous plaît! cette jolie petite enfant que
son père, M. Wickfield, lui présenta, quand elle
avait neuf ans, en disant : « Voilà ma ménagère

ma fille Agnès »; cérémonial qui inspira alors à David cette réflexion : « Quand j'entendis le ton dont il prononçait ces paroles, quand je vis la manière dont il tenait sa main, je compris que c'était elle qui était le but unique de sa vie. Un panier en miniature pour contenir son trousseau de clefs pendait à son côté, et elle avait l'air d'une maîtresse de maison assez grave et assez entendue pour gouverner cette demeure. »

Dans *Bleak-House*, c'est Esther Summerson avec qui nous faisons connaissance au moment où elle se console auprès de sa poupée des rigueurs de sa marraine. « J'étais si timide, dit-elle, que je n'osais ouvrir mon cœur qu'à Dolly; mon intelligence n'a pas la moindre vivacité, mais pourtant, quand j'aime quelqu'un, elle semble s'éclairer de mon amour.» Cette pauvre Esther Summerson est une fille naturelle, et sa marraine lui fait sentir cruellement la fausse position qu'elle occupe dans le monde : « Il vaudrait mieux que vous n'eussiez pas de jour de naissance et que vous ne fussiez pas née; votre mère fut votre honte, ainsi que vous êtes la sienne. »

Et la malheureuse petite fille n'a qu'une ressource, c'est d'aller raconter son chagrin à sa poupée et de la baigner de ses larmes. Ce joujou, qui devient un

confident sérieux, prend quelque chose de touchant ;
la poupée britannique a la fierté d'une personne véritable : *Tout est bien qui finit bien* est la devise
du roman honnête. Nous prenons congé d'Esther
sur cette scène conjugale qui a la douceur reposée
d'un paysage anglais.

— A qui pensiez-vous, chère petite ?

— Curieux que vous êtes ! j'ai presque honte de
vous le dire : eh bien ! je pensais à ma figure d'autrefois.

— Et qu'est-ce que vous en pensiez, ma *diligente
abeille* ?

— Qu'il aurait été impossible que vous m'eussiez
aimée davantage, même si je l'avais conservée.

— Dame Durden, me dit Allan en m'offrant son
bras, vous regardez-vous quelquefois dans la glace ?

— Vous le savez bien, car vous m'y prenez quelquefois.

— Ne voyez-vous pas alors que vous êtes plus
jolie que vous n'avez jamais été ?

Et la modeste Esther ajouta :

« Je ne le savais pas, et je ne suis pas bien sûre que
ce soit vrai. Mais je sais que mes petites filles sont
charmantes, que mon mari est d'une beauté pleine
de distinction, et qu'il est inutile que je sois jolie,
même en supposant que... »

10.

Le livre finit sur ces points qui réservent la pensée intime de la jeune femme. Qui sait si dans leur for intérieur les violettes n'ont pas leurs frissons de vanité ?

*Les Grandes espérances,* c'est la légende d'une éducation mystérieuse. Un jour, un pauvre apprenti de village rencontre, au détour d'un bois, un forçat évadé et mourant de faim ; il partage avec lui sa soupe. Le misérable est touché de recevoir la première marque de sympathie qui lui arrive peut-être depuis sa faute, et surpris de trouver une compassion là où il s'attendait à une traîtrise, cet Alceste du bagne est guéri de sa misanthropie par cette main innocente qui le réconcilie avec l'humanité. Il émigre et se régénère par le travail, gagne une fortune et s'arrange pour faire élever dignement le bon Samaritain de six ans auquel il doit de recouvrer l'estime de lui-même ; ce n'est que quand le bienfait est complet, que le protégé apprend quel est son bienfaiteur. N'y a-t-il pas une grande et belle idée dans cette rédemption de l'homme par l'enfant ? Ce n'est peut-être qu'un rêve, mais c'est un rêve de père.

Quelquefois, comme des filles devenues grandes et que les vieux parents se plaisent à appeler comme au temps où elles dansaient sur leurs genoux, les

héroïnes de Dickens gardent le petit nom de baptême de l'affection; ainsi Amy Dorrit, l'enfant de la
maréchaussée, l'ange de la prison qui entre en scène
dans le livre à l'âge de huit ans, et que l'auteur ne
quitte qu'après l'avoir convenablement établie, entend rester la *petite Dorrit*. La première femme de
David Copperfield, pour se faire pardonner son
exquise frivolité, supplie son mari, qui [l'adore tout
en la grondant, de la nommer sa *femme-enfant*,
comme si elle se mettait sous la protection du passé.

Il n'y a, parmi ces chères figures auxquelles Dickens
aime à faire la conduite, qu'une seule qui reste en
chemin : c'est la Nell du *Magasin d'antiquités*,
l'enfant qui n'a pas le temps de devenir jeune fille,
et dont la mort est, comme sa vie, celle d'une petite
sainte; son lit était jonché de baies qui mûrissent
l'hiver, et des feuilles vertes recueillies dans un endroit qu'elle préférait : « Quand je mourrai, avait-
elle dit, mettez auprès de moi quelque chose qui
ait aimé la lumière du jour et qui ait eu toujours le
ciel au-dessus de soi ! » Charmante, courageuse,
noble Nell, elle était morte sans un murmure, avec
un sourire céleste sur les lèvres ! » L'on se rappelle
que, lorsqu'elle accompagnait son grand-père, à
pied, sur la route, elle marchait derrière lui, pour
ne pas lui laisser voir qu'elle boitait.

Vous retrouvez à chaque instant, chez Dickens, de ces traits d'une adorable tendresse; il semble que ses héroïnes lui rendent en piété filiale ce qu'il leur a donné en affection paternelle. Dans *Bleak-House*, Esther Summerson, l'enfant naturelle, se déclare heureuse, par un héroïsme chrétien bien rare, qu'une maladie vienne détruire une ressemblance accusatrice avec la grande dame qui est sa mère. Dans *Dombey et fils*, Florence Dombey, la fille d'un homme orgueilleux, qui n'a de regards que pour sa descendance masculine, ne manque jamais de prier pour lui, et désire mourir afin de se sentir au moins une fois dans les bras de son père. Chaque roman de Dickens contient d'ailleurs, à côté de la vile prose de l'égoïsme, le poëme du dévouement : dans *les Temps difficiles*, Louise Gradgrind se sacrifie pour son frère et épouse l'ami de son père, l'honorable M. Bounderby, alliance presque ridicule, mais qui lui permet d'assurer le bonheur de Tom, un véritable enfant gâté.

*Les Temps difficiles* furent écrits par Dickens, sous les ombrages du château des Moulineaux, à Boulogne. On a souvent reproché au Skakespeare du récit le peu d'unité de ses plans; est-ce le contact du sol français qui agit cette fois sur une imagination britannique ? mais Dickens n'a pas de livre mieux composé, selon notre goût national, que *les Temps difficiles*. La supériorité particulière de Thackeray sur son rival, comme conteur, vient peut-être d'un plus long séjour chez nous : on sait que l'auteur de *la Foire aux vanités* et d'*Henry Esmond* habita Ville-d'Avray pendant assez d'années pour être naturalisé Parisien.

# IV

Si l'absence de méthode est, en général, le défaut du roman anglais, par contre il offre presque toujours une qualité qui manque souvent au roman français : la religion de la femme. Comparez la production de la littérature anglo-saxonne avec la nôtre, vous serez frappé de l'abîme qui les sépare quand il s'agit des héroïnes. Le roman français traite avec la femme d'égal à égal, il lui fait même souvent sentir l'infériorité de son sexe; il pénètre dans son intimité avec la familiarité d'un maître, il l'adule et il la rabaisse : il y a du maître sous ses caresses.

Dans le roman anglais, la femme est restée l'objet d'une sorte de culte; on l'approche comme une divinité de Keepsake; l'hommage de la Force à la Délicatesse est au fond des cœurs les plus grossiers;

la femme circule environnée d'une protection tacite
dans la littérature anglo-saxonne, comme elle voyage
sans avoir à craindre la plus légère persécution dans
les régions les plus suspectes des États-Unis ; évidemment, pour cette race énergique qui eût pu si
aisément abuser de sa puissance, une fiction poétique a placé la femme, en raison de sa faiblesse
même, au-dessus des êtres ordinaires, comme la
gazelle pourrait devenir sacrée pour le lion ; c'est
le souffle de la vieille chevalerie qui domine encore
après mille ans les plus impétueux courants de po-
sitivisme, et le roman anglais, nous pouvons en
concevoir quelque fierté rétrospective, a gardé
précieusement l'idéal celtique, qui présentait la
femme comme un *idéal de grâce et de suavité*.
Ses héroïnes sont les légitimes descendantes des en-
chanteresses de la vie domestique au moyen âge;
la charmante et vaillante Geneviève, la douce Enit;
Ellytt aux blonds cheveux, la passion et sa tendresse
incarnées ; la fière dame de la Fontaine; la fidèle
Brangien.

Le moyen âge, il faut toujours se reporter à ces
fleurs immortelles de sa couronne fanée, quand on
parle de l'Angleterre, à la fois si novatrice et si féo-
dale, aussi pieusement attachée à ses antiques cou-
tumes qu'attentive aux besoins nouveaux; les sei-

gneurs bardés de fer du onzième siècle reconnaî-
traient encore une de leurs compagnes bien-aimées
dans les anges féminins dont Dickens lisse les ailes
blanches d'une main si respectueuse et si pure; de
même que bien des princes seraient embarrassés,
tant il y a de Cendrillons qui, dans ses légendes,
perdent leur divine pantoufle, à commencer par la
Meg, des *Contes de Noël,* pour finir par Catherine
Nickleby, forcée de se placer chez une marchande
de modes et d'être sous les ordres d'une sous-maî-
tresse acariâtre, qui déclare avoir le pied plus petit
qu'elle.

Cet accent de courtoisie discrète, particulier aux
écrivains anglais, dès qu'ils parlent de la femme, devait nécessairement, chez une nature aussi militante
contre le droit du plus fort que celle de Dickens,
prendre quelque chose de plus ému et de plus pénétrant; bien entendu, nous ne parlons pas de ces mégères qui, pour l'apparence et comme pour la réalité,
usurpent le nom de femmes, telles que l'impérieuse
mistress Murdstone ou l'acerbe mademoiselle Knag;
quand on chante les roses, on ne sous-entend pas
les épines, mais ces repoussoirs obligés ne font que
mieux valoir dans leur prestige ce qu'on pourrait
appeler la galerie des femmes de Dickens. Je laissais
comprendre, en commençant cette étude, que le

grand romancier anglais était un hôte généreux qui avait du pain pour tous les affamés de tendresse, et que ses premiers pauvres étaient les enfants; en pensant aux êtres faibles, c'est par les jeunes filles déshéritées de bonheur qu'il devait continuer son rôle de consolateur des affligés.

Toutes ses figures féminines sont peintes avec cette galanterie qui vient de l'âme et non de l'esprit; mais il n'en est pas de plus finement choyée que Dora, la première femme de David Copperfield, celle qui s'intitule avec une si coquette timidité : la *femme-enfant*. Comme nous sommes loin ici de l'*Homme-Femme* de M. Alexandre Dumas! Pauvre Dora! elle n'est qu'une apparition dans le roman, et cette physionomie fugitive laisse plus de traces que les héroïnes en pied. Dora, délicieuse tête vide, à cœur charmant : c'est la *Frou-Frou* de Meilhac et d'Halévy; seulement c'est Frou-Frou innocente, s'agitant dans le cercle du devoir; Copperfield ne peut pas faire entrer une notion sérieuse dans ce cerveau futile. Shakespeare fait à Dora l'effet d'un fâcheux; ses livres pratiques n'ont pas plus de succès auprès d'elle. David lui achète un beau porte-crayon en or avec un manuel de recettes pour le pudding à l'étuvée.

Ce volume de science sert à Dora à construire un

piédestal pour Jip, le petit chien favori qui se dresse
sur ses deux pattes, et le bonheur de Dora est complet
quand elle lui fait tenir ce fameux porte-crayon entre les dents. Comment se fâcher contre elle? Elle
passe si gentiment autour du cou de son mari son
frais visage perdu dans ses boucles blondes; elle a
des sourires si câlins qu'elle désarmerait un quaker;
les voix les plus grondeuses l'appellent *petite fleur*,
et on la traite un peu ainsi qu'elle-même traite Jip.
Elle dirait volontiers comme cette marquise du dix-
huitième siècle : « Je suis indomptable comme une
mouche. » Copperfield ne veut pas jouer près de
cette ravissante petite mouche le vilain rôle de l'a-
raignée : il se laisse chérir sans imposer à cette
fine organisation les lois de la sévère raison. Mais
Dora est une existence trop fragile pour cette terre :
elle ne peut durer que ce que dure un joujou.

Sa fin rachète ses nombreux péchés véniels :
« O mon ami, dit-elle à son mari, en pleurant, pendant que David regarde avec désolation fuir ce qui
reste de cette vie si inutile et si précieuse, cela vaut
mieux comme cela; je crois que j'étais trop jeune;
plus tard vous n'auriez pas pu aimer votre *femme-
enfant* comme vous l'aimez maintenant. » Jip, qui se
traîne à peine hors de sa niche chinoise, vient lécher
une dernière fois la main de son maître, car il va

11

mourir en même temps que sa maîtresse, et Dickens connaît si bien la source sacrée des larmes, qu'il nous attendrit avec l'agonie d'un petit chien. Dora est presque une figure parisienne, et le romancier anglais l'a traitée avec une indulgence toute française. Entre la logique Agnès et la Froufrou qui n'a pas plus d'expérience que sa poupée, la raison peut balancer, mais le cœur n'hésite point. Dora est la revanche prise sur toutes les héroïnes prêcheuses.

## V

Les qualités privées que nous venons d'énumérer et qui nous suffisent à nous autres étrangers pour classer un des maîtres du cœur humain, n'expliquent pas l'immense popularité dont jouit presque, dès son début, le Balzac britannique, plus heureux que le Dickens français. Grâce communicative, instinct de l'émotion vraie, amour poétique de la bonté, fertilité de source généreuse, tout cela eût paru sans doute des dons précieux ; mais Charles Dickens ne serait pas devenu un romancier national, s'il n'avait caressé le sublime égoïsme de la patrie — vertu dont nous nous défions chez nous, — s'il n'avait pas constamment parlé à l'Angleterre d'elle-même. De plus grands écrivains parmi ses fils la négligèrent parfois, Byron oublia presque d'être Anglais à force de se faire cosmopolite; des conteurs élégants comme Bulwer ne l'entretenaient (quand ils ne se contentaient pas de souvenirs classiques) que d'une coterie pour ainsi dire dans la société; il existait, pour le poëme comme pour le roman, un *pays légal*. Ce fut l'honneur ou la bonne fortune de l'auteur de *Daniel Copperfield* de reprendre, avec plus de puissance et de fécondité, la tradition oubliée de Fielding, et d'établir sur ce sol aristocratique le suffrage universel en littérature.

L'Angleterre se sentit vivre et tressaillir dans les livres de Dickens, depuis les types les plus dédaignés jusqu'aux plus plaisantes personnifications, depuis le garçon d'auberge ou le balayeur des rues, jusqu'à l'hypocrite imposant; et comme les viveurs blasés sur le pain blanc qui trouvent au pain bis une saveur délicieuse, ce mets imprévu et nouveau ranima son appétit; le champ de l'observation était limité et convenu; on ne promenait les lecteurs que dans un jardin bien peigné et clos de murailles. Quelle délivrance quand on les remit en pleine nature et qu'on leur rendit l'espace avec ses mille surprises! L'heure sonnait à point pour cette révolution intellectuelle; on bâillait à l'éternelle peinture

du *high life ;* on était fatigué de ces romans d'étiquette où les moindres comparses ont besoin de justifier de leurs quartiers de bonne tenue, et qui son-
neraient la cloche de l'*improper* si une redingote
râpée faisait mine d'apparaître à la fin d'un chapitre,— de même que les chiens de luxe aboient après
les gens mal vêtus. L'élément *fashionable* avait été
tellement exploité qu'il crispait les *dandys* eux-
mêmes. Grétry disait après l'audition d'un morceau
composé pour les cordes graves : « Je donnerais
vingt-cinq louis pour entendre une chanterelle ! »
Les Brummel et les d'Orsay de la curiosité littéraire
auraient dit volontiers : « Je donnerais mille guinées pour rencontrer dans ces galeries d'*irrépro-
chables* un homme misérablement habillé ! » L'a-
bus du velours et de la soie préparait à la rentrée
en grâce des étoffes à bon marché. Dickens devait
pousser cette réaction salutaire jusqu'au prestige du
haillon.

*Les Aventures de M. Pickwick* furent l'ouvrage
qui marqua pour le roman anglais l'émancipation
de l'éternelle peinture du *beau monde ;* on savait
sur le bout des doigts tout ce qu'il contenait ; on
éprouvait une certaine curiosité à visiter un peu le
*pauvre monde.* M. Pickwick, le Don Quichotte de
l'observation, avec Sam Weller, son fidèle Sancho

Pança, aidés tous deux par le fameux *club des Pick-wickiens*, se chargèrent d'être les cicérones du public. Une remarque confirmera ce que nous disons des besoins nouveaux du lecteur : tant que M. Pickwick et ses collègues occupèrent seuls la scène, cette revue mensuelle des ridicules du jour n'obtint qu'un accueil sympathique. La création de Pickwick avait d'ailleurs des précédents, ne fût-ce que le poëme du *Docteur Syntax* à la recherche du pittoresque, et dont la note burlesque se retrouve parfois dans la fantaisie voyageuse de Dickens. Mais quand Sam Weller, ou par euphonie *Samivel*, opéra son entrée dans cette exhibition d'excentriques, le succès fit explosion.

L'ami Sam, le simple factotum de l'auberge du *Blanc Cerf*, dans le Borough, un des faubourgs de Londres, eut la gloire d'être en quelque sorte le Christophe Colomb d'un nouveau monde de personnages. L'Angleterre, qui a toujours eu beaucoup moins le spleen qu'on ne le pense, se reconnut dans ce type de John Bull sentencieux, loquace, jovial et bon enfant, un Gaulois de la Tamise; c'était bien elle prise sur le vif dans un représentant de la basse classe, et cette monnaie de billon était peut-être mieux marquée à son effigie que bien des guinées. Ce cher Samivel, je ne vous le donnerais pas pour

un élégant, et ses fonctions ne pourraient guère
passer pour très-relevées. Au moment où commence
l'odyssée pickwickienne, nous le voyons avec un gilet
rayé orné de manches de calicot noir et de boutons
de verre bleu, un mouchoir d'un rouge éclatant
autour du cou, et un vieux chapeau blanc posé sans
façon sur le côté gauche de la tête, s'escrimant de
la brosse entre deux rangées de bottes. La chaussure
à faire, c'est si bien l'élément dans lequel tout s'incarne pour lui, que ses hôtes se trouvent représentés
à ses yeux par la partie de leur costume placée sous
sa direction; et quand on lui demande quelles sont
les personnes qui logent dans l'hôtel, il répond :
« Il y a une paire de bottes hongroises au nᵒ 13; il
y a des bottes à revers ici au rez-de-chaussée, des
bottes à la Wellington au nᵒ 5. » Le dénombrement
n'en finirait pas, et pourtant entre deux coups de
sonnette, Sam trouve le moyen de faire la biographie de son père, un cocher veuf et assez gros pour
être capable de tout; étonnamment gros, son père !
fameuse tournure, bottes à revers, bouquet à la bou-
tonnière, chapeau à grands bords, châle vert, gentleman fini ! Une fois qu'il est en train de parler, Samivel ne peut pas plus s'arrêter qu'une brouette
neuve qui a une roue bien graissée. C'est cet excellent compagnon que le profond M. Pickwick se dé-

cide à prendre pour serviteur, et quand il a le malheur de parler un peu mystérieusement de ce projet
à mistress Bardell, son hôtesse, une veuve qui voudrait être consolée, il lui demande si la dépense est
beaucoup plus grande pour deux personnes que
pour une seule; il fait l'éloge de celle qu'il a choisie;
et voilà madame Bardell qui, prenant cette confidence pour une déclaration délicate, se jette en pleurant au cou du philosophe et s'évanouit dans ses
bras. Le fils de la veuve survient, et, croyant sa
mère molestée, donne tête baissée contre l'agresseur;
les Pickwickiens accourent au bruit, s'étonnent et se
scandalisent : « Je ne puis concevoir, reprend le lo-
cataire intrigué, ce qui est arrivé à cette dame. Je
venais simplement de lui annoncer que je vais prendre un domestique, quand elle est tombée dans le
paroxysme où vous l'avez trouvée. »

La scène est très-plaisante et donne une idée du
comique de Dickens. On hoche la tête d'un air de
doute, et Sam arrive à propos pour confirmer l'assertion de M. Pickwick; il dépose son *feutre ven-
tilateur* et sa vieille casaque, revêt un habit gris
avec des boutons aux initiales du club, se coiffe d'un
chapeau noir avec une cocarde, et voilà Sam en route
pour ses nouvelles destinées. « Je ne sais pas, s'é-
crie-t-il, si je vais être valet de pied, groom ou garde-

chasse, mais vive Pickwick ! » et fouette, Dickens !
L'attachement du brave garçon ne se dément pas au
milieu des plus mortifiantes épreuves; il suit son
maître jusque dans sa prison, il refuse de se marier
pour rester auprès de lui. Et quand l'illustre fonda-
teur du *Pickwick club*, fier mais fatigué d'avoir
étudié les variétés de l'espèce humaine, laisse à de
plus curieux la carrière d'observateur, le fidèle écuyer,
cet autre Sancho Pança, qui n'espérait même pas le
gouvernement d'une île, se contente du bonheur de
rendre plus douce encore la retraite du chevalier
Pickwick. Pauvre homme ! que de moulins à vent
il avait, lui aussi, pris pour des géants, et comme il
notait soigneusement sur son portefeuille de précieux
renseignements, tels que celui-ci : « Quel âge a ce
cheval, mon ami ? — Quarante-deux ans. — Et
combien reste-t-il de temps hors de l'écurie ? — Deux
ou trois semaines, à cause de sa faiblesse : il tombe
toujours quand on l'ôte du cabriolet, mais quand il
est bien attelé, nous avons une paire de fameuses
roues, et pour peu qu'il bouge, il faut bien qu'il
marche; il ne peut pas s'en empêcher. »

M. Pickwick ne représentait qu'une amusante
caricature, mais la figure de Sam Weller était rendue
avec tant de franchise et de vie, qu'elle devenait une
création mère; Dickens venait de trouver sa voie

définitive : l'*original dans le populaire*. La gloire
du modeste Samivel fit bien vite le tour de la Grande-
Bretagne.

## VI

C'est par ce type de nouveau venu que le romancier des pauvres, si lu par les riches, préludait à la
mise au premier plan de personnages pris hardiment
dans la plèbe : Jo, le balayeur de *Tom all alone's*,
la plus infecte ruelle de Londres; Trotty Veck, le
vieux commissionnaire blanchi sous les intempéries,
comme la cathédrale de Saint-Paul, où la pluie, en
empêchant les pierres de noircir, dérange ce qu'on
appelle la *patine du temps;* Newman Noggs, l'in-
carnation du dévouement obscur et timide, — le
dévouement honteux, comme il y a les pauvres honteux; — Tom Pinch, l'organiste de village, une
créature du bon Dieu qui admire naïvement M. Peck-
siniffe, le plus suave des hypocrites, de même que
Laurent chargé de *serrer la haire avec la discipline,* devait être ébloui de la perfection impertur-
bable de Tartufe; Smike, le pauvre enfant devenu
garçon de peine dans l'horrible pensionnat du féroce M. Squeers (ne jugeons plus les écoles actuelles
d'Angleterre sur ce tableau peut-être un peu chargé

11.

des écoles d'autrefois); Smike enfin, le roi des souf-
fre-douleurs, ressemblant à ces malheureux chiens
pour qui tout le monde a des coups de pied, et qui
meurent sans avoir su ce que c'était qu'une caresse;
Peggotty, le simple pêcheur qui représente avec
tant d'autorité les rudes et bonnes qualités populaires; Etienne Blackpool, ouvrier honnête, qui porte
dans une grève la peine de sa loyauté. L'immense
charité de Dickens s'exerce plus bas encore que le
mendiant ou l'idiot; elle trouve un encouragement
pour le convict qui reparaît en lépreux sur le sol
natal, ou pour le forçat qui quitte la patrie en la
saluant d'un premier remords.

Ne craignez pas de vous laisser voir par lui, disgrâces de l'adversité, souffrances des cœurs jetées,
pour ainsi dire, au coin de la borne, révoltes étouf-
fées de la conscience, blessures secrètes reçues au
service de Dieu; approchez sans crainte, guenilles
ambulantes dont ne voudrait plus le chiffonnier,
martyrs sincères qu'on n'a jamais plaints; serfs de
la détresse que personne ne pense à délivrer; bêtes
de somme humaines qui recevez, avant de rester sur
le carreau, tant de coups du destin, vous aurez la
joie infinie de rencontrer un maître qui vous repla-
cera au rang des hommes, un ami supérieur qui
écoutera vos plaintes, plus méprisées parfois que le

murmure des vents ; un défenseur habile et touchant
qui prendra votre cause en main avec une délicatesse exquise, tant il aura peur de froisser des existences endolories : c'est qu'au fond, et quoique le
grand romancier n'ait pas toujours refusé à son
temps quelques épigrammes banales contre l'Eglise,
Dickens est avant tout un CHRÉTIEN, et qu'il a
mérité d'être appelé le *patron des misérables.*

Cette préférence de l'écrivain pour les déshérités,
car il a aussi son *favoritisme*, s'étend presque jusqu'aux choses. *Regent Circus* n'aura pas pour lui l'attrait de *Tom all alone's*, un endroit sinistre comme
le nom lui-même, le fond de cale du vaisseau de la
Grande-Bretagne, et où pullule à la tombée du
jour la vermine de la pauvreté en quête d'un gite.
La rue est étroite et noire, les habitations tombent
en ruines, et de temps en temps un violent fracas,
suivi d'un nuage de poussière, annonce qu'une maison s'écroule. Tant mieux ! autant de logements
que fourniront les décombres ; c'est de ce taudis que
sort le matin le pauvre Jo le balayeur, plus étranger
à la civilisation que le chien qu'on a pris soin d'ins-
truire et qui connaît ses devoirs. Que les descendants
de chiens abandonnés à eux-mêmes retournent à
l'état sauvage, et avant peu ils auront dégénéré au
point d'avoir perdu leur faculté d'aboyer : il ne leur

restera plus que celle de mordre. Eh bien ! cet être
tombé au-dessous de l'animal va avoir, grâce au romancier, son quart d'heure de dignité humaine.
Dickens trouvera le moyen, avec l'agonie de Jo, d'é-
difier le plus endurci des pécheurs. — « Comme il
fait noir, monsieur Woodcot ! dit-il sur son grabat.
Y a-t-il de la lumière qui va venir ? — Oui, Jo, elle
approche. — La route est bien rude, mais voilà que
j'arrive au bout. — Jo, mon pauvre ami ! — Je vous
entends, monsieur Woodcot, mais je ne vous vois
pas ; je suis à tâtons ; laissez-moi prendre votre main.
— Jo, voulez-vous répéter ce que je vais vous dire ?
— Oui, monsieur, car c'est bon pour le sûr. — *Notre*
*Père*. — Notre Père ! oui, c'est bon, monsieur
Woodcot. — *Qui êtes aux cieux*... — Aux cieux...
C'est-il la lumière qui vient ? — Elle est tout près, Jo.
*Que votre nom soit sanctifié*. . — Sanc-ti-fié... La
lumière vient dissiper enfin les ténèbres de la voûte :
il est mort !... Entendez-vous, milords et gentlemen,
révérends de toutes les Eglises, il est mort ! » etc.

Un trait de véritable éloquence termine cette scène
d'une simplicité solennelle. Le *Pater*, répété par
cette bouche d'où sont sorties tant de plaintes, prend
un accent sublime ; la divine beauté de la prière
transforme la pauvre brute, qui va goûter dans la
ombe sa première heure de bien-être.

Ecoutez maintenant avec quelle noblesse Dickens fait parler un homme du peuple qui demande qu'on rende l'honneur à son enfant. Un vaurien de famille a enlevé la nièce, on pourrait dire la fille du pêcheur Peggotty, si on mesure les termes à l'affection. Le plébéien se présente chez la mère du jeune homme, mistress Steerforth, pour savoir d'elle si le séducteur tiendra sa promesse. — Elle est trop au-dessous de lui. — Elevez-la jusqu'à vous. — Elle n'a pas d'éducation. — Enseignez-lui ce qu'elle ne sait pas. La hautaine bourgeoise résiste : « Ecoutez-moi, madame, dit alors avec une douceur poignante le malheureux atteint dans son bien le plus cher, vous savez ce que c'est que d'aimer son enfant, moi aussi ; mais vous ne savez pas ce que c'est que de perdre son enfant, moi je le sais. Arrachez-la à ce déshonneur et je vous donne ma parole que vous n'aurez pas à craindre l'opprobre de notre alliance. Pas un de ceux qui l'ont élevée, pas un de ceux qui ont vécu avec elle et qui l'ont regardée comme leur trésor depuis tant d'années ne verra plus son joli visage ; nous renoncerons à elle ; nous nous contenterons d'y penser comme si elle était sous un autre ciel ; nous nous contenterons de la confier à son mari, à ses petits enfants, et *d'attendre pour la revoir le temps où nous serons tous égaux devant Dieu.* »

Avais-je tort de dire, si le sens religieux ne pénètre pas l'œuvre entier de Dickens, et si le grand
humouriste du roman ne prend jamais le ton de
prédicant, qu'il rencontre toujours dans les grandes
épreuves de la vie l'accent suprême du chrétien ? il
y a des mots qui sont une profession de foi. Quelle
fière humilité dans cet inférieur qui attend pour
retrouver ses droits *le jour où nous serons tous
égaux devant Dieu;* que notre littérature populaire
s'empare de cette situation, et vous verrez de que
air les petits feront la leçon aux grands ; ils confon-
dront les rangs avec tant de superbe que; suivant
un aphorisme fameux, le martyr deviendra peut-
être moins à plaindre que le bourreau.

Cette sympathie pour ce qu'on pourrait appeler
la tribu souffrante, existe bien dans notre roman ;
mais, ou elle a quelque chose de voulu et de théâtral qui la gâte, ou il s'y mêle je ne sais quoi de
haineux qui la rend suspecte. Les *Mystères de
Paris*, d'Eugène Sue, arrêtent aussi leur attention
à des repaires comme *Tom all alone's*. Mais tous
ces héros de sous-sol font l'effet de rêveurs blasés qui
troqueraient l'habit contre la blouse ; quelle différence de vérité entre Fleur-de-Marie, ce lis artificiel, et la délicieuse Nell du *Magasin d'antiquités!*
D'un autre côté, nous nous méfions de ces auteurs

trop près de la nature, qui attribuent toutes les vertus aux insurgés, uniquement pour donner tous les
vices aux propriétaires. Leurs déclarations d'amour
à l'humanité ne rassureraient même pas un philanthrope : ils ne feignent de si bien chérir les pauvres
que pour mieux détester les riches. Au fond, on
chercherait vainement un éclair de tendresse réelle
dans ces loups bêlants.

## VII

Ce qui charme chez Dickens, c'est l'absence d'a-
mertume et sa parfaite bonne foi quand il entre en
communion avec les parias de la vie; il ne cherche
pas plus un effet dramatique qu'il ne songe à for-
ger une arme de guerre contre la société; sa démocratie n'a rien de farouche et d'exclusif. C'est un
intérêt sincère qui l'attire vers ces membres mépri-
sés de la grande famille humaine; il les enveloppe
d'une fraternité délicate sans les appeler frères, sur
un mode déclamatoire; si parfois il persifle un peu
tout d'une pièce les couches sociales bourgeoises —
Dickens a laissé l'aristocratie en dehors de ses romans, — sa moquerie n'a rien de venimeux et de
mesquin ; il se sent toutes sortes de bonnes dispositions à voir un homme comme lui dans celui qui

remplit ici-bas la tâche la plus obscure, mais il se garderait bien de faire d'un égoutier, par exemple, une personnification vengeresse et rédemptrice. Il n'imite pas ces charlatans du siècle qui vont chercher des fausses perles dans du fumier; s'il soutient un travailleur sérieux comme Étienne Blackpool, il sait aussi avoir le courage de démasquer le travailleur imaginaire comme Slackbridge, un frelon sans cesse occupé à souffler aux abeilles l'esprit d'inimitié, le fainéant hautain que nous nommerions d'après une classification récente : *un sublime.*

Obéissant aux ordres de ce chef mystérieux, les tisserands de Cokeville, une cité toute noire comme une mine de charbon, ont décrété une grève injuste. Etienne, déjà vieux dans l'honnêteté, refuse de s'associer à cette mise en interdit du pain à gagner : il rompt avec ses camarades qui, à partir de cette trahison, vont se détourner de son chemin. Mais quand il se trouve face à face avec son patron, M. Bounderby, un oracle de suffisance, persuadé que tous les ouvriers rêvent le potage à la tortue avec une cuiller d'or, et lorsque ce maître maladroit parle de mesures violentes, Etienne prend la défense des ennemis qui viennent de l'accabler : « Ne pas se rapprocher avec douceur et patience et des façons consolantes de ceux qui sont si prêts à partager entre

eux dans leur misère, ce n'est pas un bon moyen...
Quand vous pendriez cent Slackbridge, qu'importe :
mettez cette pendule à bord d'un navire et envoyez-
la à l'île de Norfolk, cela empêchera-t-il le temps
d'aller son train ? Il ne fait pas bon de s'interposer
entre le marteau et l'enclume : Etienne paie d'un
renvoi définitif son indépendance d'opinion ; la
mort est au bout de son sacrifice.

Cette aimante et loyale figure de prolétaire représente bien le point conciliant des opinions du romancier ; Dickens est une âme trop élevée pour que
les problèmes économiques ne le préoccupent pas,
mais son socialisme a la douceur d'un sourire du
Christ ; et cette main qui panse avec un soin attentif les plaies du paupérisme ne se retourne pas me-
naçante contre les heureux de la terre ; il se borne
simplement à prier l'alderman Cute ou le puissant
M. Bounderby d'être moins sévères pour les Laza-
res qui couchent à leur porte, et sa seule vengeance
serait, suivant l'évangile de saint Luc, de faire emporter par les anges l'indigent dans le sein d'Abraham.

La railleric anglaise est souvent âcre et couverte,
elle ressemble au ciel de Londres, elle manque de
soleil ; Swift est un bouffon corrosif qui inquiète ;
c'est le Tristan l'Hermite du récit, ou, si l'on veut

encore, le croquemitaine des grandes personnes.
Thackeray verse sans relâche une pluie fine d'ironie
qui refroidit pour l'espèce humaine ; ce sont deux
tristes, même quand ils amusent ; on dirait des fous
en habits de deuil.

Chez Dickens, au contraire, il y a, avec mille
échappées d'azur, le vrai rayonnement de la gaieté :
ses personnages les plus odieux ont un côté comique
qui désarme ; ce philosophe ne creuse pas l'analyse
comme une fosse mortuaire ; il ne confond pas le
roman avec le sermon. Prenez une de ses bêtes noires, M. Pecksniff, un Tartufe qui rencontre un Or-
gon plus fin que lui, et écoutez-le faire à son hôtesse, madame Todgers, une déclaration sous le couvert de sa défunte femme. « Elle était belle, madame Todgers, et voici ses deux filles, Mercy et
Charity ; ce ne sont pas des noms profanes, j'espère.
Comme vous lui ressemblez, madame Todgers ! —
Ne me serrez donc pas tant, monsieur Pecksniff. —
C'est pour l'amour d'*elle*, et permettez-le en l'honneur de sa mémoire, au nom d'une voix qui sort de
la tombe. Donnez-moi votre main, madame Todgers... La dame hésita. — Eh quoi ? une voix de la
tombe serait-elle sans influence sur vous ? insinua
M. Pecksniff avec une tendresse sombre. Ceci serait
irréligieux, ma chère amie ! »

Tout d'un coup, M. Pecksniff aperçut collée à son genou une tartine beurrée qu'il avait renversée avec une tasse de café. Voilà, direz-vous, un incident à la Paul de Kock ; mais écoutez le commentaire qui relève l'épisode de la tartine beurrée. « Il la regarda fixement, secouant la tête d'un air consterné, comme s'il voyait dans ce débris l'image de son mauvais génie. »

Et l'on oublie un instant, devant cette bonne scène de comédie, les savantes noirceurs de M. Pecksniff.

Vous ne rêveriez rien de plus aride et de plus monotone que la personne de M. Gradgrind, l'homme des réalités, l'homme des faits et calculs, l'ennemi juré de tout ce qui est imagination. Dickens trouve le moyen de faire fleurir cette plante ingrate comme un chiffre. Écoutez professer sous la direction de ce maître pratique : « Vous ne sauriez marcher sur des fleurs, donc on ne saurait vous permettre de les fouler aux pieds sur un tapis. Vous ne voyez pas les papillons des climats lointains venir se percher sur votre faïence, donc on ne saurait vous permettre, etc. Vous ne rencontrez jamais un quadrupède se promenant de haut en bas sur un mur ; donc vous ne devez pas représenter de quadrupèdes sur vos murs. » M. Tho-

mas Gradgrind voudrait faire partager aux autres sa
nostalgie de l'exactitude. Quelle forte éducation reçoivent les petits Gradgrind! aucun d'eux qui ne
soit un modèle ; la statistique n'a pas de secret pour
eux ; en revanche, ils sont vaccinés contre la va-
riole poétique, et nul petit Gradgrind n'a appris la
stupide chanson : « Scintille, scintille, petite étoile,
que je voudrais savoir ce que tu es ! » Nul petit
Gradgrind n'admettrait de vache légendaire comme
celle qui fit sauter le chien qui tourmentait le chat,
qui tuait les rats qui mangeaient l'orge ; toutes les
vaches qu'on leur a présentées ne sont que des quadrupèdes herbivores, ruminants, et à plusieurs esto-
macs.

Thomas Gradgrind est l'inverse de l'astrologue de
la fable qui se laissait choir dans un puits ; il regarde tellement à ses pieds, qu'il ne s'aperçoit pas
de ce qui se passe au-dessus de sa tête ; ce père
exemplaire croit agir supérieurement en donnant sa
fille à un autre lui-même, Josué Bounderby, le fils
de ses œuvres (plaignons la mère!) ; mais il a
compté sans l'élément banni par lui de son foyer
domestique : le sentiment, et Louise Gradgrind,
comme une héroïne d'Octave Feuillet, est tout près
de rouler dans le précipice, grâce à M. James Har-
thouse, un de ces don Juan britanniques qui réus-

sissent par l'affabilité flegmatique, comme ceux du continent par l'ardeur passionnée ou l'étourderie brillante; heureusement, nous sommes sur un sol où le fruit défendu a beaucoup de peine à croître, et la jeune épouse, s'arrêtant au bord de la faute, rebrousse chemin et s'en va tout droit à la maison paternelle. Thomas Gradgrind, l'être qui a un compteur à la place de l'âme, est tout surpris de constater l'imperfection de son système.

Je vous défie également de trop vous indigner contre l'alderman Cute, quand vous écouterez ce dialogue avec Trotty Weck. La fille du vieux commissionnaire vient d'apporter à son père un cadeau pour la Noël, un plat de tripes. Le pauvre homme va se régaler, quand l'alderman Cute, suivi de son digne acolyte Filer, vient troubler la fête. Filer se livre à des considérations profondes sur la cherté réelle de la tripe, il déclare à Trotty qu'il arrache ce plat de la bouche des veuves et des orphelins :

Manger l'herbe d'autrui, quel crime abominable!

L'alderman interroge la complice du coupable, la charmante Meg, qui va prendre un mari : « Vous allez vous marier, lui dit-il, c'est chose très-inconvenante et indélicate de la part d'une personne de votre sexe! » Et il lui fait le tableau des calamités

qui attendent une déclassée comme elle; puis
s'adressant au bonhomme : — Quel âge avez-vous?
— Un peu plus de soixante ans. — Ah! cet homme
a passé de beaucoup la moyenne de la vie, s'écrie
M. Filer, dont la patience semble à bout; l'interro-
gatoire finit par ce trait burlesque, un peu gros
peut-être, mais ressemblant à ces fortes jovialités
par lesquelles un bouffon de cour faisait jadis passer
des vérités désagréables : l'alderman Cute mange
les tripes, et c'est la morale du sermon.

Sur la foi de quelques auteurs, on se représente
toujours les Anglais comme une nation morose, qui
va tuer le spleen à mille lieues de la mère-patrie. Je ne
sais pas si le spleen est vraiment une maladie anglaise;
Il existe bien dans la Grande-Bretagne ce qu'on
nomme les *blue devils*; mais, quoiqu'il en coûte à
un Français de l'avouer, nous devons reconnaître
que nous avons souvent rencontré chez ces prétendus mélancoliques des compagnons très-agréa-
bles, taquins sans être hargneux, ayant le rire facile,
et une parfaite égalité dans la bonne humeur.

Dickens personnifie à merveille l'enjouement britannique, si peu connu chez nous, et qui ne manque
ni de grâce ni de légéreté. Seulement il y a chez les
Anglais de la lenteur et de la patience même, dans
l'envie de s'amuser. Ils se plaisent à venir voir de

loin la plaisanterie, et le procédé suivant, par exemple, irriterait la *furie parisienne*:

« Pendant ce temps (il s'agit d'une chasse organisée par les Picwickiens), M. Winkle s'environnait de feu, de bruit et de fumée, sans produire aucun résultat digne d'être noté. Quelquefois il envoyait sa charge au milieu des airs, quelquefois il lui faisait raser la surface du globe, de manière à rendre excessivement précaire l'existence des deux chiens. »

Ajoutez que personne n'est plus mordant que l'Anglais quand il lui plaît. Dickens raconte une visite faite à un pamphlétaire yankee : pendant l'entretien, suivant une mode sans doute périmée, son interlocuteur, placé devant lui, crache en déterminant une parabole avec sa salive. Le visiteur se recule : — Ne craignez rien, dit le Yankee, avec un sauvage sang-froid, *je connais mes distances*. Ce mot-là est tout une peinture de mœurs.

Quelle silhouette désopilante que celle de M. Micawber, le spéculateur aux citations classiques, si déplorablement trompé par son associé Uriah Heep, un scélérat auquel sa mère adresse chaque jour ce conseil : « Soyez humble, Uriah. » Micawber, au comble de l'infortune, prend le parti de se fuir lui-même et de visiter les endroits jadis témoins de son contentement : il écrit à Daniel Copperfield et lui

donne rendez-vous près de la prison du Banc-du-
Roi; c'est là, dit-il, qu'on pourra trouver les vestiges
de ce qui.

    reste

        d'une

            tour écroulée.

WILKINS MICAWBER,

Cette formule pittoresque est un trait de génie
comique.

Je ne me suis jusqu'ici occupé que des qualités
morales chez Dickens; j'arrive à ce large instinct de
l'extériorité qui caractérise ce Shakespeare du livre;
comme le grand poëte anglais, qui plane de bien
plus haut sur l'humanité, Dickens éprouve une
jouissance infinie à entrer en communion avec la
nature; de même que le pauvre bûcheron l'intéresse autant qu'un puissant seigneur, un brin
d'herbe l'attire comme le chêne le plus altier; les
fleurs qui croissent loin de tous les yeux ne meurent
pas sans avoir eu un regard de lui. Son imagination
tire de tout ce qui l'entoure une impression saisissante, vivifiante et neuve, comme l'orage fait sortir
de la végétation mille émanations délicieuses et imprévues. Le rendu d'un éclair devient sous la plume
au vent de Dickens un véritable poëme : on dirait
qu'une fée vient de le gratifier du don d'ubiquité. Il

vous montre la campagne tout entière, les nids d'oiseaux dans les arbres, l'intérieur du clocher, les enseignes de la rue qu'on lit comme en plein jour, l'étang qui s'illumine d'une clarté blafarde. De la chute des feuilles il fera une légende fantastique; d'une traversée de malle-poste à travers le pays, il notera avec amour les moindres accidents : les clics-clacs du postillon, le grondement des roues sur le pavé, les visages curieux sur les portes, et cela avec une verve enragée comme s'il attelait à chaque relais de la page des chevaux frais à son intellect. Il se livre si entièrement, que les choses n'ont pas de secret pour lui. La neige qui tombe, le rayon qui danse, la bise qui siffle, trouvent le moyen de lui faire une confidence.

C'est par là qu'il est surtout Anglais et qu'il plaît à l'Angleterre. Le paysage et les rues, la ville et la campagne, n'ont pas d'observateur plus enthousiaste que lui. Il chante les cailloux du chemin comme un blasé ne célébrerait pas le mont Blanc ou le Righi. Il y a du patriotisme dans sa description; en même temps, elle renouvelle perpétuellement l'atmosphère autour de ses personnages. Quand on suit Dickens, il semble qu'on parcourt un de ces sites élevés où le grand air emplit les poumons en chassant les miasmes.

12

Aussi, pour le lecteur qui sait changer d'habitudes littéraires, rien de plus captivant, malgré ses longueurs et ses digressions, qu'un roman de Dickens; son milieu ambiant est tellement vaste qu'il se rattrape toujours. Au moment où il frise l'ennuyeux, je ne sais quel coup d'aile le délivre de la toile d'araignée où il allait se prendre comme une mouche; il faudrait d'ailleurs, pour bien le juger, le lire dans sa langue, en adoptant le mode en vigueur chez nos voisins : la livraison périodique. Un voisin à demeure chez vous est tenu d'être laconique; un voisin qui ne vient vous voir que tous les mois a le droit d'être expansif.

La critique française en général me paraît accorder à Dickens, comme écrivain, une place trop secondaire dans la littérature britannique. Suivant les meilleurs juges des autres pays, il y a pourtant telle page du romancier qui pourrait être mise de pair pour les qualités de forme et de substance avec les plus beaux morceaux d'un talent nourri comme Macaulay.

Examinons plutôt ce paysage d'automne :

« Comme un éclair soudain de mémoire ou d'intelligence qui s'éveille dans l'esprit d'un vieillard, le soleil répandait avant de s'éteindre son éclat sur le paysage, où la jeunesse et la force disparues sem-

blèrent revivre de nouveau. L'herbe mouillée étincelait dans la lumière; les étroites bandes de verdure dans les haies, où quelques petites branches
encore vives avaient résisté bravement et se pres-
saient l'une contre l'autre pour mieux se défendre
jusqu'à la fin contre les rigueurs des vents piquants
et de la gelée du matin, reprenaient vie et courage;
le ruisseau qui, toute la journée, avait été triste et
endormi, s'était remis à rire gaiement; les oiseaux
commençaient à gazouiller sur les branches dénu-
dées, comme si, l'espérance leur faisant illusion, ils
fêtaient déjà le départ de l'hiver, le retour du printemps. La girouette placée sur la flèche aiguë de la
vieille église scintillait au haut de son poste comme
pour s'associer à la joie générale; et des croisées voi-
lées de lierre il s'échappait de tels rayons reflétés par
le ciel embrasé, qu'il semblait que les paisibles maisons fussent le foyer concentré de la pourpre et de
la chaleur de vingt étés. »

Une bouche enfantine casse parfois les arrêts d'un
prince de la critique; c'est un bambin de dix ans
qui a formulé sur Dickens le jugement le plus profond. « Père, disait un jour à Thackeray un de ses
enfants avec une sincérité cruelle, qui aurait fait
souffrir tout autre qu'un si noble rival : *Faites-
nous donc un conte de Dickens.* » La biographie

de Dickens peut se résumer en peu de lignes : sa vie a ressemblé à son œuvre, il a fait beaucoup de bien, il a rendu mille services, il a consolé bien des malheureux; ce fût le gentleman de lettres dans toute l'acception du terme.

Dickens a été enterré à l'abbaye de Westminster; ses restes mortels reposent dans ce qu'on appelle le coin des poëtes, entre Shakespeare et Byron : c'est la haute cathédrale et non le banal cimetière qui lui sert de dernière demeure, touchante et pieuse coutume qui a existé chez nous, et que nous voudrions voir revivre pour ceux qui ont le plus honoré leur pays.

# LES FEMMES ET LA RÉVOLUTION

## MADAME DE LAMBALLE

## I

En parlant des plus mauvais jours de la Révolution, un puissant écrivain a dit : « On ne discute pas avec la foudre! » Il oubliait que c'est précisément là l'office du paratonnerre. En vérité, les satrapes asiatiques n'eussent jamais demandé autant d'humilité et de silence, et on introduirait ainsi le terrorisme dans l'histoire après l'avoir fatigué sur les citoyens. Si la Révolution française peut, d'ailleurs, être comparée à une succession d'orages dont les grondements dominent toutes les voix, nous ne saurions faire l'honneur à la torche d'incendie de la prendre pour le feu du ciel !

Non, mais de même qu'on voit, à la faveur d'un sinistre public, une ville en flammes par exemple, des rebuts de l'espèce humaine ne songer qu'à commettre impunément leurs crimes, certains faits de la Révolution semblent un attentat contre le malheur. Les noyades de Nantes, les massacres de septembre, c'est le vol sacrilége accompli dans la maison qui brûle, c'est le meurtre exécuté sur l'homme qui appelle au secours. Le génie du désastre lui-même repousserait avec dégoût de pareils complices; la Révolution n'a rien à voir avec les misérables qui se sont servis de son nom pour tromper le bagne. Seulement, elle souffre encore des déprédations et des cruautés exercées sur sa propre personne, car il y a eu les Lacenaire de la Justice et les Dumollard de la Liberté. Comme ce monstre chez lequel le grotesque se mêlait au hideux, la Révolution a aussi son cimetière, et sur ces tombes sacrées on ne se lasse pas d'élever des croix rédemptrices !

Qu'on ne vienne donc plus dire que le salut de la patrie exigeait à tant de reprises l'égorgement des innocents. Feindre de regarder comme des ennemis redoutables qu'on ne pouvait laisser derrière soi, en courant aux frontières, les infortunés sans défense renfermés dans les prisons, c'était ajouter à la férocité la profanation de l'hypocrisie. Le cannibale de l'Afrique équatoriale n'a qu'une bête fauve au-dessous de lui, c'est le Tartufe de cannibalisme ! Un énergumène qui, la hache à la main, vient dire d'un ton menaçant à un vieillard garrotté : « Tu nous fais trembler tous ! » cela fait l'effet d'un homme qui cracherait au visage de la Patrie !

Où la Révolution prend un caractère purement atroce, c'est lorsqu'elle s'attaque aux femmes, je pourrais dire aux enfants, tant la jeune fille ne fut pas plus épargnée que l'épouse ou que la mère. Que les hommes de ce temps, succédant à la société la plus polie du monde, soient presque retournés à l'état sauvage ; qu'au nom de la fraternité, ait eu lieu entre adversaires égaux le plus abominable carnage qui ait souillé un pays ; que, pour des crimes imaginaires, des juges sans mandat aient cru devoir appliquer, à des accusés ayant une apparence de responsabilité, cette peine de mort dont on demande aujourd'hui l'abolition, en continuant de glorifier ceux qui s'en sont fait un plaisir ; je daigne encore me l'expliquer ; que la tête de Louis XVI, le plus honnête des princes, ait rejoint au fatal panier la tête d'André Chénier, le plus pur des poëtes ; je veux, s'il le faut, m'incliner devant ce mystérieux décret du destin, mais que les descendants de ces Gaulois primitifs qui se chargeaient d'apprendre à l'antiquité le respect de la femme, et cela à une époque où l'on vivait encore sous la hutte ; que ces Français, indi-

gnes de leur nom, se soient, au sortir des salons raffinés du dix-huitième siècle, transformés en bourreaux de femmes, voilà, dans le pays qui enfanta la
chevalerie, une tache que la plume corrosive des
pamphlétaires ne saurait laver; quand la Révolution
n'est que barbare, elle a encore sa grandeur; ici elle
est lâche, et l'on rougit de voir les premiers fils de
cette génération, à laquelle appartiennent Montesquieu et Voltaire, exécuter sans honte ce qu'eût refusé de faire le dernier soldat de Vercingétorix !

A toute force on peut prétendre un instant que
l'inique supplice de Louis XVI importait à la sanc-
tion du nouveau dogme de la souveraineté du peuple; le régicide avait d'ailleurs à côté de nous un terrible précédent, quoique la mort de Charles Ier eût
été une mort toute royale, tandis que l'exécution de
Louis XVI fut une dégradation; à la rigueur, on
soutiendrait encore que la Révolution avait besoin
de s'affirmer par la suppression des représentants
incorrigibles de l'ancien régime, quoique, dans ces
fournées brutales, le plébéien (on ne le sait pas assez)
figure plus que l'aristocrate; il fallait, a-t-on dit,
épouvanter les rois (il était superflu en tous cas de
les révolter), mais que les nécessités de la politique
aient fait comprendre les femmes dans cette immo-
lation à la Raison humaine, c'est ce que les apolo-

gistes de la Terreur ne sauraient justifier; en quoi la décapitation de Marie-Antoinette était-elle demandée par le salut de la République, quoique sur des registres dressés avec soin dans les municipalités, d'inoffensifs citoyens — nous avons pu en connaître encore — demandassent par peur *la tête de la veuve Capet ?* Quel forfait avait commis madame Elisabeth, cette sainte qui n'avait conspiré que pour Dieu, ou madame de Lamballe, cet ange de dévouement qui touchait à peine à cette terre ? Il a été d'un certain ton, il y a quelques années, de parler légèrement de la légende des vierges de Verdun, dont la plus âgée avait vingt ans à peine, et qui n'étaient coupables que d'être allées en députation auprès de l'ennemi pour obtenir la grâce de leur ville.

Quand Fouquier-Tinville envoyait ces enfants à la mort en déclarant qu'il était dangereux de conserver *les tiges d'un tronc pourri,* n'était-ce pas aussi dérisoire que de guillotiner des roses ? Faut-il encore renchérir sur ce honteux oubli de toute générosité ? Qu'on se rappelle l'héroïque et inutile sacrifice de mademoiselle Cazotte et de mademoiselle de Sombreuil: A quoi servit-il à la première de faire à son père, en pleine orgie de massacre, un rempart de son corps; à la seconde, pour sauver les jours de son père, de boire à la République un verre d'eau ensanglanté? La Révolution dévoyée reprenait ce qu'elle avait donné; elle ne payait même plus ses dettes d'honneur.

Trois quarts de siècle nous séparent de cette implacable rénovation, et le temps, qui efface tout, n'a pu encore amortir l'éclat dévorant de cette ère rapide comme un météore. Si ce sang répandu ne crie plus vengeance à des chrétiens qui ont pardonné, il crie encore justice à la postérité; elle n'a rien oublié de ce drame qui semble d'hier, tant il passionne encore les âmes!

## I I

Un grand mouvement d'opinion s'est produit de nos jours, et sans réaction possible, dans l'intérêt définitif de ces victimes sacrées du despotisme populaire. Les hommes de la Restauration, et même de la monarchie de Juillet, pouvaient paraître suspects en disputant aux *bourreaux barbouilleurs de lois* que stigmatise le poëte, la proie de mémoires précieuses; ils étaient d'ailleurs trop près des événements pour les bien juger. Aujourd'hui la transparence s'est refaite dans ces eaux si longtemps troublées, et c'est d'un œil ferme et clair qu'on y regarde; ce que ne pouvaient faire nos pères, presque juges et parties dans ce débat entre la lie et la fleur, les petits-fils l'accomplissent comme un devoir, aidés par ce croissant respect de la vie humaine qui exerce pour ainsi dire un effet rétroactif. C'est ainsi qu'aujourd'hui, à propos de l'odieuse persécution que la Révolution entreprit contre les femmes, les écrivains les plus opposés de vues se sont entendus à cicatriser cette blessure faite à l'honneur français, blessure qui se fermerait peut-être, si d'imprudents ennemis ne tentaient parfois de la rouvrir. Les publications de M. Hunolstein, de MM. de Goncourt, de M. Mortimer-Ternaux, de M. de Beauchesne et de bien d'autres, ont soulagé la conscience publique.

Si la première et la plus illustre de toutes ces martyres, Marie-Antoinette, cette reine qui ne fut coupable que d'avoir été femme, faite pour n'être qu'aimée, et qui ne fut que haïe, méritant toutes les déférences et abreuvée d'opprobres; elle dont on dénatura avec une science infernale les actes et les pensées, attaquée comme amie, comme épouse et comme mère, et dont la mort préparée par la calomnie (qui, si elle ne tue pas, ainsi que le prétend un publiciste célèbre, aide singulièrement à mourir !) ne fut que consommée par l'échafaud ; si Marie-Antoinette, qui n'a guère passé que de mauvais jours sur ce trône de France, qu'elle avait embelli de sa

grâce, d'éloquents historiens, interprètes de la postérité, se sont chargés de compenser à l'auguste
reine quinze ans de souffrances et d'humiliations,
on lui rend aujourd'hui en amour le double de ce
qu'elle a trouvé de haines; on efface la trace des
insolences sous les marques du respect; en 1790,
*l'Autrichienne*, comme on l'appelait, ne pouvait
sortir des Tuileries sans être *insultée une douzaine
de fois*; aujourd'hui, le nom de cette Française d'a-
doption ne peut pas paraître dans un récit sans être
salué par plus d'hommages encore; les pages du beau
livre de MM. de Goncourt seraient à elles seules une
garde d'honneur. En un mot, Marie-Antoinette,
morte veuve Capet, renaît reine de France, et ce
règne posthume, nous l'espérons, n'est pas près de
finir.

On fait maintenant pour les compagnons de cette
grande infortune, ce qu'on fait pour les héros morts
loin de leur patrie, et auxquels on ne peut que longtemps après décerner les honneurs funèbres; une
sépulture morale manquait à toutes ces mémoires
jetées comme les corps dans la chaux vive; si ces
cendres vénérables ne peuvent se retrouver, l'esprit
public se charge au moins d'élever un monument à
ces ombres si chères. Louis XVI, Marie-Antoinette,
madame Elisabeth, ont mieux peut-être que les ca-

veaux de Saint-Denis : ils reposent à une profondeur inattaquable dans les cœurs français !

## III

A cette Cour refaite par la piété de l'histoire,
manquait la plus sympathique figure peut-être de
ce monde charmant dont la douceur même irrita le
tigre révolutionnaire ; j'ai nommé cette angélique
princesse de Lamballe dont l'admirable conduite
prouva que les rois, à qui on n'accorde que des flat-
teurs, ont quelquefois des amis. Vision délicieuse
qui console de tant de défections et d'ignominies !
pauvre sensitive qui, surmontant sa délicate constitution, prit la devise du lierre pour mourir où elle
s'attachait ; confidente exquise d'une souveraine
d'élite, et dont la présence fut le dernier sourire du
sort pour cette famille désolée ; Antigone chez elle
avec son beau-père, ce vertueux duc de Penthièvre,
que 93 lui-même n'osa pas toucher, et aux Tuileries, ingénieuse sœur de charité, trompant souvent
par son enjouement et sa grâce l'amie mortelle-
ment frappée !

Ce n'est pas sur les débuts de cette intimité de la
reine et de la princesse qu'il faut juger du mérite de
madame de Lamballe ; cette royale amitié, qui devait

13

plus tard lui être si fatale, n'avait encore pour elle
que des enchantements. Elle aussi arrivait en
France, comme sa souveraine, sous les plus riants
auspices; les commencements de ce règne de
Louis XVI étaient d'un si favorable présage ! Cette
aurore de pudeur rétablie teignait si bien en rose
les choses et les idées : « L'avénement de l'honnête
jeune roi, dit Michelet, s'asseyant avec sa jeune
épouse sur le trône purifié de Louis XV, avait rendu
l'espoir à la vieille société. »

Jolie comme l'amour chaste, avec sa belle chevelure blonde, ses grands yeux bleus qui regardèrent,
pour ainsi dire, plus longtemps la mort qu'ils
ne regardèrent la vie; ses traits d'une finesse
délicieuse, sa blancheur de neige vierge, con-
fondant dans sa personne bien prise l'attrait de la
mélancolie septentrionale et la vivacité italienne, la
princesse de Lamballe n'avait qu'à paraître pour
éblouir et pour charmer, même à côté de cette
Marie-Antoinette que sa beauté à elle seule eût faite
Majesté; issue de cette maison de Savoie, une autre
France, son mariage l'avait rendue cousine du roi
et de la reine; veuve à dix-huit ans d'un époux qui
avait à peine interrompu sa vie de jeune fille, elle
était devenue libre comme si la Providence l'avait
prédestinée à pouvoir se consacrer tout entière au

culte de l'amitié; riche, placée sur les marches du trône, qu'avait-elle à demander autre chose à la reine qu'une part de son cœur? Ce furent toutes ces conditions de confiance et de demi-égalité qui attirèrent vers madame de Lamballe cette reine de France dont la seule faiblesse était de ne pas souffrir autour d'elle de disgrâces physiques. « Un seul mot, a dit un des biographes, j'allais dire un des agiographes de madame de Lamballe, explique cet accord passionné de deux âmes : la confiance! »

Entourée déjà ou d'ennemis secrets, ou d'amis frivoles plus dangereux encore, Marie-Antoinette, capricieuse en paroles, sérieuse au fond, cherchait une nature en qui sa sensibilité allemande que blessait la raillerie française pût s'épancher sans crainte; la faveur de madame de Lamballe, fut contemporaine du don du Petit-Trianon, cette première galanterie du roi à la reine.

Ce fut le temps où toutes deux, comme deux bergères d'idylle, allaient cueillir des fleurs, se mêlaient aux plaisirs populaires, prenant à tâche qu'il n'y eût pas de misères autour d'elles, tentant de réconcilier par leur simplicité affable les pauvres gens avec la royauté. Florian, le Gessner français, était le poëte de ces innocences. Pour elles, la laite-

rie du Petit-Trianon, ou le bal populaire de Versailles avait plus d'attraits que les cérémonies d'apparat; qui eût cru que la nation un jour en
voudrait à la reine de ses goûts champêtres? Qui
sait si l'étiquette de Louis XIV ne lui eût pas créé
moins d'impopularité que la familiarité naïve?

Souveraine imprévoyante, c'est elle-même qui
commença de jouer avec le prestige de la royauté,
et quand elle voulut le ressaisir aux mains de la
multitude, ce n'était plus qu'un hochet à moitié
brisé!

Plus tard on retrouve les deux compagnes toujours inséparables, remettant à la mode ces promenades en traîneau qui donnaient au peuple parisien
le spectacle des plaisirs du Nord; enveloppées d'her-
mine et de cygne, la tête ceinte du toquet slave à
aigrette de héron, la reine et son amie apparais-
saient comme deux déesses jumelles; hélas! la
fronde parisienne devait bientôt les priver de cet
amusement de leur enfance! A cette époque déjà
Marie-Antoinette ne peut plus avoir un désir que
ne blâme la fausse opinion publique; M. Véto, ce
n'est pas encore ce sujet de cinq cent mille rois qui
s'appellera Louis XVI, c'est tout le monde, jusqu'à
Turgot qui, avec son haut bon sens, trouve à redire
au rétablissement de la charge de surintendante de

la maison de la reine pour madame de Lamballe.
Que voulait Marie-Antoinette? fixer près d'elle, par
un lien presque nominal, une amie qu'elle ne pouvait supporter l'idée de perdre. En revenant de ce
voyage de Bretagne, où elle avait si noblement ac-
compagné le duc de Penthièvre, madame de Lamballe aperçut son portrait peint dans une des glaces
de Versailles. Avec la reine les absents n'avaient pas
tort.

Il n'est pas d'affection que n'épure et ne conso-
lide un léger refroidissement comme les passagères
âpretés de l'air assainissent l'espace et préparent
mieux la continuité des beaux jours. Madame de
Lamballe s'éloigne un instant de la cour, mais c'est
pour revenir en qualité d'amie plus désirée et plus
désintéressée encore. Son rôle de dévouement commence; elle cherche à ramener à ses maîtres le premier des rebelles, ce duc d'Orléans qui réchauffait
la révolution dans son sein de traître; il s'en fallut
de peu qu'elle n'éteignît ce foyer d'intrigues du
Palais-Royal, et qu'elle n'en fît la citadelle avancée
des Tuileries. En Angleterre, nous la voyons s'in-
génier à intéresser au roi et à la reine le ministère
anglais; la diplomatie féminine échoua devant une
indifférence calculée; ce fut pour reconnaître tant
de sollicitude que Marie-Antoinette envoya à ma-

dame de Lamballe une bague contenant une boucle de ses cheveux déjà blanchis par l'adversité. Voilà les dons qui obéraient les finances françaises.

C'est vers cette époque que, malgré les supplications de ses amis et les ordres de la reine, la princesse de Lamballe, en sûreté à l'étranger, se décide à retourner à la place où l'honneur l'appelle; la veille de son retour, elle écrit ce testament touchant où pas un de ceux qui l'entouraient n'est oublié; il n'y a que les cœurs aimants qui ont la mémoire si attentive. Elle rentre aux Tuileries, devenues une prison, comme un dernier rayon qui éclaire encore un ciel chargé de ténèbres. Un an après, le 10 août, elle suit la famille royale à l'Assemblée, puis au Temple; là, séparée de ceux avec qui elle aurait voulu mourir, on l'emmène à la Force pour la livrer aux massacreurs de septembre.

Ce qui émeut chez madame de Lamballe, plus encore que son religieux dévouement, c'est le contraste de cette nature si frêle et de cet effort désespéré. La reine avait dans le caractère un côté viril qui lui rendait le courage plus facile; madame de Lamballe est femme dans toutes ses fibres; c'est brisée d'épouvante, qu'elle marche à sa destinée; madame de Genlis, dont la vanité était blessée, a reproché à la plus vaillante amie de Marie-Antoinette ce qu'on appelait alors des *vapeurs*; si celle qu'elle calomniait s'évanouissait devant une araignée, elle a su garder ses esprits devant le danger suprême; madame de Genlis a dû amèrement regretter plus tard d'avoir si légèrement parlé de cette sublime petite maîtresse !

Quand elle parut devant ces coupe-jarrets qui usurpaient le nom de juges, un murmure d'admiration et d'attendrissement parcourut ces groupes abjects. Il y a des minutes magiques où la nature humaine se retourne, et où l'excès du bien est aussi possible que l'excès du mal. On vit de ces miracles à l'Abbaye. Quand madame de Lamballe eut refusé de profaner le nom de ce roi et de cette reine qu'elle avait servis sans desservir le peuple, et que le président de ce charnier eut proféré la phrase fameuse : *Elargissez madame !* peut-être eût-elle encore pu être sauvée. Le premier coup de pique décida de cette question de vie et de mort; la vue du sang enivra ces tueurs; ils s'acharnèrent à leur victime, ils la dépecèrent : l'un lui arracha le cœur, l'autre chargea un canon avec une des jambes; d'autres mirent au bout d'une pique cette tête dont l'expression les avait un instant désarmés, et alors commença ce funèbre itinéraire qui n'a peut-être d'égal dans l'horrible que la Passion du Sauveur.

On a raconté dans tous leurs détails ces stations douloureuses, et il a fallu rejeter aux notes des faits tellement révoltants qu'on ne les supporterait pas en pleine lumière; on comprendra que j'abrége un pareil récit, quoique ce soit presque diminuer le forfait. Qui ne sait, d'ailleurs, ces épisodes terrifiants; qui ne se figure ce ramassis de bêtes féroces des deux sexes, assassins et prostituées, couverts de sang, de vin et de boue, vomissant la haine et l'outrage, assourdissant l'air de leurs rauques clameurs, hideux cortége que l'énergique Mercier, à bout de mépris et de dégoût, ne veut plus même appeler *la canaille*, et pour qui il invente ce mot pétri de fange et d'infamie: *la huaille !* Non, ce n'était pas le peuple que cette horde de réprouvés!

Quelle rue du vieux Paris n'a vu apparaître cette tête séparée du tronc et qui semblait vivre encore avec ses grands yeux ouverts et sa chevelure flottante? On force une jeune femme de chambre de la reine à baiser cette chair glacée; on fait poudrer *la tête Lamballe* chez un perruquier pour la porter sous les fenêtres du Temple; elle passe plus décolorée encore devant le balcon du Palais-Royal, et sur les boulevards on la lance au visage des passants; une main mystérieuse put enfin faire cesser cette profanation que n'a pas commise la guillotine, et cette sainte relique fut inhumée au cimetière des Enfants-Trouvés.

Il y a des figures qui valent plus qu'une statue ; un temple n'est pas trop grand pour elles. Il nous a été donné de voir, chez un homme bien digne de posséder cette relique de l'ancien régime, le marquis de Saint-Georges, ce Scribe avec particule, un portrait authentique de madame de Lamballe. C'est une miniature du temps. La princesse est représentée dans sa prison en déshabillé blanc, tenant à la main la *Consolation* de Boëce ; sa belle chevelure, dont la poudre laisse encore deviner le ton blond cendré, s'arrondit autour de son front et retombe en boucles sur ses épaules mignonnes ; ses yeux bleus ont l'air de fixer la postérité ; on ne saurait dire la pénétrante délicatesse de cette physionomie.

Une légende double le prix de ce portrait ; c'était le médaillon que portait la reine et qu'elle donna en partant pour l'échafaud à la concierge du Temple, qui le fit parvenir plus tard à la famille de Rohan. Au coup de pique qui défit la coiffure de madame de Lamballe, une lettre de la reine tomba de ses cheveux défaits. On peut dire ainsi que, jusqu'au dernier soupir, les deux royales amies furent fidèles l'une à l'autre. La lettre de la reine se terminait par

13.

ces mots prophétiques : *Vous êtes un ange!* La terre et le ciel se sont chargés de ratifier ce beau titre, qui n'a jamais été porté avec plus de séduction et de candeur !

# LES ANTIPODES MITOYENS

## LA

## FRANCE ET L'ANGLETERRE

# LES ANTIPODES MITOYENS

## LA NATURE

### I

Nous n'avons pas la naïve prétention de découvrir l'Angleterre, quoique la connaissance réelle de cet admirable pays puisse figurer parmi les découvertes inutiles. L'Angleterre est à nos portes, en effet, et deux ou trois mille Christophe Colomb abordent chaque jour à ses ports, sans que la formule du lieu commun se renouvelle à l'endroit de ce sol battu par les commis-voyageurs et les oisifs. Quand il a parlé des *brouillards de Londres*, de *la perfide Albion*, de *la verte Erin*, de *John Bull*, du retour fréquent du mot *shocking* dans la conversation anglaise, le Français, en général, pense avoir supérieurement caractérisé les îles Britan-

niquées. Mettez-le en pleine Cité à Londres, il
affecte de s'estimer rue Saint-Denis; il cherche
d'ailleurs Paris dans toutes les capitales de l'Europe.
Le Français en voyage regarde, il ne voit pas, il se
bute contre les usages singuliers, au lieu d'en pénétrer le sens; il court à ce qui est commun et fuit ce
qui est distinctif; il ne permet pas à l'habitant de
Belgrave-Square de ne pas avoir les mœurs de la
rue Vivienne; il blâme l'usage de la langue anglaise
en Angleterre, de l'espagnol en Espagne; si bien
qu'il se ferme moralement l'accès intime d'une nation; Beaumarchais disait avec cette légèreté écra-
sante où la France excelle, et qui est l'art de jon-
gler avec des pavés : « *Goddem* est le fond du
dictionnaire anglais; » plaisanterie flatteuse pour
Milton et Shakespeare; que de gens ont gardé
de Beaumarchais cette espiègle façon de juger les
choses! — Lestes dans l'ignare, sémillants dans
l'énormité; tranchants dans l'aveuglement, on ju-
gerait que c'est là l'idéal gaulois; chez nous, il est
défendu; sous peine de ridicule; de ne pas prendre
le Pirée pour un homme; de là tant de mines vierges
dans ce qui paraît défloré, et des fleuves d'inédit
qui passent sous le prétendu *Pont-aux-Anes!* Les
ânes se vantent; ils ne passent même pas sur leur
pont : ils restent à l'étable.

## II

Avez-vous quelquefois réfléchi aux bizarres conditions de l'habitation parisienne? Une ligne de briques qui n'étouffe pas la sonorité sépare deux ménages; le même balcon les fusionne, le palier commun les confronte. Semble-t-il que ces deux existences contiguës puissent avoir seulement un secret l'une pour l'autre? Eh bien! il n'y a pas de mortels aussi radicalement étrangers entre eux que ces groupes juxtaposés à demeure. Rien ne leur échappe de ce qui se passe *unter den Linden* à Berlin, ou rue de Tolède à Naples; ils ne savent pas le premier mot de leurs domiciles respectifs; j'ajoute qu'ils ne se ressemblent en rien; ce sont deux milieux sociaux absolument distincts : deux types profondément indépendants; — on dirait *les antipodes mitoyens.*

C'est là la situation curieuse de l'Angleterre et de la France, à peine séparées par ce liquide mur mitoyen qui permet d'entendre à Douvres l'air que l'on chante à Calais; nous n'avons pas de plus proches voisins, que dis-je! les géographes nous enseignent qu'autrefois l'archipel britannique adhérait au continent; et les angles sortants de la côte de

Folkestone rencontrent sur la côte de Boulogne leurs angles rentrants; on dirait un appartement coupé en deux; l'Espagne a les Pyrénées pour vous préparer au changement de lieu; les Alpes donnent le temps à l'Italie de varier la scène et le décor; l'Allemagne diversifie l'Europe derrière le Rhin et la forêt Noire; la Belgique, ce fragment de Gaule révolté contre la France, est déjà l'avant-garde des Pays-Bas; l'Angleterre fait partie de notre système; elle ne doit ses golfes qu'à nos promontoires; elle a à nous des moitiés de dunes, nous avons à elle des communautés de falaises. La terre anglaise n'a que quatre-vingts minutes pour trouver son originalité si près de la terre française, et il n'y a que le premier pas de Calais qui coûte pour aller dîner à Londres après avoir déjeuné à Paris, — cette enjambée d'une botte de sept lieues a suffi pour établir deux mondes, dont la proximité physique n'égale même pas l'élongation morale.

Le grand charme de l'Angleterre, — pour le voyageur qui veut se renouveler, — c'est, en effet, de ne rappeler en rien la France; quand on débarque à Douvres, venant de Calais, on a l'orgueil d'avoir fait concurrence à la lumière; on a accompli cinq mille lieues à l'heure.

On n'a pas assez dit quelle énergique sensation

de dépaysement complet cause le plus inattentif
séjour sur le sol anglais; les latitudes sous lesquelles
l'œil et l'esprit rêvent des métamorphoses vous
préparent, par des transitions patientes, aux anti-
thèses de l'optique; la Provence initie à l'Italie,
l'Italie à la Grèce, la Grèce à l'Asie; de même la
Gascogne prépare à l'Espagne qui, elle-même, vous
prépare à l'Afrique; l'Angleterre, qui a presque notre
méridien, s'offre à nous avec une soudaineté de
disparates et un exclusivisme de beauté qui retrem-
pent et étonnent; nature, ciel, climat, figures, édifices, usages, costumes, institutions, caractères, tout
est neuf en Angleterre, même pour le touriste blasé;
l'Angleterre ne serait pas une île par sa configuration, qu'elle échapperait déjà au continent par son
tout-puissant individualisme; l'empreinte des choses
et l'empreinte des hommes ne se sont nulle part
soudées d'une façon plus saisissante.

## III

Je commence par la nature, et je ne crois pas faire
tort à ma patrie en reconnaissant avec admiration
la supériorité de la nature anglaise sur la nôtre.
Une femme de la vieille bourgeoisie gagne à s'incliner franchement devant une vraie duchesse, et

c'est réellement ici, dans l'ordre physique, une question d'aristocratie. Les horizons anglais ont une élégance, la perspective une finesse, la végétation une race, pour ainsi dire, qui ferait croire à la noblesse chez les choses. Si le ciel du Devonshire est d'un bleu plus froid que celui de la Touraine, si le soleil du comté de Glocester a autant de rayons d'argent que de rayons d'or, si le visage de l'Angleterre se cache souvent sous un irritant voile de brume, si l'haleine de l'Océan, si l'haleine des lacs gazent parfois la transparence de l'air, jamais végétation n'a prodigué plus de vigueur et plus de mollesse, plus d'éclat et plus d'intensité, plus de caresses et plus de mystères; c'est un dieu qui a disposé ces tapis de gazon d'un lustre si lisse; ils sont contemporains de Jupiter, ces chênes robustes d'un épanouissement si délicat. Chez nous, le sol semble dénudé par places, le bois est pauvre, l'arbre est chétif ou brutal, l'herbe jaunit vite, la végétation ressemble à nos chevelures d'un tissu un peu gros, d'une substance un peu rare. La végétation anglaise ressemble à la chevelure anglaise, d'une si lumineuse luxuriance, d'une soie si souple, d'un prestige si poétique; les branches de l'arbre anglais s'élancent et retombent avec une si harmonieuse douceur, la verdure du sol répond avec une si déli-

cieuse entente à la verdure suspendue, les feuilles
et l'herbe se font valoir avec un tel amour, une virginité si radieuse conserve le ton si tendre de ce
jardin de deux cents lieues de long, qu'on croirait
volontiers que la population de l'Angleterre est de
vingt-six millions d'horticulteurs. L'Angleterre fait
l'effet d'une immense usine située dans un paysage
de pastorale : les prairies d'un vert clair reliées entre
elles par des haies d'un vert sombre semblent autant
de reposoirs rustiques : ses forêts séculaires, où passent au galop des amazones à tête de vierge, ne crai-
gnent ni le déboisement ni le changement de maître,
on traite comme de vieux serviteurs ces arbres qui
sont des patriarches.

De tous côtés l'œil est reposé, caressé, réjoui ;
l'hiver n'a pas prise sur cette autre émeraude de
l'Océan, et l'on dirait que quelque miraculeux ingré-
dient empêche la végétation de jaunir, comme chez
nous les philtres empêchent les têtes de blanchir. Eh
bien, il n'y a, dans cette splendeur du règne végétal en Angleterre, aucun artifice ; elle est le don inné
d'une nature de luxe ; et si vous vous étonnez de
retrouver chaque matin l'arbre digne qu'on rachète
pour lui le congé du rossignol, songez que l'archipel anglais est l'enfant gâté de l'Océan, qui lui verse
matin et soir son baume d'amertume réparatrice.

Peut-être ne rencontrerez-vous pas en Angleterre la précision des grandes lignes du sol italien, la provoquante rondeur du golfe de Naples, l'ondulation de l'Apennin autour de Florence, avec ces collines qui ressemblent à des seins moulés; le corps de l'Italie peut être plus pur et plus beau, mais quelle magnificence de costume dans la nature d'Angleterre; au lieu de l'olivier poudré à gris, du pin en parasol à demi torréfié, du figuier démesuré et du chêne rabougri, au lieu enfin de cette croûte terrestre dont la température a rongé l'épiderme, quels imposants ramages de cimes ondoyantes, comme en tout endroit où tombe le regard la chute est amortie! Ces lacs multipliés et purs ne jouent-ils pas, dans cette verdure si meublante pour ainsi dire, le rôle des glaces dans un appartement?

Aussi l'amour ardent et délicat de la nature est-il la passion anglaise par excellence; c'est elle qui inspire ses poëtes les plus rudes et les plus doux; c'est elle qui précipite loin des villes britanniques, au cœur de l'hiver, les existences les plus difficilement indépendantes; c'est elle, enfin, qui lance sur toutes les mers et sur tous les continents du globe ces insulaires qui construisent leur nid avec les substances de toutes les civilisations; si vous voyez un couple

boire à petites gorgées la suavité de l'air napolitain,
près de quelque lazarone avalé par son macaroni;
si d'élégants piétons foulent pieusement la poussière
de la campagne romaine; si, par le gros temps, il
reste à l'arrière du navire, à part les hommes de
bord, deux personnes qui admirent avec flegme la
colère des choses, soyez sûrs que ces trois visions
sont de provenance anglaise. Il n'y a, dans le monde,
que, les Anglais, cette fine fleur des antiques
races barbares, pour comprendre un feuillage, un
rayon, une senteur; nous n'aimons pas la nature,
nous autres; elle est cependant à la mode chez
nous depuis quelque temps, et on surprend çà et
là, chez les gens en évidence, certains caprices pour
les vallées, à cinq minutes de Paris; mais, au fond,
comme nous préférons les maisons aux chemins!
Nous admirerions sans broncher cinq cents sortes
d'arbres sur la toile : combien de fortes têtes
passent avec un dédain mystérieux devant la forêt
de Fontainebleau, que nos peintres font poser
comme modèle! en cela nous sommes bien Latins, et le Forum nous va bien autrement que la
solitude agreste. Des thuriféraires très-humbles de
l'Italie et de l'Orient se figurent réellement que
l'Arabe ou le Sicilien est en extase devant le soleil, se pâme à l'azur, et est le confident des roses.

L'Italien parle des beautés de son pays d'un ton déclamatoire qui révèle tout de suite les sentiments factices ; quoi de plus fastueusement hideux qu'une villa génoise ? L'Arabe a autant de cécité morale dans l'esprit que de lumière devant les yeux. Il reste passif comme l'animal en face des merveilles de la création. L'Anglais, dans le plus modeste vallon du Devonshire, c'est Saint-Preux dans la chambre de Julie.

Ainsi, nulle part comme en Angleterre, la maison n'épouse la végétation avec cette caressante affinité ; les dieux pénates du sol britannique commencent en pierre et finissent en roses. Chez nous, l'habitation accomplit avec la nature un mariage de raison : des tilleuls alignés semblent attendre qu'on les passe en revue. Ce n'est pas la clématite, ce n'est pas le jasmin, ce n'est pas la glycine, qui sont les favoris de la maçonnerie, c'est le badigeon. Nous tenons les fleurs à distance : nous les aimons bien sages, dans de petits pots ou dans de grandes caisses. La maison anglaise semble avoir dans son revêtement des graines mystérieuses qui aboutissent à une floraison murale ; la fenêtre se coiffe de guirlandes, la porte se perd sous des feuilles comme le menton de Jupiter sous sa barbe touffue. La vitre est un œil pur où se réfléchit l'âme du logis ; l'ensemble est d'une netteté coquette qui séduit et qui rassure. Le village français, blanchi à la chaux, avec son toit qu'on dirait fait de fumier, salit le regard et attriste la pensée. Un parfum de bien-être s'exhale du village anglais : c'est le nid en regard de la tanière. Le paysan britannique ne jure pas avec ce fond de tableau qui fait rêver au monde loyal du *Vicaire de Wakefield*. Il n'a pas cette allure bestiale, ce sans-gêne cynique, cette affectation d'animalité qui caractérisent l'homme de nos campagnes ; le paysan anglais est le commencement du *gentleman* ; sa tête fine et sociable, sa mise simple mais soignée, ses manières dignes, tout chez lui est à l'unisson de la civilisation ; la plus pauvre résidence d'un village anglais garde quelque chose du salon, comme le plus riche domicile d'un village français conserve quelque chose de l'étable ; quel poète voudrait vivre une heure dans un village de la Picardie, près de cette mare qui croupit, de cet arbre que suffoque la poussière, de ce taudis où grouille un ménage, de cette église indigente et déserte ? Piope, Dryden et Shakespeare ont pu trouver l'idéal agreste aux portes mêmes de Londres. Allez donc accorder votre lyre à Argenteuil ou à Puteaux !

Vous vous souvenez de l'impression allègre et vivifiante que cause, pendant une traversée, l'ablu-

tion matinale du navire, ablution méticuleuse et
grandiose? Les matelots, armés de balais aux poils
ras, de gros torchons, d'éponges et de seaux d'eau de
savon, ratissent amoureusement la coque et le pont,
font revivre, avec une patience d'ourse léchant ses
petits, l'enluminure du bois extérieur et le neuf du
plancher; d'autres ont l'air de vouloir ciseler la
lumière, tant ils soignent le rayonnement des aciers
et des cuivres. Après ce lessivage, une senteur vivace s'élève du sapin ranimé; le steamer semble
bondir, allégé; on dirait que cette friction et ce bain
ont rendu à sa circulation tout son équilibre, et le
passager, rassasié de sa monotone demeure, se reprend à l'aimer, tant elle s'est refait coquettement
une virginité d'aspect.

L'Angleterre est ce vaisseau; ses chaloupes sont
ces jolies îles qui se balancent à ses flancs; elle se
réveille chaque matin avec cette studieuse fraîcheur
qui fait la magnificence de son sang, la somptuo-
sité de sa végétation, l'originalité de ses types. Partout ailleurs, sauf en Hollande, la nature et l'humanité s'abandonnent; dans la Grande-Bretagne,
la créature et la création rivalisent de tenue; nous
avons chez nous le chêne bourgeois; les Anglais
ont le chêne dandy; les arbres ont leur généalogie
comme les hommes. La maison anglaise n'attend

pas de la pluie le rajeunissement de sa façade :
elle ne veut pas que le bas de sa jupe fasse honte
à sa ceinture, et de ses applications de métal elle
entend faire des bijoux ; avec ses briques dures et
fines, dont une svelte ligne de ciment accuse bien
les interstices ; avec ses fenêtres à l'entablement
noir, au store de couleur claire, aux vitres miroi-
tantes à force de poli, elle prend, à la fois sombre et riante, l'aspect correct d'un dessin au lavis ;
montez ce perron bien blanc, ouvrez cette porte
d'une massive familiarité, je ne sais quelle sécurité
reposera votre regard ; c'est bien pour ainsi dire une
terre navale qu'*Albion* ; la chambre rappelle la ca-
bine par son vernissage toujours neuf, ses rideaux
neigeux, l'escalier avec son tapis bouclé de cuivre et
qui se détache sur une peinture blanche, semble
vous conduire à quelque bastingage ; une bonne
odeur de bois lavé assainit l'air ; un comfort silencieux a, comme à bord, tout disposé autour de
vous ; la serrure la plus énorme s'ouvre doucement
avec une véritable clef de montre ; vos lettres vous
attendent sur un plateau ciselé que reçoit, avec votre
bougeoir dont le dessous est velouté, pour amortir
tout fracas, une élégante console d'acajou, sur-
montée d'un marbre blanc ; l'acajou, si ridicule
en France, se réhabilite presque en Angleterre ; ces

14

lourdes tables et ces dressoirs robustes, en bois plein, vengent ce pauvre anacardier, condamné chez nous au plaqué à perpétuité ; les siéges aux coussins de cuir vous rappellent encore la sieste après le repas maritime. En haut de la maison, une petite échelle aboutissant à une trappe mène, en cas d'incendie, de bâbord à tribord ; la cuisine a l'air d'être à fond de cale ; la disposition de la maison anglaise étroite, haute et profonde, reproduit l'aménagement de l'arrière d'un navire ; Londres est une flotte et tout Anglais a la précision d'un officier de quart.

Mais que dis-je ? Londres n'existe pas : cette monstrueuse agglomération d'hommes et de constructions qui empiète sur plusieurs comtés, qui a des grand'routes de palais, des lieues de villas, qui renferme des villages immenses, qui a des cours de miracles grandes comme un monde, qui mélange les civilisations les plus disparates, qui est enfin à Paris ce que Goliath était à David; Londres a beau avoir des aldermen et une cité restée fameuse, des corporations qui remontent au moyen âge ; Londres n'est plus une ville , c'est une pluie de pierres tombée pendant quarante jours et quarante nuits sur une moitié du royaume, en laissant heureusement la place de parcs qui sont d'incommen-

surables oasis. C'est une synthèse de gares, d'entre-
pôts, de bazars, c'est un lieu de rendez-vous donné
deux mois par an aux cinq parties du monde; ce
n'est pas une résidence, sauf pour tout ce qui est
attache là où il broute; en dehors de la session du
Parlement et de la saison, le Londres habité est
un mythe; ces hôtels monumentaux qui, avec leurs
portiques grecs ou romains, ont si grand air, malgré
leur contrefaçon de ville antique, qu'on rêverait
volontiers cette inscription sur le marbre du vesti-
bule : Cave King's-Charles, restent le plus souvent
silencieux ; les stores sont baissés derrière ces fenêtres
à guillotine où apparaissent si rarement des têtes
curieuses; ces étranges jardins entourés d'une grille
et dont chaque propriétaire a la clef ne voient que
de rares promeneurs errer sous leurs mystérieux
ombrages, et le vent seul y dérange les feuilles
tombées ; on dirait un cimetière de fleurs, et il
vous prend presque envie de prier pour ces pauvres roses qui meurent sans avoir été respirées;
quant aux oiseaux, ils semblent fuir cet autre
champ du repos; peut-être émigrent-ils avec leurs
hôtes.

Le Londres élégant a toujours sa valise bouclée;
il pose à peine et repart. On plaisante encore le
dimanche de Londres, comme si le dimanche de

Paris, avec son extériorité bruyante, ses rangées de boutiquiers en chemise devant les portes, et les embarcadères où l'on s'étouffe en vociférant, n'était pas cent fois plus insupportable : comment n'a-t-on pas remarqué que précisément ce jour-là Londres *fait relâche,* et qu'il vaut autant siffler une représentation qui n'a pas lieu, seulement la pièce se joue ailleurs et avec beaucoup de gaieté. En hiver, le dimanche de Londres se passe soit au *Crystal-Palace,* cette arche de Noé du plaisir, ou à Brigton, ce boulevard des Italiens au bord de la mer, où les lauriers-roses choisiraient voluptueusement décembre pour fleurir. L'été, le Londres dominical est à Kiew, à Windsor, à Hampton-Court, partout où la nature en fête communie avec l'allégresse des échappés de New-Band street ou du Strand. De même pendant dix mois de l'année le prétendu Londonnien est aux quatre coins de l'Angleterre ou du monde, mais jamais chez lui ; il n'y a pas de Cockney même dans la bourgeoisie de Londres ; elle mène, pour ainsi dire, la vie de l'aristocratie française ; pour un Anglais la maison urbaine n'est rien auprès du château ou du cottage ; il sait trouver du charme à la campagne pendant les mois où nous ne lui reconnaissons que des disgrâces. Après tout, l'Angleterre partage bien avec la France le rôle de patrie de l'humi-

dité, et ses hivers sont plus cléments que les nôtres.
Voilà pourquoi ce n'est pas Londres qui est la capitale de l'Angleterre, mais bien, au rebours de ce
qui se passe chez nous, la province anglaise qui est
la capitale de la métropole.

# LA RACE

———

Un prestige par lequel l'Angleterre semble tenir
à distance le reste du monde, c'est la Race; le regard,
qu'humilie si souvent ailleurs la vulgarité du visage
humain, peut se lever avec orgueil sur ce peuple
aristocratique qui, du lord au mendiant, porte haut
sa qualité; la terre anglaise est une pépinière de
patriciens.

La France, où la foule tente peu d'efforts pour se
rapprocher de l'élite, offre à coup sûr des bonnes for-
tunes de charme ou de distinction ; mais la moyenne
chez nous est un peu ordinaire d'aspect; l'Espagnol
a plutôt de la *grandesse* que de la *grandeur*; l'Italie fournit de belles têtes d'études que gâte une sorte
d'expression commune ; l'Allemagne a de floris-

santes prestances, mais je ne sais pourquoi le Germain actuel pris en masse fait toujours penser à l'émigrant hâve ou à l'artisan en chambre ; la Russie a besoin de quelques siècles encore pour perdre la dépression du type tartare ; les Scandinaves se recommandent par une imposance robuste particulière aux gens du Nord ; otez à l'Arabe ce blanc suaire et ce décharnement terreux qui font de lui comme un fantôme guerrier, et vous verrez si la réalité vraie confirmera une optique d'atelier ; l'Asiatique pur a besoin de s'enjoliver comme une idole pour être supportable ; la Havane tempère, dit-on, les atroces laideurs de l'Amérique méridionale ; les peuplades guerrières de l'Europe donnent le change sur la valeur de leur extériorité aux artistes qui jugent toujours d'après les costumes.

Mais ce que vous chercherez vainement chez ces nations mêlées, c'est la noblesse générale, l'harmonie collective, la popularité dans l'excellence.

Jetez au contraire sur le premier Anglais venu un vêtement de deux guinées à peine, et vous vous demanderez de quelle souche illustre descend ce passant taillé en monarque, et comment, quand tel prince a tout au plus l'air d'un sujet, un simple mercier anglais ne ferait pas mal sur un trône.

Ce qu'on appelle dans les îles Britanniques un

valet de chambre ne répond plus à l'idée que nous nous faisons, en France, de la domesticité. Ce serviteur fashionable, à la mise choisie et correcte, et qui se tient devant vous dans une attitude de respectueuse réserve, c'est un maître en livrée; cet ouvrier élégant, qui ne croit pas avoir besoin, pour vous poser une sonnette, d'un trousseau sordide et d'un visage inculte et noirci, c'est un gentilhomme serrurier.

L'exhaussement du type dans les classes intermédiaires est en effet très-saillant dans la Grande-Bretagne, où John Bull, ce représentant de l'Anglais épais, n'a pas à beaucoup près la capacité de notre Prudhomme et de notre Paturot; il n'y a pas entre la haute société anglaise et la moyenne, entre celle-ci et le peuple, cet immense écart que rend plus sensible encore chez nous la frénésie de l'égalité; — par ses habitudes, par ses instincts, par sa physionomie, l'homme assis, à Londres, derrière le plus modeste comptoir, fait rêver du salon, tandis qu'autre part, tel fastueux personnage, au milieu de son apparat, fait penser à la boutique.

L'Angleterre, c'est au physique comme au moral un laboratoire de gens de qualité; je ne saurais dire quel généreux plaisir on ressent au milieu de cette démocratie qui s'aristocratise sans cesse, société qui

a toujours les yeux fixés vers l'élévation successive
et qui n'impose à personne des lettres de roture;
pays qui est une famille au lieu d'être une ménagerie, et où le prolétaire déguenillé trouve, en voyant
les carrosses qui se rendent à la Chambre Haute, un
accent sublime de résignation filiale envers la patrie
pout dire avec fierté : *Voilà nos vieux lords qui
passent !*

## II

On rencontre à chaque instant dans nos anciens
auteurs un terme tombé en désuétude avec la chose
même qu'il définissait; on ne dirait plus aujour-
d'hui, en parlant des premiers d'un pays : *Les
Grands.* — *Les Grands !* N'y avait-il pas dans cette
appellation tout une image de prééminence éva-
nouie? certaines suppressions équivalent à une décapitation du langage.

Les roseaux ont assez pris leur revanche sur les
chênes, pour que les alarmistes qui affectent de
redouter les revenants de l'ancien régime, me permettent d'évoquer dans la poésie du passé ces immenses existences qui étaient peut-être à l'humanité
ce que la Grande Propriété est à la culture. La
France recevait d'elle une altitude et une splendeur

qui la faisaient briller de plus loin. Richelieu discipline ces colosses, et avec Louis XIV ils forment ce
puissant cortége de la Royauté qu'on appelle la
Cour, et qui police l'Europe entière. Qu'on ne parle
pas de leur manoir à créneaux; ils laissent l'herbe y
croître et les priviléges y mourir; ils ne sont plus que
la féodalité du ton, des manières et de la grâce; ils
créent cette éblouissante influence française qui subjugue le reste de l'Europe; ils émancipent le goût
national de la fadeur italienne et de l'enflure espagnole; ils instituent le baptême de l'élégance sociale.
Louis XIV et Louis XV sont les deux demi-dieux,
l'un convaincu, l'autre sceptique, de cet olympe
monarchique; tout ce que le dix-huitième siècle si
vanté dans ses cuistres, et si calomnié dans ses
grands seigneurs, a fait pour le Progrès, ce Saturne
insatiable, à qui croyez-vous que nous le devions,
sinon à ces hautes expressions civilisatrices, sanctuaires de la curiosité intellectuelle, de l'urbanité et
de la tolérance?

Voltaire est né d'un sourire du Régent, et, sans
son frottement avec les grands, il n'aurait jamais
acquis cette incomparable légèreté qui fit de lui
l'Attila de la pesanteur, comme, sans Voltaire, le
grand Frédéric eût risqué de n'être qu'un bourru
glorieux.

Jusque-là nous étions la Gaule, ce sont les Grands qui nous francisent et qui font de notre esprit la flèche la plus acérée et la plus active; ce sont les grands qui constituent à l'art familier, aboli aujourd'hui, cet incessant patrimoine d'invention, d'enchantement et de style qui finit brutalement à 89 et dont on se dispute follement les restes, après les avoir follement dédaignés; mais il n'y a plus aujourd'hui que des *petits*, et l'époque actuelle est déshéritée du don d'imprimer sa personnalité dans les choses; il est perdu ce secret de l'appropriation exquise des objets à leur nécessité, et du renouvellement des formes extérieures; la tête du troupeau donne carrière à ses médiocres instincts, par la contrefaçon savante du passé; la masse est retombée dans la barbarie; les Grands ne sont plus là, comme au moyen âge, comme sous la Renaissance, comme aux derniers siècles, pour imposer le mot d'ordre du goût, de même que, pour les esprits supérieurs, ils composaient une galerie décisive.

## III

Eh bien ! ces Grands, dont la disparition a découronné la société comme une ville qu'on priverait de

ses édifices, ou une forêt de ses arbres légendaires ;
ces suzerains de la destinée qui ajoutaient l'enseignement au spectacle, car l'honme moderne, aux
prises avec les misérables difficultés de chaque jour,
ne présente qu'un intérêt exigu et relatif, et il importe de savoir quel absolu peut se dégager de l'existence la plus puissamment libre (1) ; ces figures gé-

(1) Ces pages ont été écrites en 1868, mais on aime à voir
un esprit aussi indépendant que M. Taine dire cinq ans après :
« Sans aristocratie, une civilisation n'est pas complète ; il lui
manque les grandes vies indépendantes, largement dévelop-
pées, affranchies de tout souci mesquin, capables de beautés
comme une œuvre d'art. Proudhon souhaitait voir la France
couverte de petites maisons propres, dans chaque maison
une famille demi-villageoise et demi-bourgeoise, à l'entour
un petit champ et un petit jardin, tout le sol ainsi réparti ;
partout du travail, de l'égalité, de l'aisance et des potagers.
Au point de vue de l'historien, c'est le rêve d'un maraîcher :
s'il n'y avait plus que des légumes, la campagne serait bien
laide. Je n'ai pas de parc, et pourtant mes yeux sont contents
d'en voir un ; seulement il faut qu'il soit accessible et bien
gouverné. Il en est de même des grandes vies ; elles font
parmi les petites l'office des parcs parmi les jardinets ou les
cultures. L'un fournit les arbres séculaires, la pelouse des velours, la délicieuse féerie des fleurs accumulées et des poétiques avenues. L'autre entretient certaines élégances de
mœurs et certaines nuances de sentiments, permet la grande
éducation cosmopolite, nourrit une pépinière d'hommes
d'Etat. Un des premiers industriels de l'Angleterre, radical
et partisan de M. Bright, me disait : « Nous ne voulons pas
renverser l'aristocratie ; nous consentons à ce qu'elle garde le
gouvernement et les hautes places ; nous croyons, nous autres
bourgeois, qu'il faut, pour conduire les affaires, des hommes

15

nérales auxquelles il appartenait de fixer la physionomie de l'humanité, vous ne les trouvez plus ailleurs qu'éparses et isolées, mais l'Angleterre vous les
restitue encore au complet.

Presque partout, l'aristocratie est devenue nomi-
nale. En Angleterre, elle est restée effective : on a
imaginé une fantasmagorie de la concentration de
la propriété chez nos voisins ; le sol britannique est,
dit-on, dans les mains de trois cents personnes ; les
statistiques les moins fraîches accusent déjà un
chiffre de près de trois cent mille propriétaires,
mais ce qui fait les grands au delà du détroit, ce
n'est pas l'absorption des champs et des bois au
profit de quelques-uns, c'est mieux que la somptuo-
sité du train et l'éclat du titre, c'est la vie prise de
haut. Les lords d'Angleterre continuent le rôle
qu'ils jouaient au dix-huitième siècle, avec les Bur-
lington, les Chersterfield et les Walpole ; tandis que
la noblesse de France semble avoir déserté le premier rang si brillamment occupé par ses aïeux, je

spéciaux, élevés de père en fils dans ce but, ayant une situation indépendante et commandante. »
Ici, il y a gros à parier que son correspondant français
déblatère contre le *parti des ducs*. Avec l'admirable libéralisme qui distingue les nouvelles couches, Richelieu et Sully
se verraient interdire le portefeuille dont on investit M. Glais-
Bizoin.

ne sais quel grand air est resté aux seigneuries anglaises, et je ne sais quel rapetissement gagne chez nous les castes les plus hautaines; il est vrai que la guillotine n'a pas fait perdre à celles-là l'habitude de porter sa tête sur ses épaules; partout ailleurs que sur le sol britannique, les classes privilégiées ont été menées par leur temps au lieu de le diriger. En France particulièrement, l'impertinence de la petite noblesse a défait l'œuvre de libéralisme de la grande; les lords anglais n'ont réclamé leur droit d'aînesse que pour mieux honorer la mère-patrie, et l'Angleterre les aime comme les plus généreux de ses enfants.

Ce vaillant principe d'être à l'avant-garde et jamais à la remorque, les Grands d'Angleterre le portent dans toute leur conduite; ils ne sont pas seulement les premiers hommes politiques de leur pays, ils sont fiers d'en être les premiers hommes d'affaires; c'est sous leur patronage direct que se décident ces entreprises colossales, les Austerlitz de l'Angleterre; nous n'avons que les preux de la guerre, l'Angleterre a les preux de l'industrie.

Si l'on ajoute à ces causes de haute stature sociale et de déploiement naturel des facultés cette éducation des longs voyages, impossible à notre humeur sédentaire et frivole, et qui représente les *humanités* de la jeunesse d'Angleterre ; si l'on n'oublie pas que les arts et les lettres n'ont pas de collectionneurs plus héroïques et d'appréciateurs plus exacts que ces lords que nous croyons si ennuyés et qui sont si attentifs ; si l'on songe que partout, au passage des pôles, aux sources du Nil, aux fouilles célèbres, on rencontre un Elgin ou un Livingstone ; si l'on dit, enfin, que le grand seigneur anglais donne ordre aux libraires de faire remettre à son hôtel tout ce qui paraît en livres nouveaux, tandis que tel marquis français daigne tout au plus envoyer deux fois par an au cabinet de lecture, on comprend que l'Angleterre soit, même pour celui qui aurait des raisons de la haïr, quelque chose comme le patriciat des nations et que jusqu'à ses ennemis s'écrient : *Messieurs les Anglais, passez les premiers.*

## IV

« Les grandes nations, dit un éminent écrivain, naissent du mariage de plusieurs races, elles sont comme ces beaux bronzes où entrent beaucoup de métaux. » Il y a toutefois un léger correctif à cet axiome, c'est que dans ce travail de fusion la race primitive tend à absorber les autres ; c'est ainsi qu

sous les couches latines et germaines le Gaulois a
toujours reparu, de même qu'un vin plus généreux
finit par triompher des mélanges qu'on lui fait subir. Jusqu'à présent, les historiens qui se sont occupés de l'Angleterre nous ont paru accorder une
trop grande part à l'élément germanique dans la
formation de la race anglaise; entre les Anglais et
les Allemands, il y a des différences si fondamen-
tales qu'elles doivent remonter à l'origine mutuelle;
si l'Angleterre n'était qu'une colonie de la Germanie, la séparation d'avec la mère-patrie n'eût pas
détruit avec cette vigueur la conformité des types :
démarche, physionomie, façons d'être et d'agir,
quelle originalité distincte ! et comme, pour un coup
d'œil exercé, un Anglais, même perdu dans la
foule, se discerne d'un Allemand ! Si ce sont des
parents, ce sont des parents singulièrement éloignés,
car les journaux de Prusse et de Bavière raillent
les Anglais comme s'ils n'étaient pas de la famille;
ils prétendent, pour citer un trait entre mille de
cette guerre d'antipathie, que la conversation britannique n'est qu'une espèce de silence coupé par des
*oh very well*, tandis que la causerie allemande est
un feu roulant : — en temps d'invasion, je ne dis
pas; en tout cas, si les Anglais étaient aussi avares
de paroles et les Germains si généreux, le diction-

naire des premiers est plus riche; *gentleman,* par
exemple, est un mot anglais et non pas un mot
allemand.

Nous inclinerions à penser que dans la constitution du sang britannique l'élément scandinave joue
un rôle beaucoup plus important; avant tout, les
Anglais sont des hommes du Nord; ils ont, mêlées
à des importations étrangères qui se disputent leurs
cœurs comme leurs esprits, ces qualités de loyauté
élégante et de fierté native propres aux races à la
fois plus dures et plus douces de l'Europe septentrionale; il y a certainement en Angleterre un fort
parti allemand, et c'est là l'explication de certaines
gallophobies hautaines; mais les Anglais qui aiment
la France sont de beaucoup les plus nombreux, ce
qui ne se produirait pas, s'ils étaient de la vraie
souche du *Waterland.*

Quoi qu'il en soit, comme l'a fait très-justement
remarquer l'auteur de l'*Angleterre politique et
sociale,* depuis la conquête normande, le sang anglais, opérant dans un espace étroit, a mêlé les races
barbares et produit une race nouvelle. En même
temps, la configuration de l'Angleterre a aidé
à la puissante personnalité de sa race. « Pour
que l'idée de patrie plie toutes les résistances, il
faut que la patrie ait une figure visible; quoi de

plus propre qu'une île à lui donner cette figure?
L'Océan l'enveloppe, la borne, en sculpte l'image. »

De cette délimitation bien tranchée, l'Angleterre
tire un autre bénéfice : « La patrie devient ainsi
une sorte de dieu vivant, qui a besoin, comme le
corps humain, d'organes divers pour des fonctions
diverses ; les hommes n'aspirent qu'à travailler à la
beauté de ce corps immortel ; les membres d'une
telle société ignorent l'envie ; l'inégalité même leur
paraît nécessaire. » Le grain de sable en Angleterre
est fier de la splendeur du rocher ; en France, le
grain de sable rêve la pulvérisation universelle. Enfin on oublie qu'il y a tout simplement un abîme
entre les deux peuples : le sentiment religieux. La
race anglo-saxonne est pour ainsi dire l'avant-garde
militante du déisme ; la race germanique est au
contraire la plus puissante armée de l'athéisme ;
elle a déjà son état-major, elle aura bientôt sa land-
wehr. C'est par ce côté que le grand Frédéric pourrait être appelé Frédéric le Petit ! il a trop correspondu avec Voltaire, il n'a pas assez correspondu
avec Dieu. Qu'est-ce qu'un créateur qui laisse après
lui un pareil germe de destruction? L'entrée de
l'Allemagne est hérissée de places fortes, mais l'incrédulité est une frontière ouverte.

# V

Maintenant il faut dire que succès oblige comme noblesse. Depuis la sinistre année 1870, on voit des Pangermanistes effrénés qui découvrent partout des Allemands. Il suffit qu'on ait des cheveux blonds et des yeux bleus, fût-on du Chili ou du Labrador, pour qu'ils vous rattachent au *Waterland ;* c'est à peine si les blondes aux yeux noirs peuvent opter pour une autre nationalité. Dans ce système, presque tout l'univers serait *Deutsch ;* beaucoup de cousins seraient sujets de l'empereur Guillaume, puisqu'ils sont germains. Les Alsaciens ne sont que des Poméraniens de l'ouest ; les Belges, des Silésiens du nord ; quant aux Anglais, ce ne sont que des Brandebourgeois déguisés qui feignent d'être un peuple *genuine*, parce que, pour dire du pain, ils se servent du mot *bread,* au lieu du mot *brod.* Au reste, Charlemagne n'était qu'un Hohenzollern, et on a surpris des anthropophages qui disaient *ia.*

Nous n'avons pas à répondre à ces racoleurs d'ethnographie. S'il fallait enfin, en dehors de la métaphysique, trancher la question par un argument décisif, nous n'aurions qu'à faire intervenir

l'élément féminin. Quelle rédemption de toutes les
laideurs, et quelle éblouissante révélation que la
Beauté anglaise ! Les femmes les plus accomplies
des autres régions, la Française la plus ciselée, l'Italienne la plus sculpturale, l'Autrichienne la mieux
pétrie de grâce, touchent encore à la terre par le bout
de leurs petits pieds ; la Beauté anglaise a l'air de
n'être pas de ce monde, tant elle vous subjugue par
son excès d'idéalité. On se prend à rêver que, près
de l'Ève tirée d'une des côtes de l'homme, il y a eu
une seconde Ève tirée des côtes de l'ange. Comment
expliquer autrement ces visages d'un dessin si délicieusement pur : ces regards qui sont des rayonne-
ments d'étoile, ces blancheurs de neige immaculée,
cette carnation qui a le velouté de la fleur, ces chevelures qui ont l'air tissées avec des rayons de soleil,
ces fiertés impérieuses, ces voix au timbre d'une
virginité si céleste ? Elles ne volent pas, quoiqu'elles
aient des ailes, mais elles ne marchent pas non plus,
elles glissent triomphalement ou aristocratiquement
à la façon des nuées autour de l'azur, ou des cygnes
autour des lacs. A leur aspect la vie prend une noblesse inattendue ; leur présence suffirait à faire
oublier l'infirmité humaine, comme si elle faisait
reculer la matière devant une essence supérieure ;
elles imposeraient aux plus positifs le platonisme le

15.

plus éthéré; comme elles dérouteraient les *keep-sakes* à force de suavité. Vouloir découvrir une goutte de gros sang allemand dans ces veines délicates, c'est chercher un filon de strass dans une mine de diamant. Oh ! je sais bien, elles s'habillent mal, et il faut savoir reconnaître leur prestige sous l'amas de couleurs voyantes dont elles se plaisent à se parer : mante rouge bordée d'or, jupe bleu ciel, cravate violette, bas de soie vert pomme, etc. Mais il y a peut-être, dans cette défaillance même, un titre de plus à l'adoration. Est-ce que les déesses doivent relever du costumier? Est-ce que Worth a quelque chose à démêler avec Vénus? Or, la Beauté anglaise est une Vénus qui émerge du sein des flots britanniques.

Je le sais encore : A côté de ces Anglaises qui sont le type de la créature radieuse, il y a l'Anglaise qui est le modèle de l'épouvantail ; l'Anglaise aux dents proéminentes qui sont des défenses, aux yeux glauques qui sont des menaces, aux coudes pointus qui sont des stylets, aux pieds incommensurables qui sont des invasions. C'est là, si le cœur vous en dit, que vous pourrez trouver des fins ou des commencements d'Allemandes; chaque fois qu'il s'agit de grands pieds, le sol germanique a droit à la priorité, et l'on pourrait dire que, pour les œuvres intel-

lesquelles comme pour les extrémités corporelles,
le génie allemand est fait de prolixité. Il lui faut à
la fois cent cinquante pages pour exprimer une idée
et trois mètres de cuir pour se chausser. Ces Anglaises-
là, fuyez-les avec une vitesse de vingt-cinq lieues
à l'heure, mais agenouillez-vous devant les autres,
aux levers de la Reine, aux Derbys, à l'Opéra, et sur
tous les points du globe, car les vraies Anglaises ont
encore ceci de la divinité, qu'à force d'être intrépi-
dement voyageuses, elles sont partout et nulle part.
Maintenant, je sais bien qu'on dit des beautés
anglaises que c'est un *déjeuner de soleil.*

Voilà donc pourquoi, pendant les deux plus beaux
mois de la saison, juin et juillet, le soleil de Londres, si pâle et si tiède d'ordinaire, est si chaud et si
lumineux; c'est qu'il se nourrit de flamboiements
de jeunesse et d'étincellements radieux.

Mais revenons au sexe fort. Un philosophe que
sa méthode suit en voyage, M. Taine, a déclaré
avoir reconnu deux types anglais bien caractérisés.
Voici, dans toute sa rigueur anatomique, le signalement de ces deux ordres bien tranchés.

I. Le *type athlétique et charnu,* très-fréquent
chez les soldats d'élite, les domestiques de grande
maison, les gentlemen campagnards. Grands favo.

ris roux, yeux bleus inexpressifs, troncs énormes
dans une courte jaquette claire, souffle bruyant,
sang qui teinte en rose les mains, le col, les tempes ;
mollets formidables ; Henri VIII, bourgeois ou mi-
litaires qui font penser aux colosses disparus.

II. *Le flegmatique.* — Air froid, figé, gestes
d'automate, physionomie immobile, laconisme ou
silence ; le contraire absolu de la pétulance et de la
passion méridionales ; bienveillance et abréviation,
politesse concise ; des Tacite de la vie privée ; gens
qui ont de l'eau dans le sang, comme leurs bêtes, ce
qui fait qu'on peut leur permettre de se réunir,
de brailler et d'imprimer tout ce qu'ils veulent ; ce
sont des primates à sang froid et à circulation lente.
Dans cette famille se rangent principalement le cler-
gyman, le *swell* ou dandy de second ordre, le timide, le solennel ; tout ce qui est naturellement
concentré et compassé.

III. M. Taine cherche une qualification pour
définir un troisième type qui représente l'esprit,
l'effort, l'initiative, la persévérance ; je lui propo-
serai celle-ci : *le résistant* ; qu'il me permette, d'a-
près mes données particulières, d'expliquer ce type

bien *genuine* et qui personn::ie la race anglo-saxonne dans sa solide élégance.

Quand on nous parle d'un Anglais, malgré nous nous pensons, le plus souvent, soit à une massivité imposante, soit à un décharnement grandiose ; plénitude de bœuf à l'engrais ou angulosité de cheval famélique, John Bull ou un quaker, voilà comme on se figure généralement l'Anglo-Saxon ; entre ces deux extrêmes, la chair épaisse ou les os qui font saillie, se glisse un type intermédiaire plus fréquent qu'on ne le pense chez nos voisins, et que j'appellerai l'énergie dans la grâce ; ni maigreur, ni embonpoint ; une stature moyenne, un visage d'un ovale correct et souvent d'une pureté antique ; une charpente harmonieusement musclée, quelque chose de robuste et de riant, de ferme et de souple à la fois, de l'acier élastique pour ainsi dire ; ce type, aussi séduisant que les deux autres sont ou lourds ou maussades, vous avez pu le saisir plus d'une fois, même aux degrés les plus modestes de l'échelle sociale ; n'avez-vous pas présents à l'esprit ces gymnastes anglais qui ont l'air de patriciens et qui exécutent des prodiges de légèreté ou de force sans que leur physionomie trahisse un effort, comme si la tradition grecque revivait dans ces fils du Nord ? C'est la puissance corrigée par le charme, Hercule

dans Antinoüs. En remontant plus haut, vous re-
trouveriez ce type de l'équilibre parfait : Lord
Byron et les Pajet, etc.

Il y a aussi les gymnastes de la vie qui se lancent
avec une frivole audace dans les entreprises les plus
téméraires ; ils sourient à la fatigue et au péril ; leur
richesse de séve tient pour ainsi dire leur jeunesse
toujours en fleur ; vous en verriez qui, à cinquante
ans, ont à peine l'air d'hommes de trente-cinq ; ils
violent les lois du temps avec autant d'aisance que
les autres violent les lois de la pesanteur ; on dirait
que cette immortalité relative est un legs de quelque demi-dieu ; ce sont les *résistants*. Enfants, ils
ont goûté ce plaisir silencieux, si cher à tout Anglais, d'endurer, de lutter contre quelque chose et
de ne pas céder. Parvenus à la virilité, leur bonne
humeur ne se dément jamais dans leur pugilat avec
la fatalité ; ce qui effraierait d'autres les rassure ;
malgré leur amour pour le *home*, l'éloignement les
attire ; ils vont à l'inconnu comme un soldat se
rend à la parade ; ils étreignent la difficulté comme
un adversaire familier ; tout véritable Anglais trans-
porte au physique le fameux axiome, que Chamfort
émettait pour le moral, et il dirait volontiers : « A
un certain âge, il faut que le corps se brise ou se
bronze. »

# III

## L'ESPRIT PUBLIC

———

### I

Ce fut un des beaux rêves de la Restauration, cette noble époque, honorée aujourd'hui par ses calomniateurs eux-mêmes, qui fit loyalement l'essai de la liberté et favorisa avec une sorte de chevalerie la grande régénération littéraire du dix-neuvième siècle, tandis que les prétendus libéraux nous condamnaient au pain sec de La Harpe et à la seizième eau de Voltaire. — Ce fut, dis-je, une des chimères un instant apprivoisées de cette généreuse pléiade d'hommes d'État, que d'appliquer à la France les institutions anglaises et de reprendre à son point de départ l'œuvre de 89, défigurée par 93 ; ils croyaient, malgré les sanglants découragements de la Révolution, au triomphe de la raison éclairée,

sur le délire démagogique. Cet accord de la dignité
humaine et de l'autorité sociale, de la tradition et
du progrès, ils le voyaient réalisé à côté d'eux.

A cinquante lieues à peine de ce Paris où personne ne veut obéir et où tout le monde veut com-
mander, ils apercevaient une nation où la république se fondait dans la monarchie, où l'élément
aristocratique et l'élément démocratique s'absor-
baient l'un l'autre : il était donc résolu, ce problème
déclaré insoluble par les retardataires et par les no-
vateurs. Hélas! chose pratique au delà de la Man-
che, utopie en deçà; ils s'étaient trompés en opti-
mistes sur le tempérament français; ce régime si
naturel pour la Grande-Bretagne était pour nous
un régime artificiel; l'Anglais accepte la liberté
avec ses deux sens de droit et de devoir; pour le
Français, la liberté ne comporte que le droit : nous
naissons tous despotes, quitte à crier au despotisme.
Notre profession de foi a la valeur de celle du moi-
neau, qui s'indigne contre le vautour, mais qui entend bien avaler l'insecte.

En outre, nous sommes incapables de laisser
mûrir le fruit d'une amélioration ; nous déracinons
l'arbre, et nous courons au devant de la disette;
l'Anglais sait attendre; il n'ignore pas que le progrès sérieux est l'œuvre patiente de chaque jour, et

non l'improvisation d'une heure, et il ne chasserait pas deux dynasties pour un caprice; le Français ressemble à un homme qui, monté dans un ballon captif, couperait toutes les cordes pour être plus libre et se mettrait ainsi à la merci complète de l'aéronaute.

La moralité de la fable du Lièvre et de la Tortue reçoit là une fois de plus son application; il faut dix ans en Angleterre pour renverser un abus, mais on a le temps au moins de savoir si ce n'est pas un usage qu'on attaque; en France en trois jours on met à bas une société; mais tout est à reconstruire; anarchie et absolutisme, voilà notre flux et reflux; de là cette belle marche d'écrevisse fougueuse qui se précipite à reculons non pas vers la rivière, mais vers la bisque; nous tyranniserions Dieu s'il se laissait faire; nous voulons la santé en martyrisant l'hygiène, et quand par notre faute nous sommes cloués dans notre lit, nous crions : A bas le médecin!

Aussi trouvé-je absurde d'accuser le docteur quand le coupable est le client; ce n'est pas l'effet qui est responsable, c'est la cause. Nous prétendons, en France, souffrir énormément du manque de liberté; je veux que nous ne soyons pas des malades imaginaires; pourquoi, alors, avons-nous si gaillardement chassé deux gouvernements qui suffisaient aux plus larges contentements? J'admets qu'il y eût quelques chenilles à côté des bons fruits du Pouvoir; y avait-il rien de plus sot que d'abattre le prunier?

Cette turbulence dans la nature française empêchera de longtemps encore la liberté telle qu'on la réclame de daigner faire élection de domicile chez nous : elle ne se soucie pas d'être violée par tous les partis le jour où satisfaire leurs brutalités lui serait impossible; elle est lasse de voir son nom servir à des oppositions qui ne savent rien souffrir pour l'honneur d'elle; son amour, comme tous les amours sincères, impose aussi des sacrifices, et ne comporte pas que des jouissances; les Français, à d'heureuses exceptions près, sont perpétuellement tentés de ne pas observer la loi quand elle tourne contre eux; ils ont un prétexte pour supprimer la raison, ils bâillonnent la vérité quand elle est un témoin à charge, tout en ayant l'air de faire faction autour de son puits; que voulez-vous attendre de sentinelles qui égorgent le poste? Qu'allez-vous parler de contrat à des gens que n'engage ni la parole, ni la signature? et quand des hommes faits se conduisent comme des enfants, leur barbe hirsute les empêche-t-elle de mériter un bourrelet?

Je ne crois, du reste, que sous toute réserve à la vénération de certains Français pour la liberté, ce noble substantif qui s'applique si souvent à tant de revendications absurdes : — les vociférations solen-nelles et les démonstrations pompeuses ne nous étourdissent ni ne nous fascinent ; toute cette montre n'est que de la forme, et c'est le fond même que je réclame ; vous connaissez ces époux aux petits soins avec leurs femmes devant le monde, et qui les mar-tyrisent au domicile conjugal, c'est l'histoire des Français en politique ; la force d'ailleurs les charme secrètement, le droit les irrite ; ils n'ont qu'une vraie passion, mais celle-là les ronge pour tout de bon, c'est l'égalité, et ils ne se servent de la liberté que pour être moins gênés à dresser le lit de Pro-custe : et encore s'y prennent-ils mal pour conten-ter leur vice ; et les Anglais, qui mettent l'échelle sociale debout, ce qui est logique, et non à plat, ce qui est stupide, leur donnent-ils encore ici une leçon de saine démocratie.

En supprimant l'institution de la noblesse, nous pensions faire une œuvre sublime ; voyons le résul-tat : nous n'avons pas rendu roturiers ceux qui étaient nobles, et nous, roture, nous avons perdu la chance de devenir noblesse à notre tour ; nous avons ainsi constitué à tous les possesseurs des titres une supériorité acquise et désormais sans concurrence; les priviléges matériels se détruisent, mais les priviléges moraux ne se détruisent pas; il y a des barons sans baronnies et des marquis sans marquisats; nous avons nous-mêmes posé une barrière infranchissable entre la société aristocratique et la société bourgeoise : On ne fait plus de nobles en France, s'écrient tous les patauds avec une sardonique béatitude. Tant pis. La patauderie est alors incurable, et notez que ces amis de l'égalité ne convoitent au fond qu'une chose, l'inégalité à leur profit, de même que chez nous amis de la liberté signifient ennemis du despotisme qui n'est pas au porteur; on voit en Angleterre quelques grenouilles qui veulent se faire grosses comme le bœuf, mais toute la gent batracienne se mettant à singer l'espèce bovine, c'est là un scandale de désillusion, et c'est ce qui se passe en France, où le bourgeois se frotte tant qu'il peut au noble, tout en déclamant contre la noblesse.

Je ne fais pas attention ici aux hommes, je ne considère que les principes. Je crois l'aristocratie française au-dessous de ce qu'elle était au siècle dernier; elle semble depuis quelque temps entrer à plaisir dans la peau de M. Jourdain; elle qui donnait le ton, incessamment le recevra; elle qui était à la tête, se met lourdement à la queue du mouvement intellectuel ; elle boude contre l'âge moderne ; elle qui devrait être l'initiatrice d'une société, rôle qu'elle exerçait autrefois. Cette diminution de la noblesse française ne m'empêche pas de proclamer la haute utilité de son maintien ; je suis de ceux qui désirent le retour de sa grandeur et qui s'attristent de voir la tête du corps social végéter comme l'estomac ; il lui reste assez de vertus pour se relever, son passé lui trace son avenir, et je la redemande élégante, spirituelle, tolérante, fine et portant la lumière comme le premier des diamants. Je ne suis donc pas suspect de latrie pour ce vieil ordre dont les niveleurs ne viendront pas à bout ; je me mets au contraire à la place de ce bon tiers-état qui trouve souverainement injuste que les Camusot n'aient pas l'éclat légal des Noailles ; eh bien, je dis que, si on avait laissé le mécanisme de l'anoblissement fonctionner librement, tranquillement sous la main du chef de l'État, au lieu de le briser niaisement, la bourgeoisie y eût plus gagné que perdu.

Si nous étions sous Louis XV, Camusot pourrait peut-être, s'il le méritait, prendre le nom de sa terre et devenir comte du Raincy ou de Largentière ; à l'heure qu'il est Camusot restera Camusot, et au bout du compte, c'est bien fait. Il est doux de voir un envieux se prendre au piége de son envie.

L'Angleterre a eu ce suprême bon sens; peut-être que, si la noblesse n'existait pas, il ne faudrait pas l'inventer; mais enfin, puisqu'une société a devant elle un précédent que ni la discussion ni la violence ne peuvent abolir, et qui d'ailleurs a son importance morale, autant tirer d'une mauvaise chose, si vous le voulez, le meilleur parti possible.

La noblesse en Angleterre se recrute, avec le soin du filtre, dans les rangs de la bourgeoisie, qui elle-même n'est que le peuple arrivé. La société anglaise forme donc, pour ainsi dire, une vis sans fin où chaque spirale a son tour.

Quoi de plus conforme à l'essence de la démocratie? elle ne doit pas signifier : l'inaccessibilité de chaque chose à tout le monde ; mais bien : l'accessibilité de toute chose à chacun.

En France, au contraire, peuple, bourgeoisie et noblesse forment trois castes inconciliables, qui manquent de points de fusion; qu'arrive-t-il ? C'est que l'affluent est en révolte contre le fleuve, qui lui-même s'insurge contre la mer; de là un lit de société qui se déplace sans cesse, et ces débordements stériles qu'il faut prévoir à tout prix; de là cette ridicule position de l'aristocratie et de la bourgeoi-

sie qui font partout deux camps, et qui en province
ressuscitent les Guelfes et les Gibelins; futilité apparente, gravité réelle; ce qui contribue le plus, en
France, à l'existence des *partis*, cette chose si ex-
clusive de la nationalité et de la liberté, ce sont les
blessures de l'amour-propre; la révolution de Juillet, préparée par les salons, consommée par les faubourgs, n'a pas eu d'autre mobile : raideur de la
classe aristocratique, froissement de la classe bourgeoise; il eût été si simple, au contraire, d'éteindre
toutes les haines, en donnant de légitimes satisfac-
tions aux amours propres! L'Angleterre ne déteste
pas ses lords; ils sont l'élite de ses enfants. L'Anglais, d'ailleurs, ne demande pas aux autres, comme
le Français, mais cherche en lui-même la raison de
son bonheur. L'Italie mêle les princes au populaire ;
le souverain russe côtoie le plébéien ; en France, la
morgue et le manque de prestige se regardent
comme deux chiens de faïence.

Y a-t-il rien de plus ridicule qu'un corps social où
les pieds ne peuvent pas souffrir le tronc, qui lui-
même a horreur de la tête? Ç'a été longtemps l'i-
mage de la France ; en Angleterre, le corps social,
comme le corps humain, se refait molécules par
molécules, et, comme le chaussetier d'hier peut être le
vicomte de demain, les appelés pardonnent aux élus.

Selon nous, la société bien agencée devrait ressembler à l'armée, où tous les grades sont accessibles à chacun; du moment où le simple fantassin peut échanger l'épaulette de laine contre l'épaulette d'or, n'est-ce pas la démocratie bien appliquée? La vieille expression du bâton de maréchal que le soldat a dans sa giberne est une vérité et un stimulant; dans la société, nous avons fait l'inverse, nous avons voulu que les maréchaux eussent le briquet sous leur uniforme; de là ces Waterloo civils, qui sont toujours le lendemain de nos Austerlitz.

Esprit de conservation, voilà l'Angleterre; esprit de destruction quant aux choses et quant aux personnes, voilà la France; l'Angleterre a maintenu la royauté en l'accommodant aux temps nouveaux; nous, nous avons voulu supprimer cette fiction si nécessaire, ce moyen de départagement si grand, nous avons eu cinquante rois en même temps, pour aboutir à une monarchie plus sévère; Louis XVI ne nous contentait pas, nous avons si bien fait que nous avons repris Louis XIV dans Napoléon. Au fond, ce troc caressait notre penchant; nous aimons à battre ou à être battus. Il y a en France sept ou huit cents personnes qui savent souffrir la contradiction, l'élément forcé de la liberté. Mais le reste!

Veut-on juger sur un fait bien vulgaire l'incroyable différence de tempérament des deux peuples? Observez dans le même embarras de voitures deux cochers anglais ou deux cochers français : à Paris vous entendez partir des deux siéges, sous lesquels l'attelage attend résigné, des injures féroces, des menaces stupides, avec des yeux blancs de haine, tout une scène qui donne la nausée; à Londres, les deux hommes du peuple, jaloux apparemment de ne pas être les inférieurs de leurs chevaux, se sourient doucement et cherchent par signes à s'être utiles. Aucun symptôme de cette vanité butorde et de ce bel amour du plus fort qui chez nous caractérisent le plébéien; il y a là tout un enseignement : allez donc prêcher la fraternité à des gens qui seraient si heureux de s'étrangler! Convertissez donc à la liberté des électeurs à l'état sauvage qui ne connaissent que le respect de leurs muscles! Leur éducation n'est pas faite, objecteront ces philosophes qui ont l'air d'ignorer que chacun de nous a son éducation à faire ici-bas, le ministre comme le fiacre, et que ce n'est pas à l'Etat à nous apporter chaque matin la pâtée des lumières; j'ai peur que tous les maîtres du monde n'inculquent pas à ces élèves qui briseraient plutôt les bancs qu'ils n'ouvriraient les livres, l'horreur de la violence et de l'égoïsme, lesquels forment la petite monnaie des tyrans et des Caïns. Savoir

obéir, reconnaître un frein, s'incliner devant une
défense, c'est là où le plus farouche Anglais met
presque sa coquetterie. Le Français bat la loi,
comme un mari grossier bat sa ménagère ; le premier venu des passants britanniques se conduit en
*gentleman* avec cette compagne abstraite de sa vie ;
il semble toujours se rappeler que la loi est femme ;
le Français veut que la rue soit à lui et non à tout
le monde ; quand on lui refuse le droit de troubler le
repos de cent voisins, il s'écrie qu'on le *musèle !* il
transporterait volontiers à son usage la fameuse formule royale qui l'a tant indigné : *car tel est notre
plaisir.* — Subordonner toujours l'intérêt collectif
à son intérêt privé, se déclarer opprimé quand il
n'est pas oppresseur, rosser les principes s'ils ne sont
pas contents, tel est le portrait de l'immense majorité des Français, qui a toujours la bouche pleine du
mot *liberté !* tout en grillant de vous faire manger
du despotisme. La France est un soldat, a dit je ne
sais plus quel écrivain : on pourrait dire avec autant
de justesse : L'Angleterre est un citoyen. Le tempérament français est essentiellement militaire, le tempérament anglais est essentiellement civil ; de là
chez nous la faveur naturelle des monarchies abso-
lues, et chez nos voisins l'acclimatation toute simple
du *self-government.* La France est un peuple d'ac-

tion pour qui le fait accompli est une religion, qui
ne peut pas se replier sur lui-même ; l'Angleterre
est un peuple de pensée, qui ne laisse jamais accomplir le fait illégal, et qui se satisfait par la vie privée ;
l'État n'est rien dans la Grande-Bretagne ; en France
l'État est tout, et la vie publique est la seule que les
Français comprennent. Les orateurs anglais sont
des gens d'affaires qui s'expliquent en famille ; les
orateurs français sont toujours sur un théâtre, et
il va sans dire qu'ils sacrifient la pièce à leur rôle.
Aussi de temps en temps fait-on évacuer la salle.
Nous sommes un peuple latin tempéré heureusement par un peu de sang celtique ; notre vie chez
nous, c'est le forum ; il nous manque ce solide for
intérieur où l'Anglais se recueille et se retrempe ;
nous nous dissipons au dehors, et sans cesse en
présence, nous entamons ces querelles stériles qui se
punissent par les grands silences ; en vain ce qu'il y
a chez nous d'éléments septentrionaux lutte-t-il pour
bâtir sur ce terrain où le sable domine l'édifice de
la liberté si inébranlable chez les peuples du Nord ;
notre friabilité déjoue les meilleures fondations ;
nous excellons à ruiner, nous sommes les castors
de la démolition. En France on est toujours entre
deux tremblements de société ; et nous devrions,
comme dans certaines colonies, ne faire que des

constructions en bois, s'agit-il de notre bonheur.

Ce n'est pas aux nations mouvantes qu'il appartient d'être toujours libres; si le monde est aux flegmatiques, c'est à eux aussi qu'est la liberté; aux ardents il n'est donné que la licence, qui n'est autre chose que le despotisme ivre, et alors les efforts sont perdus, les conquêtes antérieures anéanties, et les plus libéraux, fatigués d'avoir tant de maîtres, disent à un homme, s'il a du génie ou un nom : Prenez-nous!

## II

Une importante conséquence de ce respect des Anglais pour le droit d'autrui, c'est de rendre la personne privée aussi inviolable que la personne politique. En Angleterre, on est chez soi, même la porte ouverte; en France, on est toujours chez les autres, même la porte fermée. Les Anglais se sont fait l'honneur de prendre au sérieux ce commandement de gens bien élevés, lequel est tourné par nous en raillerie : *La vie privée doit être murée.*

Je ne connais pas de vexation plus détestable, de plus injurieuse tyrannie, que cette police sans mandat qui flaire la piste des faits et gestes du voisin, opère des descentes dans son intérieur, discute ses goûts, enregistre ses idées , salit son bonheur et ajoute à l'amertume de ses larmes.

On parle de compression en France! Je défie qu'on me prouve que l'Etat a jamais imaginé pour ses administrés l'étau où la société française, hors un certain Paris peut-être, renferme tour à tour ses membres ; il faut avoir, comme nous, longtemps habité la province en France, si différente de la pro-vince en Angleterre, pour savoir, je ne dirai même pas qu'elle manque de charité — c'est trop de de-mander à des individus privés d'âme évidemment que d'être chrétiens, — mais quel grossier mépris des plus simples égards, quelle violation du droit des gens se permettent à chaque minute des êtres appelés humains, et qui feraient regretter, non plus même à Rousseau, mais à Philinte, que l'homme ne soit pas resté à l'état sauvage !

Le droit de chacun à l'existence, voilà ce que le tempérament français ne peut pas admettre; on dirait vraiment que la liberté de penser et d'agir, même dans le cercle des lois terrestres et divines, est non pas une propriété, mais une faveur. Le *cant* britannique, dont on a fait si agréablement un monstre, ne s'exerce, en définitive, que sur les choses de la vie qui ont un caractère public; les mœurs anglaises imposent, non sans quelque apparence de

16.

raison, à tout le monde l'obligation de cacher ses vices; assurément il ne serait pas permis à Londres, comme il l'est à Paris, de s'afficher à l'Opéra, avec des Manon Lescaut qui en sont à leur soixante-huitième Desgrieux. A n'en pas douter, nos marchands de plâtres exposent en permanence des obscénités dont la simple exhibition perdrait à jamais une boutique d'Angleterre; et peut-être n'est-on pas plus vertueux dans le Strand que sur le boulevard des Italiens; mais gardez-vous d'augurer du sans-gêne français opposé à la raideur britannique, que nos semblables nous laissent libres, dans la noble acception du mot, et ne confondons pas avec l'indépendance sérieuse certaines coudées franches. On est chez nous aussi tendre qu'on est chez les Anglais impitoyable pour le scandale; nous sommes exempts du *cant*, mais nous cultivons un fléau bien autrement redoutable : *l'inquisition laïque*. La France est criblée de profanes *saints offices*, où s'élabore tout un système de tortures, depuis la petite épreuve de l'indiscrétion jusqu'à la grande épreuve de la calomnie.

La conversation et la presse, dans notre beau pays qui tonne encore contre l'inquisition religieuse, semblent deux institutions comprises surtout pour molester par la parole ou par l'écrit l'intimité des citoyens. Le salon, cette gazette orale qui fait tant d'exécutions féroces, a quelquefois l'impudence de reprocher au journal, ce salon imprimé, l'abus qu'il fait des noms propres. Les victimes peuvent répondre que les deux bourreaux se valent; heureux quand, à leur commune façon de se loger sous notre peau, ils ne représentent que l'acarus moral. En France, on crie tout haut l'état de votre fortune, de votre famille et de votre santé. Des spécialités se forment pour apprendre au genre humain combien de fausses couches a faites votre femme, si votre fille a encore les pâles couléurs, qui vous avez épousé, de combien d'hypothèques vous étiez grevé avant la purge, ce que valent vos propriétés, quelles sont vos habitudes du soir et comment se défait votre lit; cette instruction extrajudiciaire vous suit partout, votre existence est le secret de Polichinelle, votre incognito est le loup blanc.

On affecte toujours de parler avec orgueil *des conquêtes de* 89, on oublie trop de dire quelque chose des défaites de l'ère contemporaine; ce serait entreprendre un dénombrement formidable, que d'enregistrer les droits dont nous sommes privés et les servitudes qu'il faut subir chez la nation qui abuse le plus du mot : *liberté.*

*On n'a pas le droit* de croire en Dieu, et de ne

pas être appelé jésuite. — *On n'a pas le droit* de porter des gants, sans être suspect *aux faubourgs.* — *On n'a pas le droit* de préférer la monarchie à la république. — *On n'a pas le droit* de faire fortune par son travail, sans passer pour exploiter ceux qui ne font rien. — *On n'a pas le droit* d'être bon administrateur, parce qu'on n'est pas mauvais poëte. — *On n'a pas le droit*, sans se mettre au ban de la société, de se faire peintre, si elle entend que vous soyez notaire. — *On n'a pas le droit*, quand on tient honorablement une plume, d'être estimé par ceux qui sont découpeurs de petites bourses. — *On n'a pas le droit*, quand on est la victime, de jouir du vingtième de l'intérêt qu'inspire l'assassin, etc. Nos philanthropes déclament contre la peine de mort appliquée à un parricide, c'est aux enfants de six mois et aux vieilles mères de quatre-vingts ans à savoir se défendre. Il y a d'ailleurs un moyen bien simple de supprimer le crime, c'est de destituer le bourreau. On n'a pas assez de colère contre les gouvernements qui prétendent empêcher les émeutes, attendu qu'il est bien prouvé maintenant que 93 est l'œuvre de la police : O Sartines, voilà de tes coups ! A présent, peut-être qu'en se livrant à une pareille débauche d'arbitraire, la France n'a pas conscience des entorses qu'elle donne à la liberté.

Ce despotisme qui attend toujours son Brutus ne souille pas la libre Angleterre. Les Anglais ne connaissent pas cette taquinerie fougueuse et ce besoin de persécution qui forment le fond de notre caractère, et ne cessent d'être de mauvais goût que pour devenir odieux. On a dit que les Anglais étaient réservés, silencieux et froids; tant mieux, le silence est d'or; la distance gardée fait mieux voir la perspective des relations, et la glace conserve; je me méfie de cette chaleur communicative, qui rend les rapports incendiaires, de cette promiscuité qui est la prostitution de l'amitié, de ce besoin d'épanchement qui est une façon de savoir le secret d'autrui, pour s'en faire une arme : être l'ami d'un Français est souvent un titre qui n'engage à rien; se savoir l'ami d'un Anglais, c'est être deux, que la fortune sourie ou menace.

Certes, s'il y a un beau mot dans toutes les langues après celui de Charité, c'est le mot Liberté; aussi n'en souffrons-nous que plus, quand nous voyons profaner ces syllabes sacrées. Si on avait chez nous pratiqué seulement la centième partie des théories libérales qu'on affiche tous les jours, nous ne dirions plus de la liberté de France ce qu'on dit du véritable ami. Nous ne désespérons pas de voir, dans l'avenir, ce pays, instruit par tant de leçons,

comprendre l'amour réel de la liberté; mais jusqu'ici, pris dans leur ensemble, les Français n'ont
guère été que les amants platoniques de cette
déesse, qu'ils ont trop oublié de traiter en femme
légitime.

# IV

## COMME QUOI L'ANGLETERRE
### SE SUFFIT A ELLE-MÊME

----

### I

C'est parce que l'Angleterre est une famille que
sa politique instinctive est l'égoïsme patriotique,
depuis les machines infernales de Pitt, car il y a des
ministres qui sont des Fieschi avec portefeuille, jusqu'à la haute malveillance de M. Gladstone, ce naturel de la Tamise si fâché de ne pas avoir vu le
jour sur les bords de la Sprée. L'Angleterre a pu,
dans ces derniers temps, se demander si ce *self-love*
poussé à outrance est le calcul le plus juste ; mais
une mère peut répondre qu'elle a le droit de faire
passer les intérêts de ses enfants avant ceux de ses
voisins.

C'est pourquoi la France, cette *maison divisée*

*contre elle-même,* quoiqu'elle ne périsse pas, malgré la prophétie de l'Écriture, est réduite à aller chercher, en dehors de chez elle, ses plus intimes parentés. Le Français est Polonais, Italien, Espagnol, Américain du nord, Monténégrin, voire même Ottoman, mais il lui en coûte parfois d'être Français. Ne lui demandez pas cinq ou six millions pour l'enrichir d'une colonie ; mais, s'il s'agit de créer une liste civile à Garibaldi ou de ne pas laisser un seul Polonais sans pension, vous pouvez enfler le budget à le rendre hydropique. La France est un logis habité en commun par des irréconciliables de toutes nuances. L'Angleterre est un *home* de vingt-cinq millions d'habitants, qui n'ont qu'un seul drapeau, ce qui lui donne une incomparable force de cohésion.

Voilà pourquoi les criminels de toutes les latitudes peuvent impunément passer le détroit pour aller jouir sur le sol britannique de ce droit d'asile tellement exorbitant qu'il rappelle les impunités naïves du moyen âge, mais leurs crimes ne les ont pas suivis, car les folies de la vieille Europe n'ont pas encore franchi le Pas-de-Calais ; avec tant de révolutions autour d'elle, l'Angleterre, de ses patriciens jusqu'à ses plus humbles enfants, n'est pas devenue révolutionnaire ; c'est l'honneur de cette gardienne de la vraie liberté ; on n'a pas le dégoût de rencontrer dans ses grandes villes ou dans ses campagnes des millionnaires démagogues ou des grands seigneurs embrassant la religion de la canaille ; ces apostasies-là, à onze heures de Paris, seraient regardées comme un forfait de lèse-patrie.

La mode française, le goût italien, l'esprit germanique ont beau faire élection de domicile dans les plus beaux quartiers de Londres, l'Angleterre demeure au fond réfractaire à toutes ces importations qu'elle tolère par dilettantisme ; elle laisse l'Allemagne devenir prussienne, la France tourner à l'Amérique du Sud, la Turquie s'habiller à l'européenne, et elle reste Anglaise, malgré tous les efforts tentés pour l'internationaliser. On ne se figure pas assez chez nous combien l'Angleterre se suffit à elle-même. Dans notre fatuité nationale, nous nous plaisons à croire que toute la *gentry* britannique vient à Paris chercher le soleil et la nourriture intellectuelle. Parce que les Anglais, nés curieux comme nous sommes nés malins (nous avons terriblement déchu depuis notre naissance), voyagent perpétuellement en dehors de leur île — dans tout Anglo-Saxon il y a toujours un Robinson à l'état latent,— on affecte de croire que nos voisins nourrissent une secrète horreur pour leur brumeuse mère-patrie, c'est précisément l'inverse ; un véritable Anglais

17

promène l'Angleterre sur tous les points du globe, comme un fils respectueux promènerait sa mère ; quand il visite avec gravité un point perdu sur la carte, on dirait qu'il en prend possession au nom des Trois-Royaumes ; il se ferait fort d'insinuer aux tigres que dévorer les personnes est une façon d'être *improper*, et il se flatterait presque d'avoir appris aux éléphants, si connus pour leur décence, le culte de la *respectability ;* à dix mille lieues du Sussex ou du Lancashire, il constitue le *home*, comme s'il n'avait pas quitté son cottage ; il marche, armé de sa Bible, au milieu des plus monstrueuses idolâtries, et il porte avec lui, épurée au point de devenir un parfum, l'odeur chérie de la fumée de Londres.

L'Angleterre a toujours l'air de se donner à autrui, mais elle se garde pour elle-même. Cette puissante consommatrice est aussi une productrice de premier ordre ; elle a une littérature immense et personnelle qui défraierait l'appétit le plus robuste ; ses revues, ses journaux et ses livres représenteraient volontiers à l'imagination ce dîner à trois services qui attendait toujours le grand seigneur absent, et il se compose de ces mets bien *genuine* que le palais britannique préfère aux menus les plus vantés ; aussi notre théâtre, nos romans, notre presse, ont-ils très-peu d'action sur ce public trop

copieusement alimenté suivant ses goûts par ses
auteurs indigènes pour avoir besoin de l'étranger ;
une petite fraction de la fashion anglaise fait à nos
écrivains l'honneur de s'intéresser à eux, mais les
plus éclatants ne se doutent pas jusqu'à quel point
ils retombent dans l'obscurité dès qu'ils débarquent
à Douvres ; Balzac, qui lèverait en France une
armée de lecteurs, ne trouverait pas en Angleterre
de quoi se former un régiment ; Victor Hugo, qui
flamboie sur notre ciel littéraire, n'apparaît même
pas sur le firmament anglais ; on dirait qu'on change
d'hémisphère.

De là l'impertinente sécurité avec laquelle l'Angleterre accueille cette menace ridicule : la contagion
des idées françaises ; elle laisse nos incendiaires cir-
culer librement dans ses rues parce qu'elle se sent
incombustible ; le général Eudes et sa bande ont
soulevé Paris en dix minutes, même le Paris élégant ; je le défierais en dix ans de passionner même
le Londres plébéien. Entre les deux pays, il y a cet
abîme : des pieds à la tête l'Angleterre est un peuple aristocratique ; de la tête aux pieds la France
est une nation révolutionnaire.

## II

Il n'y a qu'en France, avons-nous dit souvent, où l'envie soit un vice public; chez toutes les autres nations, même les plus turbulentes, les différences sociales s'acceptent avec plus de bon sens et de dignité, l'enfant au berceau ne suce pas la haine des riches avec le lait maternel; « l'ouvrier anglais, dit M. Laugel, n'a pas de *Marseillaise*, de chant d'insulte à l'Europe, à la royauté, à l'Eglise; point de symboles, de bonnet phrygien, de drapeau rouge. Il ne voit des ennemis, des étrangers ni dans le noble, ni dans le prêtre; l'âme populaire n'est pas hantée par le souvenir de triomphes récents, de victoires sanglantes remportées par la force et la terreur sur les lois, d'outrages mortels faits à toutes les grandeurs terrestres. »

Ce n'est pas sept lieues de mer, c'est cinq cents lieues de bon sens qui séparent l'Angleterre de la France; au delà du détroit on ne connaît pas encore, on ne connaîtra jamais ce despotisme, qui chez nous devient de plus en plus menaçant : le despotisme du nombre. Sur cette terre, où le mérite n'est pas suspect à la nullité, la Masse ne connaît pas cet ignominieux objectif : l'écrasement de l'Elite.

Les Français sont si voisins de l'Angleterre qu'ils ne peuvent se faire à l'idée de la distance morale qui les sépare de ce foyer d'originalité. La *perfide Albion* n'a été si perfide pour nous que parce que nous nous sommes crus ses proches parents, tandis que nous n'étions même pas ses cousins au cinquantième degré de latitude.

Dans la vie privée, l'anglomanie n'est qu'un ridicule élégant, mais en politique, l'anglomanie a produit de cruelles déceptions; pourquoi toujours demander à un peuple ce qui n'appartient qu'à un autre? Pourquoi toujours nous renvoyer au type anglais quand il s'agit du type gaulois? Nos erreurs libérales viennent de ce voisinage à la fois fortifiant et dangereux; parce que la nation anglaise sait se conduire elle-même, on n'a jamais cessé chez nous de réclamer le gouvernement du pays par le pays; et la patrie a toujours perdu à cette assimilation factice de tempéraments contraires; vous aurez beau railler avec grâce les constitutions qui accordent trop à l'Etat et pas assez aux particuliers, proclamer avec les philosophes que la France est centre gauche, ajuster sur le corps français toutes les modes anglo-saxonnes, vous ne ferez pas que la France soit comme l'Angleterre un peuple de *self-government*. Le culte du parlementarisme dans un pays où

l'on n'a jamais le respect du Parlement est un contraste aussi bizarre que si l'on venait confier à une
société d'athées le soin du déisme.

Autre contraste, car ici la nature et la civilisation
les ont prodigués :

« La liberté anglaise n'est point une conquête de
la raison, de la philosophie, c'est le vieux patrimoine
des races barbares; nos esprits, habitués à regarder
la liberté comme un don ou comme une conquête,
ne connaissent pas ce désintéressement singulier qui
a toujours incliné l'égalité devant la liberté. »

Nous autres, nous ne jouissons de la liberté que
lorsqu'un pouvoir fort se charge de protéger les
droits de chacun, comme ces grands seigneurs qui
ne jouissent de leur fortune que lorsqu'un intendant
général leur épargne le soin de la gérer.

## III

Nous avons horreur de la tradition comme de la
hiérarchie; pour faire le feu de joie de la Révolution, nous brûlons sottement tous nos titres de gloire
et de grandeur. Les Anglais ont la religion du passé;
ils n'ont pas imaginé de dater de 1688 comme nous
datons de 1789, supprimant ainsi l'ancienne France;
eux, les initiateurs par excellence, ils s'inclinent

pieusement devant une coutume du moyen âge, et
en 1877 ils obéiront sans mot dire à un édit d'E-
douard le Confesseur. En veut-on un exemple aussi
récent que curieux? Il y a six ou sept ans, Londres
gagna pour ainsi dire un quine à la loterie des
brouillards; cette bonne fortune soutenue res-
suscita la secte des étrangleurs, qui s'en donnèrent à
cœur joie; en vain les exécutions se multipliaient, le
nombre des malfaiteurs croissait toujours. Que firent
les Anglais? Ils cherchèrent dans leurs archives et
ils trouvèrent un édit de Henri VIII, qui permettait
de faire périr ce genre de criminels sous le fouet à
nœuds, *the cat-nine-tails;* littéralement, le chat à
neuf queues, supplice plus terrible qu'on ne le
pense. Il y eut encore quelques attentats, puis les
étrangleurs disparurent comme par enchantement.
Si, chez nous, on appliquait seulement pour vingt-
quatre heures la peine du talion à des pères et mères
qui, durant des nuits entières, exposent, tout nu
dans une cour, un enfant de quatre ans, les philanthropes crieraient au rétablissement de la torture,
et se voileraient la face en signe de deuil. En Angleterre,-a-t-on dit très-heureusement, *la routine
sert de terre végétale au progrès.*

Comment l'édifice de la liberté a-t-il pu s'établir
et gagner toujours en hauteur au delà du détroit;

comment, au contraire, en France n'a-t-il jamais dépassé les-fondations? Car nous sommes moins avancés qu'à la convocation des Etats généraux, puisque le Quart-Etat demande au nom des nouvelles couches sociales la suppression du clergé, de la bourgeoisie et de l'armée. C'est que la Révolution française, comme on l'a très-bien remarqué, a été faite par des philosophes, tandis que la Révolution anglaise a été faite par des protestants.

« La race anglaise est une race théologique; l'ironie n'est point permise contre les choses saintes; elles sont protégées par une union tacite de toutes les croyances. »

On parle toujours chez nous avec un friand enthousiasme de la *liberté anglaise* et de la *liberté américaine;* mais nos professeurs d'opposition, car en France on donne des leçons au pouvoir comme on donne des leçons de piano, avec la sérénité qu'on met à embrasser une carrière, nos fiers penseurs oublient le frein volontaire que ces libertés s'imposent; la Bible, qui n'est plus pour nos *whigs* qu'un parchemin démodé, chez des nations plus mâles a conservé tout son prestige, si bien que la loi morale vient en aide à la loi civile; c'était très-glorieux de chasser le roi, mais au moins il ne fallait pas chasser Dieu.

J'insiste à nouveau sur ce fait capital qui marque bien la différence du type anglais et du type allemand : l'athéisme, surtout l'athéisme pédant et compacte, s'épanouit volontiers au delà du Rhin ; on le cultive avec une sorte de déférence, les savants français et les savants allemands, au beau temps de la fraternité des peuples, s'envoyaient galamment des fleurs de cette plante hideuse ; en Angleterre et même chez les Yankees elle ne prendrait pas racine ; l'athéisme est russe, français, germanique, il ne sera jamais anglais-saxon.

Les sociétés chrétiennes sont seules faites pour être libres ; les sociétés païennes sont vouées à la servitude ; l'esclavage antique se prépare de nouveau dans notre France moderne ; seulement cette fois les choses seront renversées. Les esclaves, ce sera toutes les supériorités du cœur et de l'esprit ; et les maîtres, ce sera l'immense légion des brutes ; il y a longtemps que la vase et la lie attendaient leur revanche ; l'avenir le leur promet, et l'aristocratie intellectuelle n'est pas moins menacée que ne le fut, il y a quatre-vingts ans, l'aristocratie territoriale ; la nullité vous crie d'une voix formidable par la gueule avinée du suffrage universel : Le génie ! il n'en faut plus.

17.

## IV

N'est-ce pas dans ce beau pays de France, qui dé-
cidément est devenu *gaucher*, tant il a, sous tous
les régimes, sa droite en horreur, qu'on avait créé
cette plaisante classification politique : la *gauche
fermée* et la *gauche ouverte?* Voilà une analogie
toute trouvée pour expliquer comment l'aristocratie
française a toujours eu tant de mal à se réconcilier
avec le reste de la nation, même le jour où elle verse
son sang pour ceux qui gardent le leur, et pourquoi
l'aristocratie anglaise s'est trouvée acceptée même
par la petite bourgeoisie.

L'aristocratie française est une *aristocratie fer
mée*. (Il y a eu bien des fissures de complaisance,
mais des fissures ne sont pas des portes.) L'aristocratie anglaise est une *aristocratie ouverte;* le
simple marchand peut aspirer, s'il est servi par son
mérite, à l'honneur d'en faire partie, et du jour où il
aura changé de caste, il sera accepté par ses nouveaux pairs comme s'il avait trois cents ans de ba-
ronnie; en France, la savonnette à vilains, même
tenue par la main des princes, a toujours prêté à
rire; les conscrits de l'anoblissement ont eu tellement à souffrir des *brimades* des vétérans, qu'aux

yeux de la galerie le prestige du corps tout entier s'est trouvé diminué.

Puis, à proprement parler, nous avons eu plutôt une *noblesse*, c'est-à-dire une classe d'apparat, qu'une *aristocratie*, c'est-à-dire une école de patriciens où un pays pût recruter ses forces dirigeantes. Ce n'est pas sur le sol anglais qu'on s'aviserait de créer cette expression d'un goût si douteux et d'un illibéralisme si certain : le *parti des ducs*.

Le *parti des ducs !* Voyons, bons Français, pour avoir le malheur d'être duc, en est-on moins homme ? Et si vous étiez réellement des gens de liberté, et non pas des artistes en oppression, vous auriez le bon sens et la probité de regarder M. d'Audiffret-Pasquier, non pas à travers son titre, mais à travers la valeur de ses paroles. Voici un orateur à la tribune; qu'importe sa qualité patronymique ? c'est la qualité de son discours qu'il s'agit de juger, et il est humiliant, quand un citoyen parle, de se rappeler qu'il est duc, comme il serait glorieux de l'oublier; mais demander de la justice à la démocratie, c'est prêcher aux anthropophages de devenir des herbivores.

La société anglaise est une *vis sans fin*, dont chaque spirale ne pense pas à s'insurger contre la spirale supérieure; par ses alliances, l'aristocratie résorbe continuellement la richesse produite par le travail. Le tiers-état, qui ne se sent pas séparé de la noblesse par une insurmontable barrière, n'éprouve pour elle aucune haine; l'aristocratie étant plus démocratique que dans notre pays, la démocratie en Angleterre est devenue plus aristocratique.

« Quant au peuple proprement dit, il ne sépare point son sort de la destinée nationale, et des intérêts du pays. Il fait penser à ces spectateurs qui, aux plus mauvaises places des théâtres, jouissent pourtant des splendeurs de la scène. »

Nulle part, en Angleterre, on ne sent entre les diverses classes de la société ces mille antagonismes irritants qui se révèlent dans les plus petits actes de la vie; le *cabman* qui vous conduit ne vous lance pas un regard haineux, comme s'il était exploité par vous; le menuisier qui rabote vos planches, ou le peintre qui donne une couche à vos portes, n'a pas l'air de nourrir des griefs cachés contre le misérable qui a l'audace de le faire travailler; le petit boutiquier pardonne aux locataires du premier étage; ceux-ci pardonnent à ceux qui ont le malheur d'avoir un hôtel; le goujat qui viole la liberté générale dans la personne d'une femme ou d'un gentleman n'est pas regardé comme un précurseur. Londres a sa *mob* aussi violente que la populace de

Paris; mais cette puissance du ruisseau n'est pas encensée par les partis; nous pouvons définir en quelques mots la situation réciproque des deux pays : l'Angleterre est une famille qui honore ses chefs, la France est une ménagerie qui se plaît à dévorer ses dompteurs.

## V

Si la société anglaise avait été jamais menacée d'une dissolution, — chimérique éventualité dont nous tirons l'idée de notre propre péril, car, malades en réalité, nous nous plaisons à faire de peuples bien portants des malades imaginaires, — en tout cas, les sinistres événements de ces dernières années seraient faits pour retarder singulièrement l'heure de cette catastrophe annoncée, de génération en géné- ·\·ion, par de frivoles prophètes.

Avec la race française, l'exemple et l'expérience ne servent de rien; tout une bourgeoisie chez nous a déjà oublié la Commune et n'a pas eu les yeux dessillés par le spectacle de l'Espagne; les autres nations, plus attentives, profitent de ces grandes leçons et se serrent plus étroitement autour de leurs institutions traditionnelles; on a vu, il y a quelques années, quelle explosion de sentiments monarchiques produisit dans les quartiers les plus plébéiens de Londres le danger couru par le prince de Galles ; qu'on remarque également l'accueil enthousiaste que le peuple italien a fait au duc d'Aoste revenant de cette terre classique de la guerre civile qu'on appelle l'Espagne. — Chez nous, les penseurs altiers envoyaient un salut attendri à cette tauromachie politique, car les Républiques se disent volontiers : *Ma sœur*, comme les rois se disaient : *Mon frère*.

Niais que nous sommes, qui conspirons à notre décadence, comme si nous ne rêvions que la grandeur de nos rivaux !

On a souvent dit que ce qui distinguait le *conservatisme* anglais du *conservatisme* français, c'est que les hommes d'ordre, en Angleterre, savent aller au-devant des réformes, tandis que chez nous ils ne savent aller qu'au-devant des révolutions. Il est très-vrai que les grandes modifications politiques et sociales rencontrent chez nos voisins plus d'initiative dans les classes dirigeantes, mais c'est qu'aussi les classes dirigées mettent plus de bonne foi dans le respect de ces transactions. En France la mise en avant d'une *réforme* n'est, le plus souvent, qu'un prétexte pour une convulsion sociale, et l'on se défie de l'anarchie masquée ; c'est la profondeur de l'ornière révolutionnaire qui détermine l'ornière de la routine. Quand on ne peut pas marcher sans verser, il faut bien rester stationnaire.

En Angleterre, les concessions désarment; en France, fussent-elles faites à l'heure, elles arment l'esprit de révolte. La liberté vit par l'usage, elle meurt par l'abus; quand un peuple veut récolter les fruits de l'indépendance, c'est à lui de ne pas semer les germes de servitude.

Puis, la hiérarchie naturelle n'est pas éternellement mise en question chez les Anglais; ici les petits déclarent la guerre à mort aux grands; là, comme on l'a dit spirituellement, le peuple croit à cette maxime de l'Evangile politique : « *Il y aura toujours des lords parmi vous....*» A Paris, on décréterait volontiers l'égalité des chênes et des roseaux.

Enfin, comme le remarque le libéral attristé auquel nous empruntons ces lignes si justes : « L'Angleterre ne connaît pas encore la doctrine funeste en vertu de laquelle nulle génération n'aurait le droit de lier d'autres générations. S'il en était ainsi, ce n'est pas la constitution politique, ce sont toutes les lois qu'il faudrait sans cesse changer. Les constructions de chemins de fer ne pourraient plus dépasser, comme durée, le temps d'une législature et les baux emphytéotiques deviendraient un mythe. Où commencent d'ailleurs, où finissent les généra- tions ? »

A force d'en vouloir à ce qui est immortel, la doctrine démocratique ferait descendre l'homme au rang des éphémères; la vraie logique de la souve- raineté du peuple serait en effet de ne plus souffrir que les délégations instantanées; dans ce système, les *longs Parlements* auraient tout au plus une durée de vingt-quatre heures.

Ces folies nationales ont été épargnées à la libre Angleterre. De même, tout en respectant l'indé- pendance de la presse, elle n'a pas fait de l'institu- tion du journalisme une machine de guerre contre la société : la presse anglaise s'impose d'elle-même un frein que la presse française, sauf d'honorables exceptions, regarderait comme un joug insuppor- table. Ensuite, seconde différence essentielle : le lecteur anglais, même le plus humble, ne s'inféode pas, comme le lecteur français, à l'opinion de son journal; il n'abdique pas sa personnalité entre les mains d'un directeur intellectuel; en face d'une re- doutable majesté de papier noirci comme le *Times*, par exemple, il ne s'anéantit pas et garde précieu- sement son droit de libre examen. De là ce renver- sement de situation : en Angleterre, c'est l'opinion

publique qui fait la presse; en France, c'est la presse
qui fait l'opinion publique; elle arrive à créer un
état artificiel des esprits qui ne correspond plus à la
réalité des choses. C'est ainsi qu'en l'an de lumière 1877 nos paysans croient fermement, sur la
foi des pasteurs d'imprimerie, que la Monarchie
rétablirait la dîme et les droits féodaux, et il faut
que les hommes d'intelligence se courbent devant
cette monstrueuse niaiserie !

Enfin, chez nos voisins, le journalisme, au lieu
d'être un concert discordant de voix individuelles,
joue plutôt le rôle du chœur antique. Quel est le
barbare qui a répandu dans le monde l'opinion que
les Anglais avaient le spleen et que leur physionomie, à défaut de leurs lèvres, disaient encore : *Chiens
de Français!*

Dussé-je indigner mes compatriotes, je leur déclare ceci : l'Anglais est plus gai que le Français,
parce qu'il est moins troublé par l'ambition, par
l'envie, par les soucis publics; il a l'esprit plus
sain; le virus de la *blague* n'a pas empoisonné son
sang; quant au *spleen*, il n'est anglais qu'au point
de vue de la langue; c'est un mot qui a émigré.
Dans cette fournaise de luxe et de misère qu'on appelle Londres, où le haillon à outrance côtoie le
luxe à outrance, il y a moins de suicides que dans

ce paradis des yeux et cet enfer des cœurs qu'on appelle Paris.

## VI

Le charme de la société anglaise, c'est l'absence de haine entre les membres d'une grande famille, où le droit d'aînesse existe pourtant avec tant d'apparat, car jamais plus atroce misère ne s'est mêlée à une plus puissante ploutocratie, et les pauvres sont des cadets bien nombreux; mais le bon sens public — qui chez nous est battu dans tant d'épreuves — règne encore en maître au delà du détroit. Le peuple anglais sait que détruire et tuer ne ferait pas avancer d'un pas la question sociale. Il attend du progrès naturel des choses, et de la loyauté attentive de ses supérieurs sociaux, l'amélioration de son sort; il ne se pose pas, comme chez nous, en irréconciliable; il ne croit pas non plus que la substitution du chiffonnier au grand seigneur peut renouveler la face de la terre; il a des vices et les hautes classes n'ont pas que des vertus. Seulement il a la fierté de ne pas faire de morale perpétuelle à ceux qui valent mieux que lui. Enfin, une légion de meneurs — la brigade de l'insécurité publique — n'est pas là en permanence pour exaspérer ses

griefs, attiser ses animosités, empoisonner ses jouissances.

La petite bourgeoisie, de son côté, n'a pas la haine
instinctive des classes qui sont au-dessus d'elle; un
humble mercier lira sans indignation les *Nouvelles
de la cour,* un *cityman* n'en veut pas aux gens de
qualité qui ont le bonheur d'habiter Belgravia-
Square. D'ailleurs les priviléges et les franchises se
fondent en Angleterre avec un art infini; ce parc
immense, qui est la propriété particulière d'un seul
homme, est en même temps la promenade collective
de dix mille voisins paisibles. La chasse est un plaisir réservé et ne fait pas partie là-bas des droits de
l'homme; mais le gibier tué oligarchiquement est
beaucoup moins cher à Londres qu'à Paris; la pénurie fait plus d'une fois bon ménage avec l'opulence, car la femme sans dot est épousée avec l'em-
pressement qu'on déploie chez nous envers une
héritière. Les riches ont pour premier devoir d'acquitter le droit des pauvres; le fils d'un marchand
peut devenir lord, le fils d'un lord redevient parfois
marchand. Démocratie et aristocratie s'engrènent
sans cesse et évoluent pour le meilleur jeu des intérêts sociaux.

Si l'Angleterre n'est pas la terre promise, titre,
beau titre, qui aurait pu échoir à la France, cette

favorite qui court après des disgrâces, si sous cet
air de santé orgueilleuse saignent encore des plaies
bien ardentes, il ne faut pas oublier que le génie
britannique est un médecin patient et sûr, capable
de triompher du mal. Le paupérisme français s'illumine parfois d'un sourire, le paupérisme anglais
est morne, terrible, muet, avec des débris d'élégance qui ajoutent encore à l'horreur de son aspect; mais peut-être est-ce à l'Angleterre que reviendra l'honneur de résoudre ce problème de la
misère qu'on relègue trop dans les cartons. Nous
nous joignons à ceux qui trouvent qu'il y a assez
de manières de mourir, sans que, si près du vingtième siècle, on soit obligé de mourir de faim. La
parole du Maître : *Il y aura toujours des riches
et des pauvres*, doit s'expliquer ainsi : l'inégalité des conditions sera éternelle, mais elle ne peut
signifier qu'une société chrétienne doit éternellement assister à ce mortifiant spectacle : les affamés
vivant ou plutôt ne vivant pas à côté des repus.
Seulement, chez nos voisins, on ne se livre point à
des déclamations stériles, on ne prodigue point,
pour flatter les quartiers où le pain est rare, des
protestations contre l'opulence.

L'Angleterre agira silencieusement, prudem-
ment; mais, un jour, ses économistes titrés pour-

ront dire à Lazare : Lève-toi. En attendant les
chefs de l'industrie anglaise traitent les ouvriers
avec une dignité qui les fait monter plus près d'eux
et dont ceux-ci se montrent reconnaissants, tandis
que les ouvriers français croient devoir se montrer
réfractaires à tout rapprochement amical.

Il reste encore chez nous une sorte de grâce à ce
qu'on appelle si tristement le monde des filles de
joie : la prostitution anglaise est féroce, sombre,
douloureuse, englobant l'enfance dans ses fanges
et paraissant être une des formes de l'alcoolisme,
mais ce que l'on appelle poliment le monde de la
galanterie n'a pas encore droit de cité dans la société
anglaise, et, malgré quelques importations, la première place et le premier rang appartiennent encore
aux femmes honnêtes qui vont même en voiture. Il
se peut que la corruption anglaise vaille la nôtre,
quoiqu'elle soit plus sourde, mais les Anglais ont
pour la bienséance publique un culte que nous ne
connaissons plus. On affecte encore de croire qu'ils
vont jusqu'à habiller les pieds des pianos, mais lorsqu'une œuvre ou une exhibition a l'air d'être un
défi à la morale des gens bien élevés, les magistrats consulaires ont un pouvoir discrétionnaire
pour supprimer, du jour au lendemain, ce qui a pu
choquer les citoyens, et personne ne s'avise de crier

à la dictature. En réalité, je crois que c'est nous qui ne disons pas assez *shocking*.

La jeunesse anglaise n'est pas exempte de vices, mais elle est moins oisive que la nôtre et manifeste plus de généreuses ambitions; dans tous les cas, en Angleterre le respect de la famille est encore debout, et l'on ne voit pas de père qui se fasse camarade de son fils.

La justice civile des Anglais est un fatras de formules dérisoires et de difficultés inutiles; sur ce point-là, ils en sont encore au moyen âge, et ont presque inventé, à force de savantes lenteurs, les procès emphytéotiques. De plus, c'est Schylock qui a l'air de tenir la balance, tant les frais dépassent d'ordinaire la valeur du litige. Il faut vraiment, pour soutenir un procès en Angleterre, s'appeler le marquis de Westminster ou sir Richard Wallace. Mais leur justice criminelle a plus de gravité et de promptitude que la nôtre, en même temps elle semble toujours préoccupée de sauvegarder l'innocence de l'accusé; seulement, la culpabilité une fois démontrée, la vindicte publique ne s'ingénie pas à provoquer des indulgences coupables et ne sait pas ce que c'est que de badiner avec les assassins.

Enfin, tandis que nous en sommes réduits à déclarer que dans les pays de profanations les sanctuaires devraient être fortifiés, le vieux palais de Westminster, sans craindre ni les coups d'État, ni les coups de quart État, mire avec une tranquille majesté, dans les larges eaux de la Tamise, son architecture néo-gothique; six ou sept mille soldats suffisent pour garder cette ville de trois millions d'âmes : voilà pourquoi l'Angleterre, cette grande école de la vraie liberté qui a bien autrement émancipé l'Europe que la Révolution française, cette terre où la Femme et la Loi trouvent chez le sexe fort le même respect, nous apparaît comme le Conservatoire de la dignité humaine. Voilà pourquoi, malgré ses tendances puniques, les ennemis même de cette nation, qui à la fois éloigne et attire, s'écrieraient volontiers en parlant d'elle : *Servanda est Carthago!*

# LES MYTHOLOGIES

---

## I

La Science moderne, que quelques penseurs désavoués par elle, j'en suis sûr, transformeraient volontiers en théocratie laïque, destinée à gouverner le monde nouveau, ce qui nous donnerait les pontifes de la dynamique et les grands prêtres de la génération spontanée, la Science moderne, dis-je, ne se pique pas de devenir une religion d'Etat, mais elle se pique d'exactitude. Me permettra-t-elle de lui reprocher de négliger un élément de la Certitude, qui a aussi bien son prix que la Raison ? Je veux parler du Sentiment, cette force modeste qui triomphe à un moment donné des syllogismes les plus insolents, car l'homme n'est pas seulement un cerveau, il est encore une conscience.

Est-ce qu'il n'y a pas mille choses acceptées par les plus-rebelles, qui ne se *prouvent* pas et qui se *sentent*? Que parle-t-on alors de la toute-puissance de la Raison? pourquoi lui faire honneur des œuvres qui ne sont pas siennes? Ce n'est pas un flambeau que la raison, ainsi que l'insinuent les métaphores de l'orgueil, c'est une moitié de flambeau, et encore faut-il que le tout s'allume à l'âme pour produire une vraie lumière!

Je comprends qu'il soit doux pour la vanité humaine de tirer tout de nous-mêmes, et dur pour elle d'accepter quelque chose qui nous soit supérieur; elle serait bien tentée de renvoyer au surnaturel cet ordre du Sentiment qui est déjà une flagrante immatérialité; mais comment empêcher que le cœur ne batte à rompre toutes les logiques! Allez dire à l'exilé que la patrie n'est qu'un mot; à la mère que l'amour n'est qu'une maladie; à l'homme intègre que la morale est une fiction! Cinq cents philosophes seront mis en déroute par une larme ou un baiser.

Dans le domaine du Sentiment, autrement fécond que celui de la Raison, il y a une faculté qui m'a toujours frappé : l'*aspiration*. C'est ce qui fait que pour moi les contes et les légendes, cet amusement d'enfants, ont une valeur très-sérieuse; ils représentent à merveille l'humble état de l'âme humaine qui sent que d'autres destinées lui sont réservées au delà des misères du corps; ils sont la protestation naïve des simples contre tout ce qui est injuste, douloureux et caduc. Ces fées secourables, ces génies intimes, ces talismans irrésistibles, ce monde d'or et de diamant, c'est le refuge instinctif contre la corruption des hommes et des choses. Vous n'ôterez pas de chez le peuple le plus sceptique cette foi ardente au bien et au beau absolus; après six mille ans de transformation, ces fables préoccupent plus l'humanité que les histoires ; leurs héros sont les vengeurs des petits, des disgraciés, des persécutés. Les puissants n'ont peut-être pas besoin de croire aux miracles. Les faibles se rattachent au merveilleux. Cette goutte d'ambroisie leur fait oublier le goût des amertumes, en même temps qu'elle étanche leur soif d'idéal; ceux que la réalité caresse ne rêvent pas; ceux qu'elle maltraite demandent secours aux visions. Est-il si certain d'ailleurs que la Belle aux cheveux d'or n'ait jamais existé ? •

Les mythologies ne sont pas toutes sœurs, comme on l'a prétendu ; mais elles prouvent toutes ce besoin universel des hommes de briser leur enveloppe mortelle. Elles ont été, elles sont encore la grâce des nations qu'elles bercent d'âge en âge; on ne les détrônera pas plus qu'on n'atteint un feu follet, ou qu'on ne comprime la brise.

Voilà pourquoi de nos jours même les paysans et les pâtres slaves se racontent aux veillées les faits et gestes de Kovlad, du *Prince à la main d'or* et du *Chevalier invisible,* et le surnaturel, destitué par les philosophes, garde sa place d'honneur dans les cabanes.

C'est que de même que la nature a horreur du vide, l'être a horreur du néant, quel que soit le philosophe venant dire : *Il n'y a rien,* après le prêtre qui dit : *Il y a tout.* Le nihilisme des Chinois est une monstruosité dans cette harmonie générale de l'aspiration humaine; mais qu'importe qu'un peuple tombé en poussière se confonde avec le grand chemin, la fraîche imagination du monde dans toutes les latitudes nous enlève hors de terre pour nous perdre amoureusement dans le ciel.

Contingent! périssable! borné! crie à l'homme le Rationalisme méprisant. Immortel! infini! incorruptible! lui chante l'Idéalisme enthousiaste. Et pourquoi, après tout, cet unanime élan des âmes vers une doctrine digne d'elles serait-il moins une force en métaphysique que le mouvement dans l'ordre matériel? On m'objectera que c'est une grande fatuité de la part de l'homme de croire à son éternité; alors l'animal le plus intelligent de l'univers serait au-dessous du minéral ! et, tandis qu'un saint Vincent de Paul sera fait pour vivre quelques années à peine, le diamant qui brille aux doigts d'une épaisse courtisane ne finira point de substance et d'éclat! Est-ce donc tant d'ambition que de vouloir qu'un grand homme soit au moins l'égal d'un caillou!

Heureusement, à tous les sarcasmes de la science, la voix irrésistible de la foi répond par d'adorables accents; et comme une main d'enfant désarme souvent les plus forts et les plus endurcis, il arrive qu'un chétif conte de fées terrasse d'un souffle enchanté un géant de philosophie.

## II

J'hésite à croire, malgré plusieurs autorités, que tous les peuples aient une origine commune. Le monogénisme a, du reste, autant de partisans que la doctrine polygéniste. En effet, ce berceau de l'Asie, d'où sont sortis tant d'ancêtres, comment aurait-il eu tant de contrastes? Quelle consanguinité a, par exemple, la race sémitique avec la race indo-européenne? Et pour cette dernière, comment sur une même tige auraient poussé ces trois branches si disparates, la race germanique, la race latine et la race celtique ?

Ce ne sont pas là, même avec l'optique la plus généralisatrice, des subdivisions purement nominales et venues après coup. L'énergie des disparates entre ces trois races éclate aussi bien à l'origine qu'après la consécration des lieux et des temps. La Germanie, le Latium, la Gaule étaient-ils, il y a trois mille ans, peuplés par la même famille? Le caractère éternellement tranché de ces nationalités répugne à cette étrange parenté. En ce qui concerne la France, nous nous étonnons toujours, pour notre part, d'entendre comprendre ses enfants parmi les races latines. L'élément latin est l'alliage de notre formation, à n'en pas douter; mais sous ce cuivre modeste, il y a l'or de la fière personnalité celtique. C'est nous qui, avec la poésie de nos romans primitifs, avons changé le tour d'esprit de l'Europe et transformé ce prosaïque monde romain, qui n'en pouvait plus d'ostentation et de sécheresse. Les peuples latins ont peut-être le sens pratique des choses, ils n'en ont pas le sens idéal. Leur imagination a la concision de leurs couchers de soleil : à Paris, le soleil a un lit royal où il n'entre qu'avec une magnificence calculée ; à Naples, il se précipite au-dessous de l'horizon, comme un lazarone nu qui se jetterait dans la mer.

Plus la science historique remonte le cours du passé, plus elle découvre sous les détritus des migrations des traces d'autochthonie. Il y a eu une phase où l'autochthonie faisait l'effet d'une chimère ambitieuse : qui dit qu'elle ne sera pas un jour une incontestable réalité? Était-ce des ossements d'Ariens que le savant Boucher de Perthes arrache près d'Abbeville à une époque antédiluvienne? Le sanscrit, ce radical si vaste, qu'on a cru pouvoir déduire de l'unité du verbe l'unité des races, n'était-il pas plutôt, comme des philologues l'affirment, une langue sœur qu'une langue mère? Et pour nous en tenir au peuple dont nous étudions la littérature, la doctrine que nous émettons n'est-elle pas confirmée par les dernières recherches faites sur l'origine des Slaves? Avant Schaffarik, on admettait que les Slaves étaient un peuple nouvellement venu d'Asie; il a démontré qu'ils étaient établis en Europe depuis une haute antiquité, sous le nom de Spores et de Vindes. Encore une remarque : si le sanscrit avait eu la vertu qu'on lui prête et qu'il eût réconcilié les maçons de la tour de Babel, comment les Slaves, dont le nom veut dire *parlants*, auraient-ils appelé *niemec*, c'est-à-dire *muets*, les

Allemands dont ils ne comprenaient pas la langue?

Les mythologies viennent en aide aux conjectures
ethnologiques. Elles sont le ciel dont on a étudié
le sol; on pourrait les appeler les fluides de l'histoire.
Dans ces vapeurs de croyances qui flottent au-dessus
des agglomérations d'hommes, que d'émanations
subtiles qui valent une analyse de construction.et de
terrain! et ici je conteste encore l'opinion que les
mythologies sortent du même nid. Que quelques
nuages errants de ces firmaments spirituels aient
porté ailleurs leurs formes et leurs reflets, cela se
comprend, de même que, l'âme humaine étant
une, ses conceptions les plus diverses partent d'un
foyer commun; mais é'ant données ces analogies
inévitables, combien peu, au contraire, les mythologies se ressemblent dans leur philosophie! tandis que l'Olympe païen ne se recrute que parmi
les hommes divinisés, l'Asgard n'admet que des
êtres supérieurs à nous; vous ne trouverez pas
dans l'innombrable personnel des divinités grecques
et latines le pendant de Balder, par exemple, ce dieu
de la douceur, de la bonté et de la grâce. Dans la rudesse physique de la mythologie moderne, il y a une
extrême délicatesse morale; dans tous les raffinements de la mythologie antique perce un ravalement

de l'esprit au profit de la matière; le monde barbare est fruste, entier, composite, mais il est chaste,
fort et fécond. Le christianisme eut moins à le pu-
rifier qu'à l'adoucir.

## III

Cette disproportion d'idéal se retrouve dans la
mythologie slave, qui, avec plus de réverbérations
asiatiques, n'en tire pas moins de la poétique européenne sa plus vraie lumière. Ce qui brille avant
tout dans ces légendes populaires, c'est une immense
charité et une exquise mansuétude. Le talisman le
plus efficace y est l'aumône; le pauvre y est sacré;
l'animal y est traité à l'égal de l'homme. De là une
réconciliation entre tous les êtres créés : l'oiseau, au
lieu de s'envoler à tire d'aile devant le chasseur, raconte à l'oreille de l'ami les secrets qu'il a surpris.
De même, Odin, le dieu scandinave, a pour nou-
vellistes intimes deux corbeaux qui visitent toutes
les régions de l'univers. Un prince est embarrassé
pour connaître, parmi douze filles également belles,
celle qui est la fille du roi ; une mouche reconnais-
sante bourdonne autour de la princesse pour la lui
signaler. Les poissons, au lieu d'être destinés aux

hameçons, rapportent du fond des eaux des anneaux magiques. On croirait retrouver le paradis avant la chute de l'homme.

Partout règnent dans ces compositions, qui reprennent de la jeunesse en passant par les fraîches bouches de chaque génération, l'énergique sentiment du juste et la haine du droit du plus fort. Quoi de plus ravissant que cette Cendrillon slave que sa marâtre et sa sœur aînée envoient en plein hiver chercher des roses, et qui se rend tremblante à la montagne de verre où siégent les douze Mois? Janvier écoute ses plaintes et commande à Mai de faire fondre la neige, verdir les arbres et fleurir les rosiers. La vie des gens qu'on aime défie le meurtre; les héros et les héroïnes ont une eau enchantée qui ressuscite, ferme les blessures et remet en ordre les membres mutilés. A-t-on besoin de secours extraordinaires, on trouve, en bien cherchant, l'*homme long*, l'*homme large* et l'*homme aux yeux de braise*, un trio prodigieux qui s'étend partout, monte aussi haut que le ciel, incendie à cent lieues de distance. Jusqu'au soleil, qui donne ses cheveux d'or pour sauver un pêcheur dans la peine! Je déflorerais ces pastels légers comme une aile de papillon en essayant de les saisir; mais tous ceux qui savent à certaines heures redevenir enfants, écouteront l'angélique babil de ces légendes, comme une mère est charmée de surprendre la causerie de ses deux petites filles.

Il y a des livres sombres qui, pareils au seau du mineur, vous descendent dans les insalubres profondeurs de la réalité.

Il y a des livres lumineux qui sont pour ainsi dire des aérostats littéraires ; le souffle des croyances les gonfle et ils vous transportent si près du ciel dans le bleu de l'idéal, qu'on oublie malgré soi les misères terrestres. Ce sont ceux-ci qu'il faut lire quand le dégoût de l'âge de fer où l'on vit s'empare de l'âme. Puisque nous ne sommes plus dans un temps où les *fées* viennent s'asseoir autour de notre berceau, servons-nous au moins du talisman qui les laisse approcher de notre tombe.

# LE THÉATRE DE NOS PÈRES

## LES FAUX CHEFS-D'ŒUVRE

---

### I

Au risque de déplaire à ces automates dont la routine est le Vaucanson, et qui, même au moment où
ils sont fraîchement remontés, ne connaissent que
ce seul mot : *décadence*, il y a une remarque à faire
à l'honneur de la littérature contemporaine : c'est
qu'il faut aujourd'hui trois fois plus de talent qu'il
n'en fallait autrefois pour se faire un nom. Quand
on entend, d'un côté, des légions de prophètes mi-
croscopiques bourdonner que des génies comme
Balzac et madame Sand *ne resteront pas*, et que,
de l'autre, on voit des médiocrités comme Destouches et comme Collin d'Harleville qui *sont restées*,
on se demande lequel de nos écrivains d'à présent

n'est pas immortel : car, il n'est que trop vrai, Destouches a survécu aux plus légitimes raisons de décès, et *petit bonhomme* de Collin d'Harleville *vit encore!* Comment! *Eugénie Grandet, les Parents pauvres, la Recherche de l'absolu* et trente autres chefs-d'œuvre n'auraient pas la longévité du *Glorieux,* ce glacial *quiproquo* où la Muse n'a eu pour dégeler que ce seul vers :

> Chassez le naturel, il revient au galop.

Quoi! *le Vieux Célibataire,* cette chétive *sépia,* se suspend dans notre musée littéraire entre Molière et Racine; et *Valentine, Indiana, le Marquis de Villemer,* ces riches peintures, ne seraient dignes que du grenier! Que serait-ce si je parlais des Fabre d'Eglantine et des Fenouillot de Falbaire, que quelques maîtres des cérémonies funèbres prétendent injustement enterrés! En vérité, nous sommes trop modestes, et messieurs les revenants ont trop de vanité! Nos plus petits auteurs rougiraient de se permettre les fadaises que les *Cours de littérature* nous offrent pour modèles, et le moins emplumé de nos Parnassiens dépasserait de plusieurs longueurs Jean-Baptiste Rousseau, qui passa si longtemps pour le premier de nos lyriques et qui n'est plus aujourd'hui qu'un aigle empaillé.

Heureux temps, où un demi-mille d'alexandrins, refusés aujourd'hui par les mirlitons qui se respectent, vous sacrait poëte! Que dis-je? des alexandrins! Des lignes de prose plus inégales à l'œil qu'égales à l'oreille. Que dis-je? des rimes! De faibles assonances revenant par respect humain marquer la douzième syllabe. A quelle heure d'effroyable disette se produisaient donc ces coriaces plats du milieu littéraire, pour que nos pères en fissent leur régal? Pourtant Voltaire s'épuisait en grâce et en substance, fixant la légèreté française en matière de style; tout ce qu'il touchait se convertissait en vif-argent; Montesquieu étalait sa belle et solide gravité; Buffon raffinait l'élégance; Diderot passionnait l'art; Rousseau, ce Luther de la société laïque, préparait à force d'éloquence une seconde réforme; Champfort étincelait; Rivarol, cet autre roi de l'esprit, avait les salons pour provinces. — On dirait que ce dix-huitième siècle, si fier, si petit-maître, si blasé, s'enniaise subitement dès qu'il s'agit de théâtre. Voltaire prend un sérieux de plomb dans ses tragédies; Diderot se bouffit et se noie dans ses drames trempés de pleurs; Rousseau radote doucement dans *le Devin de village*; Piron, l'épigramme faite homme, Piron, cette belle tête pétrie dans la moelle de la belle humeur bourguignonne, se raidit et se décharne dans *Gustave Wasa.* — De ces cent années si fertiles et si remuantes, que reste-t-il en fait de littérature dramatique ? Nous ne pouvons guère compter Regnard qui est à cheval sur les deux siècles et qui à lui seul rachèterait la pauvreté de vingt répertoires. Que reste-t-il donc ? Quatre ou cinq pièces pour les gens du monde : *Turcaret, l'Ecole des Bourgeois, les Jeux de l'amour et du hasard, le Philosophe sans le savoir*, et surtout *le Mariage de Figaro,* ce fulminant prologue de la Révolution. — Les gens qui ne sont pas du monde en acclament cinq ou six autres qui feraient honte à la machine pneumatique pour opérer le vide, et ennuieraient l'ennui lui-même ; elles sont *restées au répertoire,* mais comme une tache restée à un habit. Je vous ai nommés, *Glorieux, Philinte de Molière, Métromanie, Philosophe marié, Vieux Célibataire !* prétendues comédies de caractère, écrites pour des enfants au-dessous de sept ans, et qui ne devraient pas même occuper une demi-place dans notre attention.

## II

Je veux croire que Destouches était un homme charmant à la ville ; je regrette Piron au café Pro-

cope ; peut-être Collin d'Harleville était-il séduisant
hors de la littérature, et Fabre d'Eglantine, ce mus-
cadin de la guillotine, devait-t-il être goûté des
belles ; pas un des hommes de ce siècle si spirituel ne
pouvait manquer d'esprit ; c'eût été un Athénien
affecté de béotisme. Dufresny, Nivelle de la Chaussée,
Saint-Lambert, Rochon de Chabannes, Hauteroche,
et tant d'autres, eussent peut-être regardé comme
des lourdauds les élus d'aujourd'hui dont on cite
les *mots* ; la causerie de ces sémillants ancêtres
pétillait de paillettes plus que leurs habits peut-être,
mais, juste ciel ! quelles œuvres de bure ! Certes,
nous n'avons plus parmi nous la monnaie d'un
Champfort ; mais lequel commettrait *Mustapha
et Zéangir ?* Le dix-neuvième siècle n'a pas
socialement le même éclat que son devancier ; mais,
littérairement, pour tout ce qui appartient à l'imagination, comme il l'éclipse ! — Rien n'est plus
divertissant que de voir nos prédécesseurs, si parfaitement dénués du sens poétique, se faire avec
tant d'humilité sujets d'Apollon. La *métromanie*
est bien la maladie de ces organisations si pleines de
santé. Voilà le vrai sujet qui aurait dû inspirer la
verve de Piron : faiseurs de bouquets à Chloris,
bouquets sans fleurs ; tragiques pour rire, comiques
pour pleurer ; pastoureaux qui tiennent la houlette

19.

à l'envers ; didactiques qui rêvent des poëmes sur la règle de trois ; épiques qui n'ont que l'embouchure du flageolet, et qui s'enflent les joues pour faire parler une trompette ; petits abbés libertins, qui s'enterrent dans une fossette ; satiriques sans fouet, amoureux sans amour. Et quelle langue, juste ciel! N'étaient-ce pas les types accomplis de ces héros de boudoir ou de café, si éblouissants dans la conversation, et si ternes la plume à la main? Un certain bel esprit de l'école normale préférait dernièrement ces faiseurs de contre-sens à Lamartine, à Hugo, à Alfred de Musset. Ce n'est même plus là un paradoxe, c'est un attentat à la pudeur de la vérité ; autant mettre tout de suite M. Biard au-dessus de Rubens ; autant écraser Rossini avec Campra. A deux ou trois sonnets près, on peut dire que le dix-huitième siècle, cet enragé versificateur, ne s'est pas douté de l'art des vers.

C'est surtout au théâtre que se manifeste avec le plus de désastres cette contre-vocation. Gresset, que nous avons gardé pour la bonne bouche, Gresset, le joli auteur du *Vert-Vert,* trousse encore lestement son épître du *Méchant;* Piron, cette flèche de l'épigramme faite homme, sait encore, dans la *Métromanie,* bander l'arc de sa bouche vibrante ; mais Destouches, mais La Chaussée, mais Collin,

mais Fabre d'Églantine, vous n'avez pas idée de
l'embarras que leur cause l'emploi de l'idiome poétique; on dirait une mouche dans la glu; leurs péri-
phrases traînent, leurs régimes n'arrivent pas, leurs
sujets se perdent, le sens devient inexplicable; on
dirait les Tantales du mot propre; et chacun d'eux
mériterait cette apostrophe :

Il se tue à rimer; que n'écrit-il en prose !

Et, sous cette forme si pénible et si contre nature, il
n'y a pas de fond. Ils ont forcé leur talent, leur talent ne s'ouvre plus. J'avais gardé quelques illusions
sur *le Glorieux*, un faux bijou dont l'affiche du
Théâtre-Français se pare d'autres jours même que
les dimanches. Je m'imaginais qu'il y avait un peu
d'or çà et là, parmi tout ce cuivre; c'était à peine du
zinc. Figurez-vous un comte de Tuffière, dont le
plus gros ridicule est de vouloir que ses gens ne lui
adressent jamais la parole, et toute la pièce vit sur
cette ingéniosité; il retrouve son père qu'il ne renie
pas, et dans les bras duquel il se jette; il garde son
titre et son nom, qui sont bien à lui; il permettra
seulement que Jasmin lui dise : « Monsieur le comte,
vos fermiers demandent à vous compter leurs rede-
vances. » — On le traite pour peu de chose de *glorieux*, cet excellent comte de Tuffière; je trouve,

au contraire, qu'il mérite des violettes. — De l'orgueil, ce péché capital, à peine fait-il un péché véniel. On ne manque pas aussi platement une comédie; c'est rater un lièvre à bout portant.

La *Métromanie*, cet autre faux chef-d'œuvre où il y a du moins quelques pincées de sel gaulois pour relever le fade de la donnée, n'est pas la moquerie d'un ridicule, c'est le persiflage d'une extravagance; le titre est forcé; les personnages sont de pure convention; ce Damis, qui se faisait appeler M. de *l'Empyrée*, irait à Charenton s'il y avait un sixième acte à la pièce, et ce M. de Francaleu, qui jette sa fille à la tête des auditeurs complaisants, est un père de vaudeville. Piron a passé à côté d'un beau sujet qu'il avait peut-être entrevu : le poëte qui aime mieux sa maîtresse idéale que sa maîtresse réelle; mais rendre risible ce charme demandait une main plus délicate et plus exercée; en tout cas, nous voilà loin de la *Métromanie*.

Il faut beaucoup pardonner à Fabre d'Églantine. Il est l'auteur de cette adorable chanson qui a bercé notre enfance :

Il pleut, il pleut, bergère!

mais, sans cette circonstance atténuante, nous thermidoriserions sans scrupule le coupable qui fit le

*Philinte de Molière.* Retouchez à Alceste, si bon
vous semble; remaniez Philinte, si cela vous plaît;
ces types ne sont pas incommutables; mais ne mettez pas à l'*homme aux rubans verts* une rallonge
dérisoire; n'anecdotisez pas ses sombres fureurs, et
n'infligez pas des redites à Philinte. La punition de
l'optimisme, voilà le thème du *Philinte de Molière.*
Alceste veut, par le crédit de Philinte, sauver de la
ruine un inconnu. Philinte, qui prétend que *tout
est bien,* laisse l'inconnu se ruiner tout à son aise;
mais il se découvre que l'inconnu, c'est lui-même,
et, sans la longanimité d'Alceste, — si ces deux
mots peuvent s'accoler, — Philinte, cette ombre de
Pangloss, répéterait sur la paille sa dangereuse profession de foi. Peut-être y avait-il aussi une belle
idée dans le *Philinte de Molière,* mais ce style-là
enlaidirait Vénus. Alceste a trente ans chez Molière;
il a douze ans chez Fabre d'Églantine : voilà la seule
originalité de cette copie; on trouve aussi dans cette
pièce un avocat qui refait les tirades d'Alceste;
vous sentez que Robinson a trouvé son Vendredi;
il l'emmène en cet *endroit écarté* où il cherchait
la liberté et l'honneur, et où il a rencontré un procès; au prix de quelles contorsions d'hémistiches et
de quelles laborieuses chevilles, Dieu le sait!

Si un jeune homme présentait aujourd'hui à un

théâtre quelconque une pièce de la valeur du *Glorieux* ou du *Philinte de Molière,* les sous-machi-
nistes lui riraient au nez. Que serait-ce si nous es-
sayions de vous raconter *Vinceslas,* une tragédie si
dure à l'oreille qu'elle ferait rêver un cylindre pour
broyer des alexandrins à l'état de cailloux? Une
bonne fois pour toutes, que ces essais informes fassent partie des archives de notre littérature, mais
non pas du répertoire courant; ce sont là les *pen-
sums,* et non les œuvres de l'esprit français.

## III

On s'est beaucoup moqué de la guerre du romantisme, laquelle n'a pas même duré quinze ans;
qu'est-ce que cette arrière-garde auprès de l'incom-
mensurable queue du classicisme qui aura ses deux
siècles tout à l'heure? Les Crébillon emboîtant le
pas aux Corneille, les Saurin aux Crébillon, les
Ducis aux Saurin, les Briffaut aux Ducis; puis
Molière engendrant Regnard, lequel engendra Destouches, lequel engendra Collin d'Harleville, lequel
engendra Casimir Bonjour. Veuillons-en moins à
Victor Hugo d'un fléau, expéditif après tout; car
son *servum pecus* a maintenant défilé, à un ou

deux moutons près, et gardons un peu plus de rancune à Racine et à Molière d'avoir inauguré ce moule artificiel de la tragédie et de la comédie, qu'il a fallu une révolution pour briser. Lisez le premier *Cosroès* venu du dix-huitième siècle, ou l'*Ecole* de ce que vous voudrez, je vous défie d'en deviner l'auteur ; on jurerait que le Code Napoléon de la nullité leur a infligé à tous l'égalité littéraire; ils se ressemblent d'une façon désespérante; il faut faire une marque à leur nom pour ne pas croire que leur œuvre est d'un autre nom.

Si à la place de ce ramage de perroquets, se léguant avec l'horreur du persil, c'est-à-dire de l'innovation, le même amour du convenu, nos pères avaient essayé d'être eux-mêmes, de créer un théâtre personnel, nous aurions peut-être perdu beaucoup de *Sésostris* et d'*Ecoles ;* mais nous aurions gagné d'être mieux faits au régime de la liberté intellectuelle, de n'admirer que ce qui est admirable, de ne point respecter ce qui est méprisable, et d'avoir un patrimoine littéraire plus varié et plus substantiel. Destouches, Fabre d'Églantine, Crébillon, La Chaussée et les autres, ce sont les assignats de Racine et de Molière. — En attendant, mettons un peu à l'écart, au lieu de es mettre au premier plan, ces parangons du mauvais français, de l'observation puérile et de l'émotion toute faite. Qu'ils vivent, si on l'exige, ces revenants, mais qu'ils ne vivent pas aux dépens des auteurs en chair et en os. Le *Théâtre de nos pères*, ce n'est plus un livre, c'est du papier, et je doute que cette littérature en cage vaille le chènevis.

FIN

# TABLE

---

|  | Pages. |
|---|---|
| Préface . . . . . . . . . . . . . . . . . | 1 |
| Les dandys intellectuels. BYRON et le byronisme, . | 1 |
| THÉOPHILE GAUTIER spiritualiste . . . . . . | 59 |
| RIVAROL. Les éclaireurs intellectuels . . . . . | 93 |
| Les vieilles villes. SAINTINE. . . . . . . . . | 123 |
| ANDRÉ CHÉNIER prosateur. . . . . . . . . | 141 |
| La littérature du cœur. CHARLES DICKENS. . . . | 159 |
| Les Femmes et la Révolution. MADAME DE LAM- | |
| BALLE. . . . . . . . . . . . . . . . | 209 |
| Les Antipodes mitoyens. LA NATURE. . . . . . | 229 |
| — — LA RACE. . . . . . . | 247 |
| — — L'ESPRIT PUBLIC . . . . . | 267 |
| — — COMME QUOI L'ANGLETERRE | |
| SE SUFFIT A ELLE-MÊME. . | 287 |
| Les Mythologies . . . . . . . . . . . . | 313 |
| Le Théâtre de nos pères . . . . . . . . . | 325 |